UM NÁUFRAGO QUE RI

ROGÉRIO MENEZES

UM NÁUFRAGO QUE RI

Editora Record
RIO DE JANEIRO • SÃO PAULO
2009

CIP-BRASIL. CATALOGAÇÃO-NA-FONTE
SINDICATO NACIONAL DOS EDITORES DE LIVROS, RJ

M51n Menezes, Rogério
Um náufrago que ri / Rogério Menezes. – Rio de Janeiro:
Record, 2009.

ISBN 978-85-01-08326-5

1. Romance brasileiro. I. Título.

09-2633

CDD: 869.93
CDU: 821.134.3(81)-3

Copyright © Rogério Menezes, 2009

Capa: Sérgio Campante

Texto revisado segundo o Novo Acordo Ortográfico da Língua Portuguesa

Direitos exclusivos desta edição reservados pela
EDITORA RECORD LTDA.
Rua Argentina 171, Rio de Janeiro, RJ – 20921-380 – Tel.: 2585-2000

Impresso no Brasil

ISBN 978-85-01-08326-5

PEDIDOS PELO REEMBOLSO POSTAL
Caixa Postal 23.052 – Rio de Janeiro, RJ – 20922-970

EDITORA AFILIADA

à minha família

a Luiza, Beatriz, Augusto e Renato, com amor.

a Brasília, que, a ferro e fogo, me forjou, definitivamente, escritor.

a Águida Menezes, Crispim Menezes, Manoel José Ferreira de Carvalho; & o gato Ravic, *in memoriam*

"Antonio Martiniano é minha caixa-preta. Abram-no, nas páginas a seguir, e decifrar-me-ão."

(Ravic)

1. prelúdio

1 a. trevas

É lugar em que nunca estive antes. Ou estive? Não tenho certeza. Não tenho certezas. Quem as tem? Quem as tiver atire, para matar, a primeira pedra. Não tinha certezas. Nunca as tive. Nunca as terei. Mas tenho — e isso me basta nesta hora e neste lugar — muitas árvores por perto. Ou são pequenas. Ou secas. Ou frondosas. Ou esquálidas. Ou arrebatadoras. Ou frenéticas. Ou petrificadas e calcinadas pela seca de junho. Tais e quais os homens, de junho ou não.

O céu é profundamente azul e belo e plácido. Apuro mais o olhar: o céu profundamente azul e belo e plácido se deixa bordar nesta luminosa manhã por miríades de plumas brancas. São colossais. São majestáticas. Passam também homens, mulheres e crianças. Alguns, com rostos crispados e contraídos, provavelmente em decorrência de dores e mágoas profundas, correm como se estivessem tentando escapar de alguma sombra danada que tenta lhes arrancar o escalpo.

Outros, com faces mais suaves e mais embevecidas, provavelmente em decorrência de alguma droga que consumiram, galopam com elegância e garbo e esplendor. Os corpos também variam. Ora desfilam adônis e afrodites a bordo de ancas, bíceps e tórax espetacularmente esculpidos e delineados. Ora se arrastam esculturas medonhas, com outros tipos de desenhos: seres algo disformes para os padrões, digamos, clássicos, mas que caminham, ainda bem, sem culpa, a bordo de medidas e posturas nem tão clássicas assim.

Desponta em curva próxima mulher rechonchuda, baixota. Tenta caber em biquíni minúsculo e, assim, expõe todas as, para alguns, imperfeições a que tem direito. Entre a parte superior e a parte inferior desse ousado traje derrama-se barriga flácida e saliente e balofa e suarenta e desajeitada e pornográfica.

(Parêntesis necessário: não estou, caro leitor, entre os que consideram imperfeições esses diferenciais que marcam as individualidades humanas. Acho, modestamente, e certamente esta opinião não mudará um milímetro sequer o futuro do planeta: haverá sempre naco que seja de beleza na mais comum — ou seria incomum? — das criaturas. Sempre advoguei, sempre advogarei: flores também vicejarão de pântanos.)

Nesse ir-e-vir de criaturas, que nem sempre consigo entender em todas as suas pequenezas e grandezas, meus olhos mais-esmeralda-que-a-mais-verde-das-esmeraldas flagram anjo de candura que me enternece, e quase me faz chorar. Puxada por zelosa mãe, menos bela mas igualmente vivaz, garota loira de olhinhos estonteantemente azuis e lábios traçados com a delicadeza de um Renoir me arrebata inteiramente, completamente, integralmente, incondicionalmente. A ponto de quase cair do galho, de quase dar dois suspiros, e de quase me espatifar no gramado seco.

Detalhe fundamental: a menina me vê, me olha com enorme simpatia, abre sorriso de anjo pré-rafaelita, e comenta com a mãe — e, ego em ebulição, imagino: diz aquilo para mim, como para me enfeitiçar; e, de fato, me enfeitiça: minha alma a segue, apenas o meu corpo fica ali naquele seco galho de árvore: — *Minha mãe, minha mãe, olhe ali naquela árvore. É um gato. Não é lindo?*

A mãe, bruxa de desenho animado, puxa-a, cheia de pressa, e minha pequena amada some na próxima curva, e deixa-me com o coração partido e arrebatado — mas não segue sozinha; como já disse, minha alma segue com ela. É tudo, seja na "perfeição" ou na "imperfeição", para utilizar os rótulos em vigor para definir padrões de beleza, tudo, absolutamente tudo, perfeito nessa manhã luminosa de inverno quente.

É tudo tão arrebatador, tão, digamos, embriagador! A bordo daquele galho de ipê-um-dia-amarelo no qual me empoleiro, sinto vontade de aplaudir. Aplaudir a quem? O autor, o autor? Tal e qual bradavam, em teatros dos quatros cantos do mundo, plateias ávidas por demonstrar afeição e admiração e paixão por quem lhes proporcionou duas ou três horas de enlevo e encantamento e magia?

Mas qual dramaturgo, qual artista plástico, qual escultor, teria escrito e pintado e esculpido aquele céu com plumas e aquelas árvores enferrujadas umas, esplendorosas outras, tais e quais os homens — e aqueles homens e mulheres enferrujados uns, esplendorosos outros, tais e quais as árvores?

Fala-se muito, comenta-se muito: haverá um Deus, onipotente, onipresente, onisciente, que, do nada, tirou da cartola esse cenário esplêndido que meus olhinhos mais-verdes-que-a-mais-esmeralda-das-esmeraldas, e que um dia a terra haverá de comer, contemplam contritos, absortos, encantados. Nunca fui apresentado a Ele. Nunca tive esse prazer — prazer?

Também eu, criaturinha insignificante, minúscula, para alguns asquerosa, para outros sublime, segundo essas mesmas fontes, também teria sido criada por Ele. O Sujeito que me esculpiu, que me criou, que esculpiu e criou aquelas árvores, aqueles céus, aquelas plumas, aqueles homens e aquelas mulheres, no entanto, parece ter humildade desconcertante — mas não seria a humildade a mais enigmática das perversões?

Ao contrário de autores, seja de operetas vagabundas, seja de obras clássicas da dramaturgia universal, que eventualmente aparecem na boca de cena para agradecer os aplausos entusiastas de generosas plateias, às vezes tímidos às vezes arrebatados por sentimentos nada edificantes, esse Autor nunca aparece — embora plateias do mundo inteiro teimem em invocá-Lo em orações, em súplicas, em pragas, em pedidos de socorro em situações-limite.

A bem da verdade, não faria muita questão de vê-Lo para crê-Lo. Na minha ingênua cabeça de vento, eu e todas as ocorrências que vejo do alto desta árvore já são suficientemente eloquentes para provar a existência de (um) Deus — seja que Deus for. Aquela garotinha a quem a minha alma seguiu, diligentemente e seguramente, é, para mim, prova cabal da existência de (um) Deus — seja que Deus for.

(O bimbalhar dos sinos também o é, costuma repetir o senhor Antonio Martiniano.)

Estou mergulhado neste frenesi de reflexões e emoções e devaneios quando tudo rui ao meu redor. Inebriado e arrebatado pela beleza da cena, não percebi: havia pousado meu corpinho delgado num galho d'árvore em cujas margens arrulham, ainda tontos com o fato de recém-chegarem ao mundo, bando de bebês quero-quero.

É tudo muito rápido. Feito um piscar d'olhos. Enquanto meu olho esquerdo descobre — com certo encantamento, não nego — o ninho de bebês quero-quero, o quero-quero mãe, presumo, fura meu olho direito, até um segundo antes mais-esmeralda-do-que-a-mais-esmeralda-das-esmeraldas e agora, um segundo depois, mar de sangue vermelho e caudaloso. Enquanto isso o quero-quero pai, presumo de novo, enfia o bico pontiagudo no meu ânus e, de lá de dentro, do mais profundo de minhas entranhas, puxa algo que meu olho esquerdo, embora tingido pelo vermelho do sangue vindo do olho ao lado, logo identifica: é longo pedaço do meu intestino.

A dor é lancinante. Mas não há, digamos, tempo dramático para sentir dor — ou pensar em sentir dor. A dor, como poderá concordar, ou não, o querido leitor, é mais ato intelectual e mental do que físico. Como sentir dor se, completamente estarrecido, percebo que, na trilha daqueles dois quero-queros que me arrancaram olho e intestino, desponta no horizonte mais próximo horda de quero-queros ávidos de sangue vindos, céleres, em minha direção?

Num raio de segundo, antes que o quero-quero-tio fure o meu olho esquerdo e o quero-quero-tia enfie o bico infame no meu peito e dali retire algo que imagino ser o meu coração (já não enxergo mais nada; a essa altura tudo fica rubro ao meu redor), penso, com o pensamento possível num momento de aflição desses: já não havia visto aquela cena antes — em puro e inexorável *déjà vu*? Talvez num filme?

Nos segundos seguintes meu corpo delgado é dilacerado pelo bando de quero-queros em fúria. Grito com todas as forças que me restam, mas sei: é o meu fim. Lembro da bela criança que me dissera o quanto era belo segundos antes, busco nela forças que, ingênuo, penso poder espantar aqueles pássaros cheios de ira, e remendar meus ferimentos e devolver meus olhos, coração e intestino.

Em vão.

A essa altura, pedaços de mim (eu, enquanto corpo, não mais existo, as bicadas daqueles monstros me fragmentam e me pulverizam em mil e um eus) descem pelas goelas vis daquelas diabólicas criaturas — e já não vejo mais árvores, céus e homens, apenas sangue, sangue e sangue em lugar que poderia ser, e é, a garganta de todos os diabos.

Grito, melhor, gritamos (como disse, não há mais eu, e sim vários eus, desconjuntados e desencontrados e descosidos, cada pedaço de mim em diferentes estômagos daqueles quero-queros infames).

Acordei (ou seria melhor dizer, fragmentado como estava, acordamos?) com o pipocar dos meus (nossos?) próprios gritos. Gritei (gritamos?) de novo quando percebi: mão gorda de mulher lambia minha barriga. Em geral, mãos não lambem, sei, mas a mão da senhora Dóris Roriz lambia, e, a bem da verdade, lambia espetacularmente bem.

O choque (saí de cena em que quero-queros enfiavam bicos em meus olhos, ânus e vísceras e pulei para outra em que mão-língua me afagava em volúpia discreta, mas inesquecível) fez minha libido explodir. Tive imediata ereção. Claro, devidamente percebida pela docemente indiscreta senhora D.R., que, em tom confidencial, denunciou-me ao senhor A.M.: — *Pensei que o havia castrado. Mas respondeu ao meu afago de quase-mãe de maneira, digamos, demasiadamente edipiana.* (Mantendo o tom intelectual e rebuscado que sempre a caracterizava.)

O senhor Antonio Martiniano, que me conhecia pelo avesso (sob o preço, caro para ele, de eu também o conhecer de maneira igualmente profunda; ou, possivelmente, mais profunda), relativizou: — *Cara senhora D.R., já o castrei, mas Ravic, tenho de reconhecer, é uma força da natureza.* (Adorava quando o meu-querido-amigo me rotulava assim.) *Não se poderá nunca entendê-lo sob a ótica quadrada da razão.*

Esse diálogo, talvez banal em outra ocasião, me trouxe de volta à vida real, na qual esperava, ingenuamente admito, que quero-queros estripadores existissem apenas em sonhos. Como o caro leitor poderá perceber ainda neste capítulo, ai de mim, quero-queros estripadores e diabólicos genéricos também existem na vida real — ou, talvez, existam apenas na vida real.

A constatação sombria do parágrafo anterior, como perceberá o leitor nas cenas seguintes, demonstra de minha parte certo poder de premonição que não sabia ter — e, que, aliás, prefiro não ter. Ainda abatido pelo pesadelo recém-acabado, deixei-me dormitar e ronronar pelos seguintes minutos. Mas esse despertar e esse ronronar seria sacolejado pelo diálogo-pesadelo escutado a seguir — e que me faria sentir saudades daqueles quero-queros estripadores que me atacaram no pesadelo de ainda há pouco.

(Afinal de contas, podia-se acordar do pesadelo anterior. Mas do próximo, não.)

Antonio Martiniano: — *Como sabe, estou na mais absoluta merda. Tive que entregar no mês passado o apartamento no qual* morava, por falta absoluta de dinheiro. Não consigo voltar a me empregar, apesar do ótimo currículo. A impressão que tenho é: vivo terrível pesadelo. Mas pesadelos seriam mais aprazíveis, pois se pode acordar deles; da situação em que vivo atualmente, não.

(Frases autocomiserativas do senhor Antonio Martiniano geralmente me irritavam. Mas, naquele momento, encheramme de compaixão; não achei que falava aquilo para fazer com que a senhora Dóris Roriz sentisse pena dele, como costumava fazer, talvez sem se aperceber disso, comigo e com os amigos e conhecidos que o desprezavam mais e mais a cada dia que passava.)

Dóris Roriz (visivelmente constrangida; tinha a nítida impressão de que temia, com todas as forças, que o senhor A.M. viesse a lhe pedir dinheiro emprestado): — *Sei...*
A.M.: — *Quero, portanto, lhe fazer um pedido!*
(Nesse momento, a senhora D.R. demonstrava visível desconforto e pude ver, nítida e claramente, no olhar dela, como legenda de cinema mudo que se desvendasse sob suas grossas pestanas, que a seguinte frase se repetia, piscando tal e qual frenético néon da Times Square: "*Odeio negar favores, mas se pedir dinheiro emprestado serei obrigada a negar. Na merda em que está, não me pagará nunca.*" A legenda de cinema mudo se apagou.)

O senhor A.M. prosseguiu: — *Foi a senhora e o senhor Arquibaldo Roriz que me presentearam Ravic, a quem amo tanto* (folguei-me no meu tranquilo ronronar), *e lhes serei grato eternamente por isso. Mas estou vivendo de favor neste apartamento* da senhora Verônica de Nassau. Prometi-lhe ficar aqui por apenas trinta dias. No mês que vem é provável que tenha de me mudar para o Rio de Janeiro, onde novamente morarei de favor na casa da minha irmã e do meu cunhado. Ou seja, estou sem condições de gastar nada. Meus livros e meus móveis estão num guarda-móveis. Por isso, e só por isso, é que estou lhe pedindo esse favor.

(No meu ronronar percebi: a senhora D.R. parecia cada vez mais desconfortável. Senti quase pena dela. Naquele olhar aflito podia-se flagrar a vontade quase insustentável que sentia de jogar-se porta afora e, assim, negar o presumível pedido de empréstimo financeiro do senhor A.M. Foi então que ouvi, para meu mais total desespero, e para felicidade geral da senhora D.R., que, visivelmente aliviada, relaxou — a ponto de mexer os olhos, lascivamente, como se acabasse de ter um orgasmo.)

— Gostaria muito de devolver o Ravic para vocês. Não tenho mais nenhuma condição de mantê-lo.

(Meu mundo caiu. Que todos os quero-queros do mundo furassem todos os meus olhos e todos os meus ânus! Afastar-me do senhor A.M., a quem amava incondicionalmente apesar de todos os pesares e talvez exatamente por isso — odeio pessoas certinhas, se é que existem! —, era a última coisa que eu queria no mundo. Não, não, não! O choque foi tão súbito e tão avassalador que mandei o meu ronronar de todas as tardes às favas. Num átimo, para espanto dos que dividiam esta cena comigo, pulei da almofada onde dormitava sobre o aparelho de tevê para o centro da grande sala que agora ocupávamos. Bem mais perto da senhora D.R., pude perceber o quanto aquele pedido a deixara feliz. Com ar de mais absoluto deleite, olhou-me com falsa simpatia, e encarou o senhor A.M. com verdadeira piedade.)

D.R.: — *Adoraria poder ajudá-lo, mas, como sabe, gatos não são homens* (que bom que não somos!) *e família nada significa para eles* (já então absolutamente possesso, pensei, cheio de fúria: — Filha de uma boa puta! — e quem disse que os humanos respeitam padrões familiares?). *De maneira que se o Ravic voltasse para nossa casa agora, seria destruído por seus irmãos e por seus pais, e isso seria terrível.* (Então me leve, vil criatura, prefiro ser dilacerado pelo ser que me deu a vida a me afastar do senhor A.M.)

A.M.: — *Não havia pensado nisso. Amo-o muito, não conseguiria fazer isso.* (Regozijei-me!) *Mas a senhora não conheceria alguém que pudesse adotá-lo?* (Meu mundo caiu de novo!)

D.R.: — *Na idade dele é muito pouco provável!* (Cachorra! Perua! Vaca! Quase pulei na jugular dela para estrangulá-la.) *Acho que a essa altura seria uma tremenda judiação separar-se dele, que dificilmente se adaptaria a outra pessoa. Além disso, acho que, nesse momento difícil que você está vivendo, a presença dele só vai ajudar! Leve-o para onde for. Ele vai lhe ser muitíssimo grato por isso. Nunca se desfaça dele, nunca!* (Santa! Madona! Criatura virginal! Quase lhe pulei no pescoço para abraçá-la — naquela manada de sandices supersticiosas que sugeriam diuturnamente ao senhor A.M., o conselho dela, *noblesse oblige*, era absolutamente sensato.)

A.M.: — *A senhora diz isso porque não está vivendo o que estou vivendo. É fácil para a senhora, bem empregada, bem casada, dizer isso.* (Odiava quando o senhor A.M. se vitimizava dessa forma ordinária e simplista.)

D.R.: — *Meu querido, você sabe que o admiro muito e o quanto gosto de você, mas não posso fazer nada para ajudá-lo neste momento. É uma fatalidade o que está acontecendo com você, mas, creia, essa fatalidade acontece com milhares de pessoas hoje no Brasil e no mundo. Pense nisso!*

(Nesse momento olhei para os olhos do senhor A.M., onde se estampava a seguinte legenda sobre as suas pouco bastas pestanas: "*Fatalidade, o caralho! Milhares de pessoas desempregadas, o caralho! O que me interessam as outras pessoas! É a minha vida que está uma merda, e é isso que me interessa!*" Os olhos revelavam essa atroz insensibilidade com o resto da manada, mas, ainda bem, seus lábios diziam algo diferente e, digamos, mais estoico.)

A.M.: — *Vou conversar com minha irmã. Talvez o leve para o Rio de Janeiro comigo!*

(Dizia isso, mas a legenda sob os olhos dele revelava outra coisa, mais ameaçadora: "*Gosto dele, mas preciso me desfazer dele, preciso me desfazer dele, preciso me desfazer dele!*")

Sob esse bombardeio de ameaças, fugi da sala e encolhi-me embaixo da cama da senhora Verônica de Nassau, que, temporariamente, nos abrigava, mas que, zelosamente, costumava trancar a porta do quarto, para que eu não entrasse; nesse dia, milagrosamente, esqueceu a porta aberta.

Duas ou três horas depois, quando a senhora Dóris Roriz já tinha ido embora havia muito, o senhor A.M. me puxou de debaixo da cama da senhora Verônica de Nassau, me acarinhou a corcova e afirmou, depois de profundo suspiro:

A.M.: — Meu querido Ravic, precisamos conversar!

Levou-me ao quarto que então ocupávamos, e, sobre os ombros curvados dele, agora mais curvados do que nunca, avistei, naquele tristíssimo final de tarde, céleres automóveis que se esgueiravam agitados. Pareciam zonzas baratas e lagartixas em fuga para lugar nenhum.

Olhou-me fundo nos olhos e me disse o que nunca gostaria de ouvir — e novamente quis voltar ao pesadelo em que era devorado por quero-queros zelosos de suas crias: — *Meu querido Ravic, precisamos nos separar. Amo você de todo o coração, você é o único amigo incondicional que tive nos últimos tempos, está comigo não importa o que faço, o que grito, o que choro, o que amaldiçoo, mas, meu querido, não posso mais mantê-lo comigo. Há algumas semanas jurei que jamais me separaria de você, mas vou ter de me desfazer de você!*

(Contraditoriamente, me abraçou como se abraçasse filho. Chorava e, à minha maneira, chorei também. Definitivamente aquele ser confuso e eventualmente abjeto — quem não o é de vez em quando? — era tudo o que eu tinha, era o homem da minha vida. Se me separasse dele morreria, a minha vida não teria mais o menor sentido. Quis estimular-lhe, falar-lhe o quanto o amava, dizer que aquilo tudo passaria algum dia, mas me contive.

Como o leitor poderá constatar em outros momentos deste livro, serei capaz de falar em situações dramáticas, especialmente dramáticas como verá, mas agora, deliberadamente, embora o leitor possa crer que se tratasse de momento especialmente dramático, preferi continuar mudo.

Era proposital. Em momentos de crise como a que o senhor A.M. vivia nos últimos tempos, todos palpitam — e esses palpites, embora eventualmente bem-intencionados, são geralmente desastrosos e infelizes.

Há, em situações assim, sempre alguém disparando conselhos disparatados e caminhos alternativos que julgam infalíveis, embora não saibam exatamente o que fazer das próprias vidas. Os seres humanos sempre sabem o que o próximo deve fazer para sair das armadilhas em que se enfiou; nunca sabem, no entanto, o que fazer para sair das armadilhas em que eles próprios se enfiaram. É da natureza humana. Ocuparia caudaloso compêndio tudo que já sugeriram que o senhor A.M. fizesse para emergir do opróbrio em que mergulhara. Tantos os diagnósticos e tantas as estratégias sugeridas, que, atento como sou, resumi-os em lista, na medida do possível, bem-humorada.)

(Antes, porém, devo destacar a sentença, que atravessou o peito do senhor A.M. como punhal, proferida pela nossa então anfitriã, a senhora Verônica de Nassau. Na quente e seca noite anterior, quando o senhor A.M. entortava-se em posição fetal na cama estreita de solteiro que ocupava, cheio de dores, de medos, de falsas promessas, de amigos que dele fugiam, e eu o velava como se fosse o homem da minha vida (e, de fato, o era), a senhora V.N. entrou no quarto, passou a mão curta e delgada na minha cabeça, em seguida acarinhou o senhor A.M. como se fosse recém-nascido rebento, e disparou à queima-roupa: — *Meu querido A.M., você está nessa situação porque desejou estar. A gente materializa tudo aquilo que a gente deseja, o bom e o ruim, a felicidade e a infelicidade, tudo.*

Na verdade, o único culpado disso tudo, se alguém é culpado de alguma coisa, é você mesmo. Mude de atitude! Projete-se como vencedor, e tudo mudará.

E saiu, como havia entrado, silenciosa e mitômana.

Não, não quero que o leitor creia que a senhora V.N. era má — era apenas mulher como tantas, absolutamente perdida, absolutamente sem rumo, absolutamente insana. Ato contínuo, eu e o senhor A.M. abraçamo-nos, e choramos juntos. Nada precisou ser dito sobre aquela sandice, que algum esotérico de merda enfiou naquela cabecinha de pudim.)

A lista dos conselhos insanos que amigos falsos e verdadeiros — em momentos assim fica difícil saber quem são uns e quem são outros; necessário dizer também que o senhor A.M. seguiu exatamente quase todos esses conselhos, sim, quase todos, e nada mudou — tentaram enfiar goela abaixo do senhor A.M. é a seguinte:

1) Nunca se isole. Atenda a todos os telefonemas.

(Cheio de esperança, o senhor A.M. atendia telefone no meio de tarde especialmente funesta e, do outro lado da linha, invariavelmente ouvia a voz melíflua de vendedor tentando lhe enfiar alguma porcaria.)

2) Não seja insistente. Não se transforme em criatura inconveniente que fica sempre ligando para fulano e sicrano e beltrano pedindo trabalho.

(Ouvindo essa voz que se dizia cheia de razão, o senhor A.M. fazia rodízio de ligações e e-mails. Num mês falava com sicrano, fulano e beltrano; no seguinte entrava em contato com outros si-

cranos, fulanos e beltranos. Eram tantos os fulanos, sicranos e beltranos envolvidos nessa torpe e fracassada network, que o meu-querido-amigo precisava esperar seis meses se passarem para, novamente, numa ciranda diabólica e infernal, voltar a procurar alguns desses sicranos, beltranos e fulanos. Depois de tanto tempo, não era raro encontrar algum sicrano, fulano ou beltrano que houvesse se esquecido dele, ou melhor, que fingisse haver se esquecido dele. Um dia, ao ligar para certa mulher, loira azedíssima e lobista descarada a quem prestara bons serviços outrora, a senhora Tribeca Spuza, foi obrigado a ouvir: — Senhor Antonio Martiniano, Antonio Martiniano, de onde mesmo? Acho que não lembro do senhor! O senhor quer vender o que mesmo?)

3) Seja otimista. Pessimismo atrai pessimismo.

(*O senhor A.M. caprichava na dose do ansiolítico de tarja preta que o tornava otimista por pelo menos um dia inteiro e, no meio de alguma forte caminhada de três a quatro horas por alguma cidade na qual estivesse naquele momento, o mix de Rivotril e endorfina fazia efeito e se materializava em pensamentos tipo "sou um dos melhores jornalistas do Brasil" e "sou um dos mais promissores escritores de minha geração". Ao chegar em casa, cheio de certeza de que as caixas postais do e-mail e do telefone fixo não teriam sequer fugaz folga no restante do dia, não sabia bem o que fazer com o Rivotril ingerido e com a endorfina produzida. Nada acontecia. Minto. No meio da tarde, receberia certa corrente milagrosa para santo qualquer que o ameaçava com a danação do inferno, caso não seguisse à risca às instruções determinadas. Idiota, como se já não estivesse lá no infernal olho do furacão, apressava-se em passar a ignóbil — o adjetivo, pesado, é meu; o senhor A.M., coitado, obrigava-se a levar a sério essas quimbandas disparadas por salafrários —, a ignóbil corrente para outras incautas criaturas.)*

4) Divirta-se. Vá a boates, cinemas, teatros e saunas, todos os locais nos quais você compareceria em situações "normais". *(Mesmo ressabiado com o palavrório infernal que viraram os cinemas, com bando de asnos conversando em voz alta e falando ao celular, e com a qualidade duvidosa de filmes dirigidos por filhotes bastardos de Pedro Almodóvar e Quentin Tarantino, o senhor A.M. ia pelo menos duas vezes por semana a alguma sessão de cinema. Mesmo totalmente assexuado — no longo tempo em que vivemos juntos, mentiria se dissesse que o senhor A.M. levou para casa alguém para fins sexuais; com exceção notória do então namorado, o senhor Graciliano de Assis —, visitava eventualmente a sauna do Hotel Nacional de Brasília, onde, a contragosto, mas cheio de esperança de que aquela "mudança de foco", expressão cara a um dos amigos mais falsos do senhor A.M., pudesse lhe ser de bom augúrio, chupava caralhos de velhos flácidos e de jovens garotos bombados com cabeça de pudim com a mesma sofreguidão. Ou deixava-se chupar por bocas ávidas de desconhecidos, que enrabava em seguida. Sacrifícios em vão: ao religar o celular ou ao checar, já em casa, a caixa de correio do lepitope, nada surgia de novo no front. Minto: às vezes alguém lhe prometia aumento do tamanho do pênis — e, cá entre nós, esse era o tipo de promessa que soava como absoluta piada diante do bem-dotado senhor A.M. —, ou lhe ofertava algum aipode vagabundo por 79 reais.)*

5) Consulte oráculos. Vale tudo: pai de santo; tarólogo; astrólogo; cartomante; borra-de-café-no-fundo-da-xícara, numerologia; o diabo a quatro.
(*O senhor A.M., embora fosse basicamente cético, consultou todos os oráculos possíveis e imagináveis; e nessa consultoria a senhora Verônica de Nassau, que acreditava mais em oráculos do que nela própria, foi fundamental. Pensou duas vezes antes de espetar três batatas-doces cozidas no espeto, assar duas maçãs, comprar duas garrafas de sidra vagabunda e espalhar tudo isso às margens de árvore frondosa próxima ao lago Paranoá e, em seguida, dar dez voltas ao redor da mesma árvore frondosa próxima ao lago Paranoá, e tomar banho com líquido vermelho que tinha escrito no rótulo sangue da jiboia sagrada. Na terceira vez que pensou, desistiu. Na quarta, mudou de ideia, foi lá, e fez o ritual. Pensou novamente duas vezes quando lhe sugeriram: o nome com que o ungiram na pia batismal não lhe "caía" bem. Segundo bruxo que consultou, o nome — herdado orgulhosamente do avô homônimo materno — lhe era completamente desfavorável. Sugestão: deveria passar a se chamar Anton Martin. Em esgar de coragem que não lhe era exatamente típico nesses anos de horror, gritou "foda-se" — e, admito, gritei mentalmente junto com ele —, e manteve o belo nome. Mas, certo dia, caiu em tentação: diante de taróloga que lhe vaticinara que nada seria como antes a partir daquele exato dia em que a visitava, que a partir de então tudo lhe sorriria, tudo lhe seriam flores, acreditou, estourou o cartão de crédito, e passou dez dias em Ushuaia, Terra do Fogo, coladinho ao fim do mundo, crente que dali pra frente tudo ia ser diferente. Não seria. Meu maior medo era que alguns desses picaretas lhe dissessem para me empalar com espeto em brasa, assar-me, e depois me devorar*

com rodelas de tomate-cereja ao redor. Mas felizmente a loucura do senhor A.M. nunca chegou a tanto.)

6) Seja generoso. Generosidade atrai generosidade. (*O senhor A.M., que, motivado por culpa atávica, já cultivava havia tempos essa generosidade, agora vendida como chave-mestra-para-tirá-lo-da-merda, foi fundo nesse item da lição de autoajuda que todos se julgavam capazes de ensinar a ele. Embora tivesse cheque especial de seis mil dinheiros estourado e devesse até as poucas pregas que lhe restavam no cu aos cartões de crédito, distribuía notas de cinco reais a mendigos e flanelinhas que o assediavam em todas as esquinas:* — Doutor, doutor, ajude esse pobre coitado a comprar um prato de comida. *O senhor A.M. odiava que o chamassem de doutor, mas, diante da necessidade patológica — e agora, segundo amigos-ursos, terapêutica — de demonstrar generosidade, tirava, magicamente, cinco ou dez dinheiros da cartola e enfiava na mão desses pobres-diabos. Em clara evidência de que estava exagerando nessa caridade patológica vivenciou a seguinte ocorrência, apresso-me em contar-lhes. Certa manhã nua — sem nuvens, sem chuva, sem nada — de setembro, ao atravessar passarela subterrânea na Asa Sul em Brasília, foi cercado por velhinha que se arrastava sob o fardo de visivelmente calculada dor e miséria. O senhor A.M. dificilmente resistia a velhinhas que lhe suplicavam ajuda e sempre as enchia de mimos. A indigitada senhora disparou-lhe à queima-roupa:* — Meu doutorzinho, meu doutorzinho, me ajude pelo amor de Deus. Não tenho nada para comer em casa e — *golpe mortal na generosidade patológica do nosso herói; como se lhe contasse segredo que não houvera contado a ninguém nunca —* tenho problema "cardico" e preciso comprar remédio. *Com-*

padecido, o idiota do senhor A.M. sacou os últimos 10 dinheiros que lhe restavam no bolso — e na vida; vivia o momento financeiro mais crítico de toda a sua longa existência — e enfiou na mão da agora sorridente e feliz anciã, que, anabolizada por essa quantia, entrara, com a lepidez das corças, no beco seguinte. Aliviado, crente de que, com essa boa ação, o celular vibraria no bolso esquerdo da calça a qualquer momento anunciando-lhe emprego celestial que o arrancasse da crise, seguiu em frente. Duzentos metros depois, o celular não tocou, mas avistou nota de cinco dinheiros que lhe piscou, lasciva e voraz. Abaixou-se. Pegou-a. Seguiu em frente, cheio de esperança de que aqueles cinco dinheiros eram sinal celestial de que os caminhos dele se abririam a seguir.)

Amo, de maneira incondicional, o senhor A.M., mas, cá para nós, prezado leitor, admita: não se configurava nesse momento e nesse modo de agir a mais quadrada das bestas?

7) Converse com Deus, com intimidade, como se fosse um Amigo, exponha-Lhe dores. Ele o ouvirá.

(Três ou quatro pessoas tentaram lhe infundir tal ideia, como se Deus fosse o dono da quitanda mais próxima, mas o senhor A.M. resistiu. Numa manhã de domingo, no entanto, caminhando no Eixão Norte, percebeu: alguém lhe enfiava na mão direita pequeno folheto. Abriu-o e leu-o. Logo abaixo daquela fotografia kitsch clássica na qual o sol se põe num belo entardecer rubroazul estava escrito (maktub?): "Converse com Deus, com intimidade, como se fosse um Amigo, exponha-Lhe dores. Ele o ouvirá." *A alma do meu-querido-amigo vibrou e, com aquele outro mantra que lhe repetiam à exaustão nos últimos tempos*

("Fique atento aos sinais, fique atento aos sinais. Deus quase sempre se manifesta por meio das pequenas coisas da vida!"), *partiu de volta para casa como um raio. Neste e nos dias seguintes, pude ouvir conversas assim, claro, com pequenas variações, mas o sentido geral era este:* — Deus, Deus, Deus, sei que o Senhor está aqui ao meu lado, sentado naquele sofá ao lado do Ravic *(e eu olhava para o lado, e não havia ninguém a não ser aquela almofada a qual amava tanto; mas isso, o fato de não ver Deus ao meu lado, não me tirava, nem nunca me tiraria, o sono!)*, naquela árvore frondosa, no meu coração, enfim. Tire-me dessa agonia, Senhor! Preciso muito que o Senhor me ajude. Faça-me voltar a trabalhar, faça-me voltar a escrever, e a exercer esse dom que o Senhor mesmo me legou! *Como o senhor A.M. costumava, por força do hábito, sussurrar essas palavras enquanto me afagava a barriga e a corcova — e, devo revelar, essa era a melhor parte dessas orações!* —, *as palavras dele, ditas num mix de compunção, de contrição, e de extremo aconchego, me faziam, invariavelmente, dormir — e, cinicamente, confesso, esse era o motivo pelo qual adorava esses momentos de devoção extática do nosso herói trágico. Essa prática se estendeu por meses e anos, mas nada mudou na vida do senhor Antonio Martiniano. Desconfiava naquela época — hoje tenho a mais absoluta certeza: Deus não gosta dos que se acomodam e esperam que Ele resolva tudo. Ousar, ousar, ousar é o único caminho que pode levar até Ele. (Mas alerto-o, caro leitor: Se espalhar, aos quatro ventos, que escrevi aqui essa lição temerária de autoajuda, vou negar que a disse até o fim dos tempos. Não me levem a sério pelo amor de Deus — essa coisa de se levar a sério é coisa de vocês humanos. Gatos não se levam a sério nem pretendem ser coerentes ou confiáveis. Na verdade, sou o mais estoico dos estoicos. Nunca espero nada da vida. Sou feliz assim.)*

A vontade de conversar, de consolá-lo com atos e palavras — enquanto o senhor A.M. se despedaçava em dores, martírios e repetições histéricas do pai-nosso em voz cada vez mais alta —, de contracenar-lhe, de enchê-lo de beijos, me tomava inteiro. Mas achava, e continuo achando mesmo depois de morto e sepultado: só o senhor A.M. e ninguém mais lhe resolveria a própria vida — se é que a vida do senhor A.M. se resolveria algum dia.

(Mas, lamento informar-lhes, a maioria de vocês que agora me leem não se comporta assim. Amparados e protegidos pela macabra farsa das ditas boas intenções que nem sempre serão tão boas assim, e atiçados pela nunca-perecível vontade que têm de mexericar sobre o que vai acontecer conosco na próxima cena e na próxima esquina, vocês caem em tentação e teimam em revelar o irrevelável, em descobrir o que nunca poderá ser descoberto, em ponderar o imponderável.)

Agiram assim com o senhor A.M. Agirão assim com todos os senhores Antonios Martinianos que estão e estarão por aí para todo o sempre. A experiência me ensinou: dessas mandingas todas receitadas por falsos amigos, a única que parece lhe ter sido de alguma serventia foram os ansiolíticos de última geração. É possível que tenham lhe salvado a vida. Entope-se deles dia e noite, e desconfio: tais pílulas são as únicas coisas capazes de ainda mantê-lo vivo.

Depois de longo e afetuoso abraço, o senhor A.M. colocava-me levemente na cama, tirava quatro comprimidos da caixa alvinegra e os tomava. Esse último gesto me deixava particularmente feliz, me dava alguma certeza de que o filme continuaria. Inflava-me da segurança de que as coisas não se desmanchariam no ar de uma hora para outra. Inflava-me da segurança de que o senhor A.M. não se desfaria de mim nas próximas horas, meses, anos.

Assim medicado, dormia rapidamente. Eu, não. Grudava-me a ele, lambia-lhe o rosto mal barbeado, e fingia que rezava para alguns daqueles santos que o senhor A.M. tanto cultuava, mas que, naquele exato momento, mergulhavam nas trevas profundas de algum guarda-móveis da periferia de Brasília.

Não acreditava em santos — mas nem os santos nem o senhor A.M. precisam saber disso (por favor, não lhe conte, caro leitor!). Também não acreditava em comprimidos escondidos em caixinhas alvinegras. Acreditava apenas, e unicamente, no amor que podia unir um-homem e um-gato.

Então nada me restava senão colar-me ao corpo quente do senhor A.M. — como amava aquele homem! — e tentar adormecer sem voltar a sonhar com aqueles quero-queros hitchcockianos que me estriparam no meio da tarde.

1 b. luz

Eu estou lá. Vejo-me assim: elegantemente deitado às margens de pequeno lago de belo parque de luminosa cidade. À contraluz do sol de final de tarde de quase dezembro, assemelha-se àquele laguinho-feito-com-espelho-e-areia-de-rio que ocupava lugar de destaque no presépio natalino da senhora Teodora Martiniano, mãe do senhor Antonio Martiniano.

(Era aquele presépio algo tropicalista o objeto de culto daquele menino gorducho que habitava um dos cus do mundo; esse cu do mundo ficava mais exatamente no agreste pernambucano — na verdade, mais tarde acharei essa expressão algo chula tremenda redundância e concluirei: o mundo, em si, é, sim, um grande cu — e aquele menino gorducho ansiava dezembro chegar e, junto, o encantamento de flagrar o desvario da fantasia materna, a misturar tudo em gloriosa geleia geral: casinhas feitas de caixas de fósforo e papelão, bois, vacas, elefantes, galos, cavalos, árvores, laguinhos, automóveis, bonecos, bonecas. Tudo. Tempos felizes. Ele me contou — ele me contava tudo — absolutamente tudo.)

Acabara de chover e tudo recendia a terra molhada, grama molhada, árvores molhadas, eu molhado. Sou gato esquisito. Amo a chuva. Ao contrário dos que pertencem à minha raça, não fujo da chuva, não tento escapar da chuva — mergulho na chuva com a mesma convicção com que devoto cheio de culpa mergulha em capela do santo de devoção após ter relação extraconjugal no meio da tarde de quarta-feira. Tento enxugar o pelo ensopado lagarteando-me ao sol, docemente "brando-como-Marlon" (expressão roubada do senhor A.M.) àquela hora do crepúsculo.

Também adoro raios e trovões, e não tardam a chegar: começam a pipocar e relampejar a boreste. De onde estou, a certa distância, percebo: os relâmpagos refletidos nos meus olhos verde-esmeralda transformam os meus olhos verde-esmeralda em duas brilhantes esmeraldas que lusco-fuscam.

Ao redor não mais gralham quero-queros dispostos a furar meus olhos e ânus, e sim irrequietos pardais que, em alegria estonteante, sobrevoam o meu cocuruto cinzento e tigrado. Não há outro adjetivo para definir o que vejo e o que sinto neste final de tarde de quase dezembro: sublime.

Ela está lá. Vejo-a assim: traja delicioso vestidinho de cetim amarelo, e caminha, etérea, sobre as águas daquele-laguinho-daquele-parque que remete aos presépios natalinos da mãe do senhor A.M. Sobre a cabeça carrega tiara dourada enfeitada com pequenos miosótis e minúsculos colibris. Os olhos continuam estupidamente azuis — os cabelos, estupidamente loiros — a boca, estupidamente rubra — o rosto, estupidamente angelical.

Acabou de chover, mas não se molhou: o vestidinho de cetim amarelo está imaculadamente engomado e recende a alfazemas e macieiras e almíscares. Nunca fala comigo nem me olha diretamente nos olhos. Nunca. Mas agora me surpreende, muda o script, fala comigo, e me olha diretamente nos olhos. Numa voz absolutamente canora e límpida e envolvente, repete e repete e repete: — *Senhor Ravic, senhor Ravic, senhor Ravic, o senhor é um gato muito bonito, o senhor é um gato muito bonito, o senhor é um gato muito bonito.*

É puro êxtase: essa voz absolutamente angelical, límpida e envolvente, cada vez mais próxima de mim, me acalenta de maneira tal que pequenas lágrimas de emoção começam a escorrer pelos meus bigodes e misturam-se às gotas de chuva que me recém-caíram. Volta a falar: — *Senhor Ravic, senhor Ravic, senhor Ravic, o senhor tem um grande destino aqui na Terra, o senhor escreverá um livro e esse livro mudará, de alguma forma, o destino do mundo. O senhor não é gato qualquer, o senhor não é gato qualquer. Esse livro que o senhor escreverá também ajudará a salvar a vida de um pobre-diabo chamado Antonio Martiniano, Antonio Martiniano, Antonio Martiniano, ele mesmo, aquele que o adotou tempos atrás — ele precisa demais do senhor — não o abandone — não o abandone — não o abandone nunca!*

Sinto enorme vontade de perguntar-lhe o nome, de saber de onde vinha, de saber por que diabos sempre me aparecia, sempre me aparecia, sempre me aparecia, de forma tão recorrente. Mas, até segunda ordem, gatos não falam, nem em sonhos, e, além disso, a emoção de rever aquela criaturinha a me dizer coisas tão pungentes e tão significativas me imobilizava cada vez mais.

A visão, no entanto, é tão arrebatadora, e tão, senti, libertadora, que, inexplicavelmente, as palavras começam a fluir de minha boca e reverberam pelo parque, a ponto de espantar alguns pardais que por aqui gorjeiam. Não gosto muito do que ouço: é voz anasalada, mofina, mas é a minha voz, pombas, e é a primeira vez que a ouço.

É então que me vejo e me ouço perguntar-lhe: — *Você é um anjo?*

Ao que aquela virginal aparição retruca, peralta e vivaz e enigmática: — *Anjo? Não sou nada, não sou nada, não sou nada, senhor Ravic. Sou apenas um pensamento seu, um sentimento seu.*

Replico: — *Mas gatos não pensam, gatos não sentem, gatos não falam e, pior, gatos nunca escrevem livros.*

Ela contra-ataca: — *E o senhor acha que gatos sonham com anjos, como o senhor acha que está sonhando comigo agora?*

Gaguejo: — *Creio que sim, creio que sim, creio que sim. Acredito no que vejo.*

O anjo-que-não-queria-ser-anjo interrompe-me, com sorriso sapeca rasgando-se no rostinho pré-rafaelita: — *Meu querido bobinho, meu querido bobinho, meu querido bobinho, o senhor nem sempre devia acreditar no que vê. Agora, por exemplo, o senhor diz que me vê, mas não estou aqui, não há ninguém falando com o senhor neste momento, absolutamente ninguém.*

Imploro: — *Mas a senhorita me parece tão real!*

Ela gargalha, como se acabasse de ver cena hilariante de seu desenho animado preferido: — *E o que é real e o que não é real neste mundo, meu caro senhor Ravic? Ou tudo é real, ou nada é real. Pense nisso. Se o senhor me vê, embora eu não exista, e fale embora gatos não falem nem em sonhos, como o senhor disse, por que um gato não poderia escrever um livro que ajudasse a mudar o mundo?*

Tento relaxar: — *A senhorita é juvenil sofista que quer enlouquecer este pobre gato vira-lata. O que a senhorita quer de fato de mim?*

Ela volta ao tema, aparentando ter bem mais idade do que aparentava ter, como se fosse mestra exigente diante de aluno que teima em não entender o que está sendo explicado na lousa: — *Já lhe disse, senhor Ravic, mas não me importarei em repetir. Todos temos destino a cumprir. O seu terá duas vertentes: 1) Ajudar a salvar um pobre-diabo de um suicídio iminente. 2) Escrever um livro que ajude a colocar um pouco de luz nesse período de trevas que o mundo vive hoje.*
Fui clara, senhor Ravic?
Fui clara, senhor Ravic?
Fui clara, senhor Ravic?
A voz de etérea musa desaparece aos poucos, encoberta por trovões. Mas, reativamente, a figura esplendorosa de minha etérea musa, sombreada pelo sol que se põe e, ao mesmo tempo, exposta pelo lusco-fusco dos relâmpagos invade-me coração, intestino, cérebro, ânus, ouvidos, nariz, garganta, tudo.

Parece ir-se — mas ir-se-á sem que sequer lhe soubesse o nome?

Arguo: — *Como a senhorita se chama?*
Ela: — *Meu nome é Beatriz, Beatriz, Beatriz.*

O nome Beatriz ainda reverberava-me no cérebro, quando ouvi: a) Alguém me sussurrava o seguinte mantra: — *Teté, Teté, Teté!* b) Alguém me puxava o rabo com relativa impertinência.

Mergulhei então em duas reflexões: **1)** Vivia aquela parte do sonho em que as imagens e as sensações protagonizam rapidíssimo *turning point*, a história dá um salto e continuamos a sonhar coisas outras que nada têm a ver com o primeiro sonho? **2)** Teria de fato acordado e era de fato puxado pelo rabo?

Com cantíssimo de olho perscrutei o ambiente e vi (vi?): belíssima criança, idêntica àquela que acabara de ver no sonho, me puxava o rabo com toda a leveza possível numa mãozinha direita delicada como aquela, e me cochichava no ouvido direito: — *Teté, Teté, Teté!*

Conclusão lógica e dedutiva: a resposta certa era a 2, meu caro e perplexo leitor.

Fingi que continuava dormindo, e, relembrando o sofista anjo-que-não-queria-ser-anjo do sonho, sofismei, duplamente comigo mesmo. Sofisma 1: *E se estivesse acordado nas cenas anteriores e apenas agora realmente estivesse sonhando?* Sofisma 2: *E se aquela garota que agora me puxa irreverentemente o rabo e me chama de Teté fosse o sonho, e aquele anjo-que-não-queria-ser-anjo fosse vida real?*

Caí em tentação, e sofismei pela terceira vez: *Mas o que é vida, mas o que é sonho?*

Autorrespondi-me autoperguntando-me (— *E daí, cara-pálida?*), mandei-me à merda (— *Vá se foder, porra! Vá procurar o que fazer! Pare de sofismar, porra!*) e, cheio de coragem, escancarei o mais que pude os meus profundos olhos verde-esmeralda.

Quase me arrependi: a beleza estonteante da menina loira-de-olho-azul que me puxava o rabo e me chamava de Teté e a do mar azul da baía de Guanabara que se descortinava lá fora, grávido de luz, quase me cegaram.

Ao me perceber acordado, a garota que me chamava de Teté e que me puxava o rabo, algo amedrontada com a cara feia que faço quando acordo, soltou-me o rabo, mas continuou repetindo: — *Teté, Teté, Teté.*

Respondi-lhe com relaxante e longo e prazeroso bocejo — tão relaxante, tão longo e tão prazeroso que assustou a pequena senhorita, que, algo aflita, afastou-se do sofá da sala da senhora Vitória Tupinambá, irmã do senhor Antonio Martiniano, onde, àquela altura de minha vida, me esparramava. Agora, com ar sapeca, me olhava, quase me cobiçando, a relativa distância de mim. Lamentei profundamente (e sofri por não poder dizer-lhe isso; gatos não falam, sabemos!) que a tivesse assustado e, mais ainda (*seria o meu amor impossível que começava a me envenenar?*), por não tê-la mais tão perto. Foi então que recorri ao sonho recente em que eu-gato falava, e tentei, desesperadamente, puxar assunto com aquela garota que via pela primeira vez na vida real e não em sonho.

(Sofismei de novo: *O real era o ali e o agora?* Mas, em seguida, mandei todos os sofismas para o inferno, de onde, aliás, nunca deveriam ter saído.)

Abandonei os sofismas, concentrei-me na vontade de dizer algo àquela criança que conhecia havia tanto tempo em sonho e só agora conhecera na vida real. Concentrei-me tanto que a minha cabeça começou a doer, os meus olhos começaram a esbugalhar, e os meus dentes começaram a ranger.

Nesse esforço sobre-humano (se me permite, caro leitor, essa minha eventual — e necessária — humanização), esqueci exatamente o que perguntaria àquela pequena ninfa que me olhava cada vez mais catita, cada vez mais peralta, cada vez mais irradiante — agora me olhava ora sim, ora não, em delicioso jogo de esconde-esconde por trás da cadeira de balanço onde o senhor Godofredo Tupinambá costumava balançar e, ato contínuo, dormir pesadamente sempre que podia — ou seja, diuturnamente.

(Era o que o senhor Godofredo Tupinambá fazia neste exato momento; boca escancarada, pescoço pendido para o lado direito, baba escorrendo-lhe pelo queixo, cabelos displicentemente despenteados.)

A peralta petiz, cada vez mais disposta a revelar os seus encantos, fazia jogo de gato-e-rato, de luz e sombra, de crime e castigo. Quando o rostinho dela surgia por trás da cadeira onde o senhor Godofredo Tupinambá roncava em altos decibéis tudo se iluminava; quando o rostinho dela voltava a sumir por trás da cadeira onde o senhor Godofredo Tupinambá roncava em altos decibéis tudo escurecia outra vez. Quando este jogo de luz-e-sombra já passava da metade, algum som, algo primevo, escapou-me dos lábios. A guapa senhorinha pareceu notar o meu esforço para dizer-lhe algo, para transmitir-lhe alguma mensagem — e isso, ai de mim, a assustou mais ainda.

Àquela altura, a minha vontade de lhe dizer algo, de lhe comunicar algo, de, enfim, contracenar-lhe, virara obsessão: continuei tentando falar-lhe.

Até que finalmente, jubiloso, ouvi-me (numa voz rouquenha e infame e assustadora, devo admitir, mas minha!): — *Como você se chama, minha querida?*

Os olhos de minha pequena ninfa saíram por rápidos segundos das órbitas, os cachos dos cabelos ficaram lisos por fragmentos de segundos, a boca esboçou esgar meio sórdido, e ela, partindo meu coração apaixonado, berrou com voz miúda, ainda vacilante: — *Mamãe, mamãe, o gato do tio Dindo está falando, o gato do tio Dindo está falando!*

Diante do inusitado dessa cena, o leitor merecerá informações e comentários complementares que, certamente, lhe facilitarão a compreensão desta obra.

Ei-los: 1) Diante dos gritos assustados da bela menina, o senhor Godofredo Tupinambá acordou do sono com barulho de trator, ganhou vida, murmurou algo incompreensível, e retirou-se para a ampla varanda, onde voltou a mergulhar no mais profundo dos sonos em reconfortante rede, que lhe era, tal a convivência marital entre ambos, quase segunda pele.

2) A pequena ninfa, irrompida em prantos, sumiu de meu ângulo de visão e foi afogar seus medos no colo da mãe, que conversava com outra mulher, provavelmente a senhora Vitória Tupinambá, no quarto ao lado.

3) Como pude apurar amplamente depois, quando a nossa pequena heroína falou "tio Dindo", personagem que, à primeira vista, desconhecíamos até então, referia-se a ninguém mais ninguém menos que ao senhor Antonio Martiniano que era — tudo se relaciona, pois não? — tio-avô e padrinho da nossa encantadora infanta.

4) O tio Dindo aqui citado não estava em casa nesse momento; como me contou mais tarde, ocupava-se com mais uma sessão de entrevistas com certa-atriz-um-dia-famosa, a senhora Benedicta Flamboyant, para escrever livro que nunca chegou a publicar.

(A senhora Benedicta Flamboyant creu no olhar de padre do senhor Antonio Martiniano e lhe confidenciou todos os pecados, capitais, veniais e mortais. Tempos depois, madalena-arrependida, desautorizou a publicação da obra quando o livro já estava na gráfica. A um puto e surpreendido senhor A.M. explicou, por telefone, depois, com a voz rouca e pretensamente sensual que lhe era peculiar: — *Eu falei demais, meu querido, falei demais, meu querido. Sou avó, não posso ficar falando por*

aí que prevariquei do jeito que prevariquei. Tenho um nome a zelar, meu querido!)
5) Do quarto ao lado, ouvi então o diálogo seguinte:
Filha: — *Mamãe, mamãe, o gato do tio Dindo falou, mamãe! Ele perguntou meu nome, mamãe!*
Mãe: — *Beatrizzz, Beatrizzz.*
(Deus do céu, como o leitor pode perceber e também se surpreender, da mesma forma que eu, a minha pequena ninfa também se chamava Beatriz, como o anjo-que-não-queria-ser-anjo do meu sonho!)
Mãe: — *Beatriiiiiizzz, Beatriiizzz, quantas vezes vou precisar lhe dizer que gatos não falam? O Filé, o Filé, o gato lá de casa, fala, Beatriz?*
Filha (impotente e tristonha): — *Não, não fala! Mas o gato do tio Dindo falou, juro!*
Mãe: — *Beatriiiizzzz... Beatriiiizzz...* (a senhora Aretha Tupinambá, mãe de Beatriz e sobrinha do senhor Antonio Martiniano, costumava sibilar o I e o Z de Beatriz quando ralhava com ela), *gatos não falam, e não se fala mais nisso. Acabou!*

Dez minutos depois dessa cena, quando o mar da baía de Guanabara já se fundira ao céu profundo da baía de Guanabara, anunciando que a noite chegara, quando tentava costurar todas as peças do imenso e desconjuntado quebra-cabeça que havia sido aquela quente tarde carioca, eis que surgem diante de mim, por ordem de entrada em cena, os personagens daquela nossa pequena comédia urbana.
1) A senhora Aretha Tupinambá, grávida do senhor Augusto Tupinambá, que nunca cheguei a conhecer e que, quando o senhor Antonio Martiniano o visse pela primeira vez, e perce-

besse o quão risonho e franco ele lhe era, comentaria, com a irmã, a senhora V.T.: — *É incrível, Vitória, parece que nos conhecemos há muito tempo.* Perguntar-se-á também (mas nunca terá resposta alguma) quando constatar a empatia e a simpatia que o unem ao sobrinho-neto recém-nascido: — *Será este menino a reencarnação do meu querido amigo Omar Amado, morto algum tempo atrás?*

2) A senhora Vitória Tupinambá, boníssima criatura a quem me apeguei superlativamente e a quem quero homenagear agora e agradecer-lhe o enorme carinho com que me tratou, antes e depois do câncer que me mataria posteriormente.

3) A senhorita Beatriz Tupinambá, cheia de charme, orgulhosíssima do fato de ter informação privilegiada — o fato de eu falar — e de ter certeza absoluta de que aquilo voltaria a ocorrer — e, com prazer, ajudar-lhe-ia nesse sentido ao voltar a falar na hora certa, como o leitor poderá constatar nas próximas cenas.

4) O senhor Godofredo Tupinambá, que terá participação fundamental neste livro, também compunha a cena: agora, depois de demorado banho, parecia bem menos cadáver que nas cenas anteriores: sentava-se à cadeira de balanço, a bordo do controle remoto da tevê, que usava à guisa de tacape que, acreditava, talvez pudesse abater para sempre o terrível, o inexorável, o inarredável tédio que lhe abria, que lhe escancarava todas as asas.

A senhora Aretha Tupinambá, eventualmente vulcânica, mas dona de notável senso de humor, puxou a pequena Beatriz, pelo braço, e, à guisa de desafio, em tentativa legítima de atestar para os devidos fins que a filha havia dito o disparate dos disparates sobre a minha eventual eloquência verbal, olhou-me no fundo dos olhos, e afirmou peremptoriamente: — *Ravic, meu querido, quer dizer que você andou perguntando à minha filha o nome dela, não é, seu safadinho? Pois vou atender ao seu pedido e soletrar o nome dela pra você: B-E-A-T-R-I-Z! Beatriz. Entendeu?*

Para espanto da atenta plateia, respondi na ponta da língua, com fluência verbal que parecia resultante de anos seguidos de aulas de oratória, com dicção digna de *Sir* Lawrence Olivier, ou do senhor Paulo Autran: — *Obrigado, minha cara senhora! Na verdade, ouvi a conversa de vocês no quarto ao lado e sei que a encantadora senhorita que a senhora tem como filha se chama Beatriz!* Um ooooooohhhhh coletivo atravessou a ampla sala como inesperado trovão.

(Ao olhar para o rosto do senhor Godofredo Tupinambá, assustei-me: olhos, boca, nariz e sobrancelhas desapareceram-lhe. Em lugar deles, despontava, ocupando-lhe toda a rotunda face, imenso, gigantesco, ponto de interrogação.)

Beatriz, no entanto, aproveitou o espanto generalizado, e impôs-se: — *Tá vendo aí, mamãe, o gato do tio Dindo fala sim. Eu nunca minto!*

Diante de cena que não se entende, e que nunca se entenderá, o melhor a fazer é fingir que nada aconteceu. Os nossos personagens reagiram assim. Menos, claro, a inocente Beatriz: na cabecinha dela nada ainda lhe soava estranho, ou sobrenatural, ou falso, ou verdadeiro, ou ridículo. A vida era, e pronto. As senhoras A.T., V.T. e o senhor G.T. engoliram a perplexidade que os corroía com, admito, certa dignidade, e rapidamente mudaram de assunto. Passaram a falar sobre coisas mais banais, menos absurdas e mais compreensíveis, como se nesse mundo sem sentido algum houvesse coisas mais banais, menos absurdas e mais compreensíveis para serem faladas.

Cinco minutos depois, Beatriz e a senhora A.T. foram embora. Resolvi afinal descer daquele sofá que tinha a maciez do ventre de minha mãe e onde me refestelava desde o início da tarde. Fui alimentar o meu corpo.

(A minha alma, caro leitor, àquela altura, já estava alimentadíssima!)

Eu, gato; Beatriz, menina. Até na minha mente apaixonada em desvario martelava o seguinte e racionalíssimo mantra, dito no mesmo tom metálico e repetitivo daquele simpático robô do seriado *Perdidos no espaço* (no início das manhãs de sábado sempre flagrava o senhor A.M., olhos vidrados e emoção incontida assistindo a reprises desses filmecos que lhe marcaram a infância): — *Perigo, perigo, perigo! Amor impossível, amor impossível, perigo!*

(Mas como sabemos, óbvio ululante, talvez até mesmo a virginal Beatriz já tivesse descoberto esse teorema, paixões não têm, nunca tiveram, nem nunca terão motivação racional ou cerebral.)

Pelo amor de Deus, caro leitor, que esse amor, tão escancarado e assumido há alguns parágrafos, fique absolutamente entre nós.

(*Até do senhor A.M.?*, poderá perguntar o leitor mais arguto. — *Principalmente dele, principalmente dele* — apresso-me em respondê-lo, arguto leitor! Sob a aparência de liberal e de libertino, de usuário de práticas sexuais não exatamente ortodoxas, esconde-se, quando se trata de assuntos relacionados à família que agora tanto ama — a idade o domesticou —, a fúria de um Cérbero — ai de mim, ai de mim, ai de mim!)

Façamos um pacto, caro leitor: que o amor impossível entre mim e Beatriz Tupinambá fique apenas entre nós.

Devo dizer também, não para o leitor se apiedar de mim e eventualmente torcer para que o amor que sinto por Beatriz seja um dia correspondido, mas porque se trata de informação fundamental na trama deste livro: nesses dias passados na aconchegante casa da família Tupinambá darei cada vez mais evidentes sinais do câncer que me corroerá as entranhas e me levará à morte no dia 19 de fevereiro de 2007 (estávamos então em novembro — ou seria dezembro? — de 2005).

Nessa época tudo me enfadava: boa comida, boa bebida, bons livros, boas pessoas, boas paisagens — até mesmo a baía de Guanabara que via, cinematograficamente, daquele sofá-cor-de-abóbora que tanto amava e onde passei alguns dos melhores e piores momentos de minha vida.

Tudo me entediava, menos, claro, a senhorita Beatriz Tupinambá, a quem via com certa regularidade, mas de quem a senhora A.T. me mantinha agora a distância nada animadora. Verdade, vez em quando, minha pequena ninfa conseguia escapar dos olhares severos e vigilantes da mãe e da avó e, entre uma peraltice e outra, sorria para mim com indisfarçável glamour — e esse indisfarçável glamour fazia-me esquecer todos os cânceres do mundo.

(O senhor Godofredo Tupinambá, que também poderia vigiar ostensivamente os meus, juro, pueris assédios àquela divinal criaturinha, não o fazia — e eu o amava por isso. Invariavelmente enfiado na rede-que-se-transformara-em-segunda-pele, quase nunca entrava em cena —, mas quando o fazia, e isso me fazia odiá-lo, era para dizer desaforos em altos decibéis à amada senhora Vitória Tupinambá.)

Apesar do meu eterno estoicismo, sofri rude golpe ao perceber que os sinais da terrível doença que me destruiria já se materializavam desgraçada e inexoravelmente sobre meu raquítico corpo físico. Não exatamente pelo fato de que isso me fazia perceber o quanto éramos, e somos, vulneráveis criaturas errantes submetidas ao errático sopro de algum deus-invariavelmente-bêbado. Mas pelo fato de que essa mácula, essa disfunção física, poderia se transformar num impedimento ainda maior de eventual aprofundamento amoroso-afetivo entre a senhorita Beatriz Tupinambá e mim.

Tive essa desconfiança materializada em certa manhã de novembro — ou seria dezembro? —, quando a senhora Aretha Tupinambá e a senhorita Beatriz Tupinambá adentraram mais uma vez, para o meu deleite e júbilo, a ampla sala da casa da família Tupinambá. Sempre deitado naquele sofá cor de abóbora ao qual tanto amava, encantava-me com os arrulhos da notável pequena que saracoteava para lá e para cá, serelepe e fagueira, incansável na emocionante saga de descobrir os cheiros novos, os sons novos, as paisagens novas, os sentimentos novos.

Eu, a alguns poucos anos do meu ocaso, não poderia deixar de me emocionar com esses maviosos movimentos da senhorita Beatriz Tupinambá — e chorei. As lágrimas foram tantas e tão copiosas que molharam a bela almofada — como vê, caro leitor, além da senhorita Beatriz, almofadas e sofás me fascinam, e me apaixonam — que a senhora Vitória Tupinambá bordara com tanto empenho.

As minhas lágrimas também chamaram a atenção da pequena Beatriz. Ela se aproximou de mim e perguntou com aquela voz que me transformava na mais derretida das manteigas: — *Teté, Teté, Teté, tá chorando, Teté?*

Menti: — *Gatos não choram, minha querida Beatriz.*

Ela: — *E essas gotas enoooooormes que descem pelo seu nariz? E essa mancha enoooooorme na almofada da vovó Vivi? Você não me engana não, Teté, você tá chorando.*

Romantizei e, *noblesse oblige*, carreguei na pieguice: — *Como posso estar chorando se a senhorita está aqui ao meu lado enchendo o meu coração de alegria? A senhorita é a luz da minha vida!*

Ela: — *Você diz coisas que não entendo. O que é uma senhorita?*

Descobri brecha de mudar o rumo da prosa (poderia assustá-la): — *Senhorita é um jeito carinhoso de se chamar uma criança muito bonita como você!*

Ela: — *Você também é bonito, Teté, você também é um "senhorita", Teté. Gatos são muito bonitos. Filé, o gato lá de casa, também é muito bonito.*

Engoli o ciúme e afirmei, peremptório: — *Crianças também são muito bonitas.*

Ela: — *Então é por isso que crianças gostam de gatos, e gatos gostam de crianças!*

Seguiu-se longo silêncio. De repente, percebi: Beatriz pousava seus esplêndidos cachos dourados e sua cabecinha vivaz sobre a minha barriga e, olhando-me no fundo dos olhos, sorriu para mim e eu, era o mínimo que poderia fazer num momento assim, sublime, sorri de volta.

Ela: — Teté, você sorriu pra mim, Teté! O Filé nunca sorri pra mim. Você é mesmo um gato muito esquisito, fala, ri. O que mais você faz, Teté?

Voltei a romantizar (não era de ferro, nem naquele momento nem muito menos neste exato momento em que o caro leitor me lê, quando me misturo à terra seca do quintal da querida senhora Dolores dos Anjos, na periferia de Brasília): — *A senhorita é a única pessoa do mundo que me faz sorrir e falar. Normalmente só converso com outros gatos e com outros bichos!*

Ela: — *Obrigada, Teté. Você é tão gentil comigo! Acho que você me ama tanto quanto papai, mamãe, vovó Vivi, vovô Neném, o tio Dindo e a tia Dinda!*

Quase caí na tentação de dizer que a amava mais que todos, mas contive-me: — *Sim. Eu a amo tanto quanto eles!*

Ela: — *Eu também te amo muito, Teté!*

Aprendi no decorrer da minha longa existência (quatro anos e meio para um gato é quase eternidade!), e divido esse aprendizado com o dileto leitor: a vida é feita por eternos e recorrentes movimentos de sístole-diástole, quente-frio, amor-ódio, luz-sombra, agonia-êxtase, sucesso-fracasso. Não há como mudar essa cartesianamente dual equação.

Todos nós somos submetidos a doses equânimes de luz e sombra, sístole e diástole; quente e frio; amor e ódio; agonia e êxtase; sucesso e fracasso. Há quem queira mudar o que, na minha modesta opinião, é imutável. Problema de cada um.

Cada um sabe, ou deveria saber, como enfrentar as vicissitudes e as glórias que a vida nos oferece.

Não quero mudar nada — o alegre e o triste são faces da mesma moeda, com a qual temos de eventualmente negociar nossa felicidade e nossa infelicidade. Aprendi também, e novamente divido esse aprendizado com quem agora me lê: devemos enfrentar o quente e o frio; a sístole e a diástole; o fracasso e o sucesso; a luz e a sombra; o amor e o ódio, a agonia e o êxtase com a mesma magnanimidade. Por saber disso tudo, sabia: após aquele momento de felicidade arrebatadora que acabara de viver seguir-se-ia terrível vendaval.

É o que lhe demonstrarei, caro leitor, agora.

Enquanto a senhorita Beatriz Tupinambá derramava seus cachos loiros e sua cabecinha vivaz pela minha barriga-almofada e eu ronronava ronronar revelador da incontida felicidade que aquele momento me proporcionava, lá dentro de mim, nas profundezas do meu ser, tsunami fétido eclodia, e me revirava todas as entranhas, numa dor absolutamente insuportável.

(Já havia sentido aquilo antes. Aliás, lembro exatamente o momento em que senti aquilo pela primeira vez. Era Brasília. Era domingo. O senhor A.M. lia jornal, ainda lia jornais a essa época, ao meu lado. Derramava-me sobre o sofá vermelho que tanto amava que ao lado do sofá cor de abóbora da senhora V.T. podem ser considerados os sofás da minha vida.

Foi quando, tal e qual tempestade que se abate inesperadamente no meio de tarde quente de sol, sem avisar, malcheirosa poça de sangue, fezes e bílis espalhou-se pelo sofá vermelho que tanto amava — e lamentei por isso — e pelos três jornais dominicais ainda não lidos que o senhor A.M. deveria ler nos minutos seguintes, mas não leu.

Dois dias depois, assepsias feitas em mim e no sofá vermelho, que nunca voltou a ser o mesmo, e de muitos exames clínicos realizados, eu e o senhor A.M. ouvimos — ele mais pasmo do que eu; como sempre, aliás! — da boca da doutora Edeltrudes Jatobá, veterinária que cuidou de mim com zelo extraordinário: — *Lamento informá-lo, mas o Ravic tem câncer no estômago.* Em seguida, cheia de piedade, aconselhou: — *Não acho que vale a pena operar ou qualquer outro tipo de tratamento muito invasivo. É deixar correr o tempo — e que ele seja feliz enquanto viver, não é, Ravic?*)

Voltemos ao Rio de Janeiro, mais exatamente à Ilha do Governador, de onde se podia ver, ao longe, pontes rios-niteróis, cristos-redentores e pães-de-açúcares naquela quase pornográfica baía de Guanabara estupidamente azul.

(Foi em direção a essa baía de Guanabara estupidamente azul que meu olhar se concentrou quando percebi que aquele tsunami fétido que acabara de eclodir dentro de mim atingiria em segundos a pele tenra, alva e virginal da senhorita Beatriz Tupinambá.)

Era dor tão aguda e tão espetacular que me imobilizou. Alguma parte do meu cérebro me ordenava que saltasse do sofá a tempo de impedir que aquela torrente sórdida que sairia de dentro de mim atingisse a inocência e a calidez daquele anjo. Mas não consegui me obedecer: colossal jato de sangue — e fezes — e bílis — atingiu a minha amada ninfa na altura do coração.

A face crispada dela, felizmente não atingida pelo meu tsunami fétido, espelhava um terror e um espanto que me doeram mais que as entranhas se esvaindo de mim como lava vulcânica saindo de algum Etna enlouquecido.

Aos gritos de *Teté está sangrando, Teté está sangrando, Teté está sangrando*, a minha pequena ninfa, esbaforida, apoplética, chorava o mais legítimo dos choros. Tinha, apesar da pouca idade, o pathos dramático de uma medeia-que-acabasse-de-matar-os-filhos.

Num átimo, as senhoras Tupinambá surgiram como se do nada, esgares no rosto, corpos em transe, bocas disformes: disparavam palavras incompreensíveis e gestos desconexos. Até o senhor Tupinambá desvencilhou-se da rede que lhe era segunda pele e, da porta da varanda, berrou com olhos esbugalhados — e berrou tão alto que senti raiva dele — ele que me amava tanto — e a quem amaria tanto: — *Vitória, Vitória, O QUE ACONTECEU? VOCÊS DEIXARAM A BEATRIZ SOZINHA COM O RAVIC E VEJAM O QUE ACONTECEU!!!*

A senhorita Beatriz continuava gritando: — *Teté está sangrando, Teté está sangrando, Teté está sangrando*. Numa rapidez de raciocínio que só momento assim será capaz de provocar, pegaram a minha pequena ninfa e a enfiaram embaixo do chuveiro, de onde continuava a gritar.

Entre grito e outro, ouvi a seguinte pergunta: — *Mamãe, mamãe, o Teté vai morrer, mamãe? O Teté vai morrer, mamãe?*

A senhora Aretha Tupinambá — eficientíssima em enfrentar situações-limite desse porte — tentava tranquilizá-la: — *Não, filhinha, o Teté não vai morrer. O Teté está muito dodói, mas vai ficar bom e não vai morrer não, tá?*

Quase flutuando sobre a poça fétida que maculara o sofá cor de abóbora que eu tanto amava, quis muito acreditar no que a querida senhora A.T. repetia para a filha. Mas sabia: estava marcado para morrer — e chorei como nunca havia chorado antes em toda a minha vida — e desmaiei.

2. os outros

O senhor Antonio Martiniano já fez de tudo na vida. Até mesmo teatro. Quando muito jovem, foi ator medíocre e diretor esforçado. A melhor coisa ocorrida nesse período foi ter conhecido alguém muito especial, de quem nunca esqueceria o brilhantismo e a visão-avançadíssima-para-a-época-de-encarar-politicamente-a-arte-e-a-vida: o diretor de teatro Camilo Artô, notável livre-pensador e inspirado encenador.

De Camilo Artô, entre outras boas maneiras e posicionamentos, o meu querido amigo se apoderou, assumidamente, do conceito de **corpos e pessoas**.

Explicou-me assim o que era uma coisa e o que era outra coisa, algo didaticamente, mas, tudo bem, talvez estivesse imaginando o quão difícil seria (e não era) um gato entender essas conceituações existenciais de mesa de bar:

a) **Corpos:** substrato físico dos indivíduos; a caixa na qual estamos empacotados; o invólucro; a casca; o não-conteúdo; o aparente; o visível a olho nu; o tangível; o palpável; o alcançável-à-primeira-vista; o dizível.

b) **Pessoas:** algo mais além, mais profundo, não exatamente visível a olho nu, mas resultante de convivência, de vivência de dores e amores conjuntos, da rotina massacrante do dia a dia; o não-invólucro; a não-casca; o não-tangível; o não-palpável; o não-alcançável-à-primeira-vista; o não-dizível.

Espetacularmente humano, o senhor A.M. tentou navegar equilibradamente entre estes dois oceanos durante toda a existência. Não tenho certeza se conseguiu esse equilíbrio. O que se pode afirmar: em certos momentos teve especial preferência por **corpos**. (Ouso dizer: ainda hoje, aos 50, continua preferindo **corpos** a **pessoas**.)

Em período pré-Aids, mudava de parceiro como político troca de caráter: agarrava rapazes incautos no escurinho dos cinemas, ali mesmo no escurinho dos cinemas os enrabava ou se deixava chupar, e quando esses rapazes incautos materializavam-se sob a luz do céu profundo, e quebrava-se o encanto, dispensava-os com indisfarçável vigor.

Noutros momentos, em altas madrugadas, passeava, indócil, pelas ruas centrais das grandes cidades e prevaricava com o macho que estivesse mais próximo, ao alcance da mão — ou melhor, do pênis. A síndrome-da-imunodeficiência-adquirida mudou-o, mas, adianto-lhes, apenas em tese. Fez com que se interessasse, pelo menos aparentemente, mais por **pessoas** do que por **corpos**.

Seria o período-das-grandes-paixões-falsas, como chamaria depois, quando se envolvia com todos aqueles que lhe dessem o mínimo de atenção. Era dependente químico assumido de atenção, ainda que fosse mínima. Fugia de **corpos** e procurava **pessoas**, era evidente, mas vulgarizava estupidamente essa busca: qualquer vagabundo de ponta de rua sem eira nem beira que o tratasse educadamente, o beijasse na boca, e não tivesse halitose, era alçado à condição de grande-amor-da-vida-dele e promovido à nave central do altar de superdiversificada mitologia afetivo-sexual.

Podiam ser vagabundos de ponta de rua sem eira nem beira, mas não eram otários, e nem sempre compactuavam com esse jogo sórdido e, invariavelmente, lhe davam solene pontapé no traseiro. Esses chegas-pra-lá faziam o meu-querido-amigo, ai do meu-querido-amigo, chorar lágrimas de sangue por gente sem conteúdo, sem expressão, sem transcendência, sem nada.

Corpos teriam sempre conotação absolutamente sexual — com altíssimo grau de rotatividade e intensa voltagem erótica. Tramoias da sorte, eventualmente **corpos** poderiam se transformar em **pessoas** — mas **pessoas** dificilmente poderiam se tornar **corpos**. Até podiam, mas não era usual, não era comum, não era, digamos, de bom alvitre.

(Havia, claro, exceções a essa regra, a ponto de ter-se inventado expressão, algo engraçada, para definir esse rompimento de convenções sexuais: **quebrar louça**.)

O senhor Antonio Martiniano era rígido quanto a essas convenções. **Quase** nunca — esse **quase** fica por conta de um ou dois momentos nos quais capitulou e que resultaram em retumbantes fracassos afetivos e existenciais; um nada diante da formidável coleção de aventuras, pessoais e corporais, que teve vida afora — o meu-querido-amigo caiu em tentação e tentou fazer sexo com alguém que lhe era "apenas" amigo.

O movimento contrário, **corpos** que se tornariam **pessoas**, foi-lhe sempre mais natural. Todos os seus parceiros mais duradouros tiveram gênese em relação inicial apenas corporal, física. Mas, demonstração cabal de que teve e tem, digamos, queda por **corpos** é o seguinte fato: todos esses relacionamentos mais especiais foram se volatilizando no decorrer do tempo. O que atestou para os devidos fins: à medida que os **corpos**, que tanto o excitavam, iam se transformando em **pessoas**, o interesse sexual dele decrescia, a chama da paixão física começava pateticamente a se apagar: o casal, antes com alto teor de pulsão erótica, acabava se transformando em dois irmãozinhos que, claro, jamais pensariam em praticar incesto.

(Foi, repito, entre esses dois oceanos que a vida sexual do senhor A.M. navegou.)

Deixava eventualmente que o senhor Antonio Martiniano lesse o meu pensamento — essa leitura só ocorria quando **eu** queria —, em determinados momentos olhava-me querendo desvendar desesperadamente o que eu pensava a respeito de determinado assunto candente, com o qual não tinha a menor ideia de como lidar — e **eu** simplesmente fechava a cortina. Não que fosse criatura má, não, não sou — não era isso, era apenas a minha absoluta certeza no seguinte teorema-de-Ravic: cada qual deve descobrir a própria maneira de não soçobrar às tempestades bíblicas que se abatem sobre nós, diuturnamente.

Ele só lia o meu pensamento quando **eu** queria, mas eu podia ler os pensamentos do senhor A.M. sempre — pobre senhor A.M., diante de mim nunca teria microssegundo sequer de privacidade. Foi então que li nos olhos dele, e aquela conclusão taxativa me encheu de felicidade: — *Meu querido Ravic,* você foi, é e sempre será uma pessoa para mim — e uma pessoa muito especial —, uma pessoa da qual jamais esquecerei!

Os critérios na definição de quem foi **corpo** e de quem foi **pessoa** na vida do meu-querido-amigo são evidentemente antonio-martinianos, mas também são meus — e em alguns personagens essa divisão nunca ficaria devidamente delineada.

Como o leitor perceberá, o personagem Ernesto Escobar será colocado na posição algo vaga, totalmente zona-fantasma, admito, mas não havia como defini-lo de outra forma, de **corpo-pessoa**.

Essa terminologia (**corpo-pessoa**), criada em tarde de intensas confidências da parte do senhor A.M., quer dizer exatamente o que o leitor já deverá ter presumido: alguém que conheceu como **corpo**, mas as peripécias da vida tiraram-no do caminho, e nunca mais o reencontrou, e, consequentemente, nunca pôde transformá-lo em **pessoa**.

O senhor A.M., mais obcecado do que apaixonado, não nega para ninguém, muito romanticamente: Ernesto Escobar, esse **corpo** sumido, um dia reaparecerá e, transformado em **pessoa**, acompanhá-lo-á até o fim dos tempos.

Devo salientar: ele deseja ardentemente que Ernesto Escobar cruze-lhe o caminho outra vez — inclusive reza diariamente nesse sentido, com fervor erótico-afetivo notável, para santos de devoção, tipo são Sebastião e são Lázaro.

Naquela mesma tarde de domingo recheada de confidências, me assegurou: — *Não vacilarei. Se esse homem passar de novo na minha vida, a história será diferente!*

Será?

2 a. pessoas

Tiago Montezuma

Esse arquiteto de inquietos olhos castanhos e tez ligeiramente parda já foi o venerado e cobiçado objeto de desejo do senhor Antonio Martiniano. Conheceu-o em 1985, quando tinha 18 anos, a bordo de sex appeal espetacular e de insaciável vontade de seduzir o próximo. Objetivo central do senhor A.M. nessa época: mais que **corpo**, queria **pessoa**. Disse a um amigo: — *Estou apaixonado por ele. Não o quero apenas para foder, quero que seja o homem da minha vida!* Esse amigo, no entanto, o alertou — mezzo interessado na felicidade do senhor A.M.; mezzo interessado em tirá-lo do páreo, já que esse amigo, soube-se depois, estava interessado no corpo e na pessoa do senhor Tiago Montezuma: — *Trata-se de criatura muito difícil, basicamente melíflua, principalmente se souber que a outra parte está muito interessada. Se quiser ter alguma chance, finja certo desinteresse. Será melhor assim. É daqueles que odeiam, o-dei-am, ser paparicados em excesso!*

Talvez por saber que o conselho viera de alguém que queria tirá-lo do páreo, mas não apenas por isso, fez exatamente o contrário. Enviou cartas ao amado pretendido; aproximou-se de certa atriz, Loretta Tenebris, amiga mais próxima do amado pretendido, tornando-a cúmplice — em troca, devo dizer, de elogios à performance dela no jornal; nessa época o meu-querido-amigo era crítico de teatro em importante jornal do Recife; arrumou jeito de comparecer a todas as festas nas quais o amado pretendido comparecia; enviava-lhe mimos literários e sonoros.

(Em suma: o senhor Tiago Montezuma passou-lhe a ser sublime-abjeta obsessão.)

Mas, exatamente como haviam lhe dito, o guapo rapaz, esperto, nunca dizia não. Mas, também, nunca dizia sim. Dessa forma manteve cativo o nosso herói trágico até onde deu. Isso durou anos — num jogo de quente-frio, de morde-assopra, de senta-levanta, que quase enlouqueceu o meu-querido-amigo.

Chegou até mesmo a mudar de cidade — de Recife para São Paulo — para ter o senhor Tiago Montezuma mais perto. Totalmente em vão. Cansado, triturado, arrasado, finalmente jogou a toalha.

Diatribes do destino, quatro meses depois, quando já se desprogramara totalmente em relação a qualquer possibilidade de transformar aquele **corpo** querido em **pessoa** mais querida ainda, o inesperado aconteceu.

Às quatro horas da madrugada, em boteco sórdido da avenida São João que cheirava a mijo e vômito, ambos afogados em hectolitros de Steinhägen + cerveja + uísque, o senhor Antonio Martiniano ouviu da boca do senhor Tiago Montezuma, sem nenhuma poesia, sem nenhum romantismo, de maneira espetacularmente objetiva: — *Vamos foder, vamos foder agora, já! Estou superafim.*

O senhor A.M. pensou em capitular, mas foi duro na queda, manteve-se firme: — *Talvez outro dia, quem sabe?*

(Esse dia, caro leitor, nunca aconteceu e, posso lhe antecipar, jamais acontecerá.)

Mais de vinte anos depois de essa cena ocorrer, é esse mesmo homem, o senhor Tiago Montezuma, que adentra sala ampla onde me esparramo no sofá vermelho, em apartamento da SQS 304, em Brasília.

(Ainda não soubera da história narrada nos parágrafos anteriores, mas, naquele momento, não gostei dele. Razões desse não-gostar-naquele-momento: a. Encarou-me com olhar de enfado e nojo; b. Deu-me tapinha pouco amigável na corcova; c. Evitou, com asco assumido, sentar próximo à almofada em que eu tentava ronronar e disse, na terrível franqueza que o marcava: — *Tira esse bicho daí, A.M.!*

Não me restou saída: escapuli para minha opção-b-de-melhor-lugar-para-dormir: a cama tépida ao lado de tevê de trinta e duas polegadas que o meu-querido-amigo comprou, claro, em tempos de bonança financeira. Ao chegar, enfim, ao lugar quente que ocuparia nas próximas horas, virei o pescoço e pude flagrar o carinhoso abraço que os dois amigos trocavam.)

Nesse ínterim, entre essas duas cenas quase antípodas, muita coisa aconteceu, o mundo girou, a lusitana rodou, a coruja piou. Agora, 2005, os dois amigos se respeitam, mas percebe-se claramente: muita coisa mudou-lhes na vida. Ambos mudaram, e, devo presumir, para pior.

Homossexuais xiitas mais radicais, aos quais o meu-querido-amigo devotava colossal fobia (embora eventualmente tivesse que se encontrar e até mesmo conversar com algum deles em algum evento social-cultural; ou enrabá-los com algum prazer; *"meu pau não é nada ideológico"*, dizia o nosso trágico herói ao justificar essas trânsfugas), costumavam associar a piora do estado mental do senhor Tiago Montezuma ao fato de ter se tornado heterossexual-convertido, o que vem a ser, conforme aprendi depois, aquele homossexual que, sob efeito de alguma ação exógena, descristaliza-se sexualmente e muda o foco da libido.

Essa descristalização sexual, de fato, ocorrera com o senhor T.M. Tal reviravolta provocou tremendo rebuliço entre os amigos de antanho. O nosso belo arquiteto teria se apaixonado por psicóloga comportamental italiana que, no final dos anos 1980, trocara Milão por Brasília: a senhora Luilda Giuliani.

Ainda segundo essas mesmas fontes xiitas não muito dignas de crédito, essa mulher lhe teria feito "espécie de lavagem cerebral" que o transformou, no espaço de pouco mais de um ano, em heterossexual convicto — embora, maldosamente, o senhor A.M. tenha me falado, em certa tarde-de-confidências-dominicais, que pela "neo-heterossexualidade" do amigo não colocaria mão no fogo nem com luvas de amianto.

Não que o meu-querido-amigo fizesse parte daquela ala de homossexuais que acreditam piamente que a felicidade se resume no vigoroso-bate-estaca-carnal-entre-pênis-bem-dotados-e-esfíncteres-vorazes. Não, o senhor A.M. defendia, com garra e determinação, que cada qual deveria se relacionar sexualmente com o que bem entendesse. Mas o senso de humor do senhor A.M. era eventualmente malévolo: sempre tinha frase de efeito na ponta da língua para narrar alguma ocorrência, ou para julgar o comportamento de outrem.

Fica então evidenciado: o senhor A.M. não concordava com aquelas línguas viperinas que vaticinavam, peremptoriamente: a agora eterna sisudez do senhor T.M. seria diretamente proporcional ao fato de ter se tornado heterossexual.

Ao contrário, achava: o casamento do amigo com a senhora Luilda Giuliani tinha lhe trazido certo tom de frescor, graças, principalmente, ao nascimento dos filhos Pietro e Dimitri, garotos excepcionalmente guapos, bem-humorados e inteligentes, a quem o senhor A.M. devotava enorme sentimento de afeição e ternura.

(Com esses belos adolescentes o meu-querido-amigo sempre tinha longas e transcendentais conversas, quando os meninos trocavam Florença, na Itália, onde moravam com a avó materna, por Brasília, em longas caminhadas pelo Parque da Cidade.)

O senhor A.M. tinha explicação bem mais sensata, e cruel, sobre esse amargor do amigo: o fato de, aos 4 anos de idade, ter perdido Mateus Montezuma, o irmão menor, que, ao cair no poço do elevador do prédio onde moravam no bairro das Graças, no Recife, teve traumatismo craniano, e morreu imediatamente.

Decorrência desse fato aterrorizante, Mateus Montezuma se transformaria na ausência-mais-presente na vida da família Montezuma. O senhor Tiago Montezuma teve de conviver pelo resto da vida com pai e mãe que amavam mais, bem mais, a lembrança que se fora do que aquele pequeno sobrevivente sempre ávido por ter-lhes a atenção e o afeto.

Como mais tarde o senhor A.M. me confessaria, àquele exato momento em que se reencontraram, o senhor T.M. estava mais próximo do reino mineral do que do reino animal: — *Ainda gosto dele, respeito-o, é um grande amigo, do possível jeito que se pode ser amigo nestes anos zero-zero, mas acho que aquele homem, que um dia tanto desejei, se "mineralizou", meu querido Ravic!*

(Diante daquele verbo novo, "*mineralizar*", demonstrei certo espanto, traduzido em dois luminosos pontos de interrogação estampados no centro dos meus olhos verde-esmeralda.)

O senhor A.M., compassivo diante de meu ar de dúvida, explicou: — *Coisa desses tempos modernos, a gente pode nascer animal e morrer mineral; nascer homem e morrer manganês. Alguns, nessa fotossíntese perversa, o meio externo provocando mudanças internas, poderá passar antes pelo reino vegetal, no que poderá resultar o seguinte ciclo: homem — alface — manganês. No caso do senhor T.M., ele pulou a fase alface e virou manganês direto, sem escalas.*

Por enquanto, ainda não sabia que aquele homem, ainda esbelto e belo, que agora tentava impulsionar conversa com o senhor A.M., era mais manganês do que homem, mas, em contatos posteriores, tive as palavras do meu-querido-amigo a respeito dele absolutamente confirmadas. Concluí então, sem muito esforço: da mesma forma que o senhor A.M., não foram apenas flores — longe disso! — que marcaram os últimos tempos da vida do senhor T.M.

(Registrei os primeiros minutos daquela tentativa de diálogo entre aqueles dois homens — haveria melhores diálogos futuramente, como poderia constatar — e depois mergulhei no mais profundo e reparador sono — fiz bem.)

Registro daquela tentativa de diálogo:
A.M. (Visivelmente constrangido pelo silêncio do velho amigo, desviava de vez em quando o olhar para imagem qualquer vinda da tevê): — *Está tudo bem com você? Você anda sumido? Como vão as coisas?*
T.M. (Sem tirar os olhos da tevê): — *Tranquilo! Tranquilo!*
A.M. (Claramente interessado em revelar o quão merda estava a vida dele naquele momento): — *Não sei se você sabe, vou ter que entregar este apartamento, não tenho mais condição de pagá-lo.*
T.M. (Sem tirar os olhos da tevê): — *Anrã!*
A.M. (Insistindo no tema, buscando ponto de apoio que o impedisse de cair no abismo): — *Acho que vou ficar na casa da senhora Verônica de Nassau alguns dias, e depois vou para o Rio de Janeiro. É uma merda ficar sem casa para morar, mas fazer o quê?*
T.M. (Ainda sem tirar os olhos da tevê): — *Anrã!*
A.M.: — *Está mesmo tudo bem com você?*
T.M.: — *Tranquilo, tranquilo!*

Presenciei mais três pedaços de conversas entre o senhor A.M. e o senhor T.M. — naquele mesmo apartamento e em outros apartamentos que ocupamos depois. Transcrevo alguns desses diálogos a seguir.

(Os endereços em que tais conversas ocorreram estão entre parênteses.)

Conversa 1 (SQN 212, Bloco H)

T.M. (Com eloquência e tom peremptório que me surpreenderam; afinal de contas na conversa transcrita anteriormente, estava absolutamente monossilábico): — *O Pedro Rondon-Mamoré é o único cara-do-pênis-pequeno que consegue jogar duro, enfrentar desafios, e aproveitar todas as oportunidades que a vida oferece, sem temor ou pejo. A determinação com que o homem enfrenta a vida tem a ver com o tamanho do pênis. Você não acha?*

A.M. (Visivelmente desconcertado, mas demonstrando certo jogo de cintura, como se já estivesse preparado para aquele tipo de conversa, em se tratando do senhor T.M.): — *Como você é homem vencedor, determinado, que sabe o que quer, devo concluir então: o seu pau deve ser realmente muito grande, i-menso! Acertei?*

(Não que seja moralista, mas aqueles dois caras, com mais de 40 anos, a conversarem sobre a estreita relação entre o tamanho do pênis e a maneira de interagir com a vida, enquanto o nosso, o meu e o do senhor A.M., mundo ruía, era, no mínimo, absolutamente inusitado; mas o senhor T.M., como pude constatar depois, era ser absolutamente inusitado.)

T.M. (Com inegável júbilo): — *Exatamente!*

A.M.: — *Lamento, caro T.M., mas terei que jogar a sua insana generalização por terra. Comigo, por exemplo, não é o que acontece.*

T.M. (Com inegável desconforto): — *Por quê? Você também tem pênis pequeno e acha que, mesmo assim, poderá vencer na vida?*

A.M. (Algo impaciente; mas didático): — *Não, meu querido Tiago Montezuma, o meu pau não é exatamente pequeno. Deve medir algo em torno de 22 centímetros. Mas isso não me serve de nada, nada! De que adianta ter esse pau imenso no meio das pernas e não conseguir me empregar, não conseguir descobrir o meu lugar no mundo?*
T.M. (Sem querer desistir da tese insana que pregava): — *Trata-se de exceção que confirma a minha regra.* (Desafiador) *Pegue a lista dos grandes vencedores da nossa história, e constate: nenhum deles tinha pênis menores de 18 centímetros!*
A.M. (Tentando, desesperadamente, colocar um pouco de humor na cena, e, como se verá, acabou conseguindo) — *Você, defendendo essa tese insanamente generalista, me fez lembrar tonta colega de trabalho que tive em São Paulo nos anos 1990, a senhora Samanta Mariotti, que me parecia tão generalista quanto você. Certo dia, em almoço, falei-lhe que era do signo de Capricórnio e essa afirmação atingiu-lhe em cheio. Olhou-me com lascívia inesperada e, àquele momento, totalmente incompreensível. Só entenderia esse olhar lascivo algumas horas mais tarde. Ao sair da redação para tomar café, encontrei-a no corredor a lançar vívido olhar de cobiça em direção ao meio de minhas pernas. Sussurrou-me, à guisa de sensualidade, e conseguia ser tão sensual quanto uma lontra: "Bom ssssaber que vocccccê é de Capricórnio!" Eu, sem entender nada, implorando legendas: "Por que é bom para você saber que sou ou deixo de ser de Capricórnio?" Ela, mais lasciva ainda: "Sssssssabe, tive dois namorados capricornianos, e ambos tinham pênissss grandesssss, maravilhosos, ma-ra-vi-lhosos! Então, quando soube que você também era capricorniano, quase tive um orgasssssmo!"*

Diante desse inesperado contra-ataque do senhor A.M., o senhor T.M. limitou-se a tossir nervosamente, o que fazia, percebi depois, sempre que estava nervoso ou sempre que não sabia como desferir o próximo golpe verbal. O meu-querido-amigo, no entanto, soltou formidável gargalhada: — *Meu caro Tiago Montezuma, se o tamanho do pau resolvesse a vida de alguém, a minha vida estaria resolvidíssima há muito. Vou lhe passar o e-mail dessa tonta colega de São Paulo, a senhora Samanta Mariotti, vocês terão muitas ideias generalistas a trocar!*

Conversa 2 (AOS 1/2, Bloco A)
(O senhor Antonio Martiniano tinha exatamente duas pessoas, às quais amava muito, mas das quais fugia com certa regularidade. Motivo: esses dois amigos aos quais amava muito costumavam, invariavelmente, jogar duro com o meu-querido-amigo. Quando, mergulhado na abissal crise que vivia, pedia colo, ambos metiam-lhe o dedo na ferida e o tornavam ainda mais macambúzio e sorumbático. Um desses amigos era exatamente o senhor Tiago Montezuma — o outro era o senhor Rogerio Menezes, jornalista e escritor de algum renome, que o caro leitor conhecerá melhor daqui a algumas páginas.)

Quando recebia e-mails, ou ouvia recados na secretária eletrônica do telefone fixo ou do celular, disparados pelos senhores Tiago Montezuma e Rogerio Menezes, o senhor Antonio Martiniano tremia, e sabia: vinha bala na direção dele, vinha munição pesada em direção dele.

A esta conversa 2, que transcrevo a seguir, o meu-querido-amigo tentou escapar por um ou dois meses, mas, enfim, capitulou. Pensou: talvez nessa nova interlocução o senhor

T.M. tivesse um pouco mais de compaixão. Não foi exatamente o ocorrido.

A.M. (Tentando começar conversa abordando assuntos mais amenos): — *Como vão os meus queridos Dimitri e Pietro?*
T.M. (Com certo brilho nos olhos): — *Espetacularmente bem! Espetacularmente bem! Falei com eles anteontem, e lhe mandaram abraços. O Dimitri, cada vez mais apaixonado pela literatura, puxou a você, canalha!, acabou de ler* O vermelho e o negro, *de Stendhal, que você lhe deu de presente, e mandou lhe dizer: adorou. Pietro, menos romântico, prefere namorar: andou se encantando por garota inglesa quando esteve em Londres recentemente.*
A.M. (Quase convicto de que aquela conversa não descambaria para temas mais escabrosos, e investindo avidamente no bom humor; antes que fosse tarde): — *Essas são ótimas notícias. Ter filho de 14 anos que leu e gostou de* O vermelho e o negro, *de Stendhal, é gritante evidência de que alguns adolescentes podem ser poupados do extermínio de adolescentes que eventualmente proponho!*
T.M. (Tossindo nervosamente, como lhe era peculiar, e mudando perigosamente de tom): — *Pois é. Ando pensando muito neles ultimamente. Na verdade, ainda não me matei por causa deles. Acho que vou esperar que cresçam mais e, assim, possam entender melhor e de maneira mais generosa o gesto do pai.*
A.M. (Percebendo que novamente caíra na armadilha do senhor T.M. e tentando, desesperadamente, alcançar o bote salva-vidas que, percebia, começava a lhe escapar perigosamente das mãos; ou seja, viria chumbo grosso na próxima cena): — *Meu querido amigo, não vamos falar sobre isso agora. Estou*

numa situação complicadíssima e tudo que não quero falar nesse momento é sobre suicídios.

T.M. (Completamente surdo diante da súplica do senhor A.M.): — *Se eu quisesse me matar, você me ajudaria? Quer dizer, você viabilizaria o meu suicídio de forma que minha morte fosse a mais rápida e indolor possível? Tenho muita literatura sobre esse assunto e lhe passaria esses textos. Essa seria evidente prova de amor e afeto que você daria por mim: viabilizar o meu suicídio.*

A.M. (Percebendo afinal que fora arrastado pelo amargor do senhor T.M., mas ainda tentando manter a fleuma): — *Meu querido amigo, não vou querer convencê-lo de que o suicídio não é a saída, porque eu mesmo não tenho certeza disso e, como sabe, já pensei em me matar inúmeras vezes. Mas só pensei, nunca tive coragem para sequer iniciar o processo.*

T.M. (Tossindo ainda mais compulsivamente e com um rasgo de loucura, quase alegria, a atravessar-lhe os olhos, interrompendo a frase do amigo com convicção assombrosa): — *Pois saiba de uma coisa que nunca lhe disse antes, mas lhe digo agora, com todas as letras. Quando você quiser se matar, rápida e indolormente, ligue para mim, e o ajudarei sem titubear. Amigos são para essas coisas, e acho o suicídio ato de extrema bondade que podemos cometer a nosso favor e, pensando assim, conte comigo, conte comigo, meu querido A.M.*

(Na cabecinha zonza e sombria do senhor A.M. podia-se ler o seguinte raciocínio, que não chegou a verbalizar: "*Talvez ele não seja tão mineral assim, talvez realmente me ame, com um amor estranho, mas incondicional, nunca piegas, talvez no tom exato que deve se amar as pessoas hoje.*"

Nunca concordaria com esse pensamento que passou pela cabeça do meu-querido-amigo como um raio; estoico como sou, acho suicídio coisa de mente apressada. Os suicidas são basicamente criaturas muito apressadas. Por que correr atrás da morte, se é ela quem inexoravelmente nos persegue e nos alcança onde quer que estejamos? Não precisamos fazer nada para morrermos — é simplesmente respirar, relaxar, aproveitar, e deixar o tempo passar.)

Conversa 3 (SQS 205 Bloco E)
T.M. (Mergulhado numa efusividade que lhe era rara; parecendo crer que, com a sinceridade revelada a seguir, ajudaria a mudar o futuro do planeta, no geral, e o do senhor A.M., em particular): — *Posso lhe ser franco, meu querido amigo?*
A.M. (Pegando carona no meu estoicismo felino, procurando manter o ânimo): — *E quando, meu querido T.M., você não foi franco comigo?*
T.M. (Rindo daquele jeito que lhe é peculiar, econômico; pouco caudaloso; preciso; e pragmático): — *Adoro suas belas sacadas, sua língua devastadora. Melhor: um dia devastadora. É, aliás, sobre isso que quero lhe falar, sobre esse Antonio Martiniano que você matou, e que você precisa ressuscitar! Você se tornou homem conservador, careta, que pensa mil vezes antes de fazer algo e, mesmo assim, faz erradamente, ou, pior ainda, não faz. Quando você escrevia diariamente naquele jornal, no início eu lia. Mas, depois de algum tempo, deixei de ler. Sabe por quê? Porque não encontrava mais aquele jovem iconoclasta que jogava tudo para o alto e mandava o stablishment à puta que o pariu nos jornais de Recife nos anos 1980. Você virou um velho babaca, meu querido amigo, um velho babaca, careta e previsível.*

A.M. (Aniquilado, mas não querendo demonstrar que aquela sentença — que eu, confesso, considerava absolutamente procedente — tivesse funcionado como facada certeira que alguém lhe enfiasse no baixo-ventre, estripando-lhe): — *Preciso sobreviver, meu querido! Como ser iconoclasta neste mundo de hoje, meu caro? Se, acomodado como estou, não consigo me reencaixar no jeito de ser e de viver hoje em dia, imagine se mandasse tudo à merda, tudo à puta que o pariu. Aí é que estaria completamente perdido.*

T.M. — (Levantando-se do sofá, a bordo de entusiástico fervor cívico que, em momentos assim, o atacava. Veio, morri de medo, em minha direção e me olhou, como se quisesse me cooptar, como se quisesse me ter como aliado no torpedo verbal que dispararia em seguida): — *Essa história de que você virou velho babaca, covarde, conservador, até os azulejos de Athos Bulcão que enfeitam os prédios públicos de Brasília sabem!*

(Dando-me tapinha algo assustador no cocuruto, fez-me pergunta que me gelou): — *Isso até o Ravic sabe, não é, meu querido Ravic?*)

A.M. (Tentando desviar o seu olhar do meu, como se tivesse certeza de que, tratando-se daquele assunto, até eu concordaria com o senhor T.M.): — *Não é bem assim, meu querido T.M. Não é tão simples assim.*

T.M. (Ainda mais enfático, e sem sair do meu lado, como se a minha presença o fortalecesse naquele propósito, digamos, iluminista): — *É simples sim, questão de coragem e vontade pessoal. Aquele jovem escritor e jornalista que escandalizava a tradicional família pernambucana nos anos 1980 é o homem que amo, é o homem que sempre amei e que sempre amarei. Quanto*

a este homem babaca, derrotado e aniquilado, que vejo à minha frente, devo lhe dizer que o odeio, que o odeio!
(Não posso negar: a postura agressiva do senhor T.M. me arrebatou, mandei o meu ronronar às favas, e passei a assistir àquele embate, com a mesma avidez com que assistia aos documentários do Animal Planet com o meu-querido-amigo.)
T.M.: — *A única chance que você tem de que eu volte a amá-lo, e de que as portas da realização existencial e profissional voltem a se abrir para você, é fazer com que aquele Antonio Martiniano intrépido e rebelde volte a se instalar dentro de você! Meu caro amigo A.M., você está acabado, e continuará a caminhar inexoravelmente rumo à tragédia de ter sido homem que fracassou espetacularmente no ato de viver se continuar a agir dessa maneira tacanha, medrosa, covarde! Reaja, homem; ou mate-se e, como já lhe disse antes, serei o primeiro a empurrá-lo ao precipício.*
(Mudando agilmente de raciocínio.)
— *Se eu fosse o seu, digamos, editor-de-conteúdo, aquela alma, aquele fogo-fátuo, que procura desesperadamente impor algum vigor aos nossos corpos que para nada servem e para nada servirão, já teria pedido demissão há tempos. Não deve ser fácil "administrá-lo". Você parece cego! Você não entende que, enquanto ficar procurando um empreguinho vagabundo num jornalzinho vagabundo num Brasilzinho vagabundo, nenhum Deus vai lhe ajudar? Deus deve ter ódio de você, meu querido Antonio Martiniano. Deus odeia os covardes. Não sou muita coisa na vida, nem serei. Sempre soube disso. Desde que meu irmão Mateus caiu no elevador quando tinha 3 anos de idade, e eclipsou a minha vida, sei que não vou muito longe. Mas não fico por aí me lamu-*

riando. *Quando tiver que cair fora, e vou cair fora o quanto antes* (e disse essas palavras num tom tão espetacular, que assustou a mim e ao senhor A.M., que, perplexo, parecia colado-desde-que-nascera àquele sofá vermelho que eu tanto amava), *o quanto antes, meu querido. Esperarei apenas que Dimitri e Pietro amadureçam um pouco mais e me matarei sim. Mas me matarei em silêncio, sem chantagens emocionais, sem cartas de despedida, sem porra nenhuma de despedida. Pare de se vitimizar, porra! Você é o homem mais inteligente que conheço sobre a Terra, e esse homem mais inteligente que conheço sobre a Terra, o homem que sempre quis ser, o homem que sempre quis ter, fica aí implorando que lhe abençoem como se um fosse um verme? Sabe por que, embora o amasse, e o amasse muito, nunca permiti me apaixonar por você quando éramos jovens e você ficava me lambendo o saco para que o amasse? Porque tal e qual Deus odeio criaturas que ficam mendigando carinho e afeto, odeio!*

(O senhor A.M., completamente destroçado, completamente disforme, completamente devastado, chorava copiosamente; eu, bem, eu senti vontade incontrolável de aplaudir, de beijar, de abraçar aquele homem que podia ter se tornado mineral sim, mas se tornara alguma coisa, qualquer coisa; o senhor A.M., por mais que eu o amasse, e eu o amava muitíssimo, não se tornara nada; minto, se tornou aquelas arroubas de carne que se debatiam em choro convulsivo no chão daquela agora pequena sala do pequeno apartamento em que agora morávamos. Não podendo aplaudi-lo, pequenas coisas que um grande gato não pode fazer, e não choro por isso, desci da cama tépida localizada ao lado da tevê e, totalmente agradecido, rocei a minha cabeça, tronco e membros na perna esquerda do jeans azul do senhor T.M.)

O senhor Tiago Montezuma me olhou, como se estivesse sorrindo para mim, e berrou: — Cuide dele, convença-o de que só ele e ninguém mais pode fazer algo pela vida dele! Ele bateu forte a porta do apartamento. Eu, cheio de compaixão, fiquei olhando o senhor A.M. se contorcer aos berros e urros no meio da pequena sala. Reconsiderei tudo o que havia pensado até então sobre o senhor T.M. Concluí: aquele homem, homem-manganês, como eventualmente o senhor A.M. o chamava, era, à maneira dele, o homem que mais amava o senhor A.M. sobre a face da Terra.

Quase um ano depois, quando o senhor A.M., menos choroso, mas, ainda, muito abatido, leu para mim nota de coluna social de certo jornal brasiliense, não pude evitar: copiosas lágrimas desceram de meus olhos verde-esmeralda, e ensoparam — mas não mancharam; lágrimas de gato nunca mancham — aquela almofada feita pela senhora Vitória Tupinambá, à qual tanto amava.

A nota da coluna social de certo jornal brasiliense:

"**Saudades**

Causou enorme comoção na sociedade brasiliense a morte de Tiago Montezuma. O arquiteto teve o corpo cremado e suas cinzas foram, a pedido dele, espalhadas pelos pequenos lagos do Par-

que da Cidade. A solenidade, com a presença da viúva, a psicóloga Luilda Giuliani Montezuma, e dos filhos Pietro e Dimitri Giuliani Montezuma, ocorreu anteontem, e atraiu grande número de amigos."

Tenho dito.

Omar Amado

Sala ampla de apartamento da SQS 304 Bloco G. Noite de fevereiro. 2005. Eu, como sempre, estou empoleirado na cama tépida e macia; presente da senhora Vitória Tupinambá, ao lado do quente e cálido aparelho de tevê. No sofá vermelho, aquele nosso velho conhecido, sentam-se o senhor Antonio Martiniano e o senhor Omar Amado, a quem acabei de conhecer.

Gostei dele. Paixão à primeira vista: adorei-lhe a risada generosa e solta, e o jeito carinhoso com que tratava o senhor A.M., que, feliz por tê-lo em casa, irradiava alegria — como havia muito não o fazia. Tanto que preparou texto, e o chamou pomposamente de Pequeno Sketch Sobre Grande Farsa, que agora começava a ler, em tom de deboche, sobre acontecimento verídico recentemente ocorrido na vida do senhor Omar Amado.

(Cada frase lida pelo senhor A.M. era imediatamente acompanhada pelas colossais, quase pornográficas, gargalhadas do senhor Omar Amado.)

A seguir, na íntegra, o texto lido pelo meu-querido-amigo:

Onde: Cemitério Senhor Bom Jesus da Redenção, Recife, Pernambuco, Brasil.

Quando: tarde quente de novembro de 2003.

O quê: Sepultamento do senhor Amaro Amado, morto aos 100 anos, vítima de complicações respiratórias e cardíacas decorrentes de vida cheia, árdua, e, basicamente, feliz. Em outras palavras: morreu de velho.

Quem estava lá:

1) O corpo do velho senhor Amaro Amado, escondido em esquife rotundo e bem trabalhado, esculpido em nobre cerejeira da melhor qualidade.

2) A família do falecido, que, com a morte da matriarca, a senhora Amanda Amado, havia alguns anos, vitimada por mal que a fazia comer sem parar, e comeu sem parar até morrer, se resumia agora ao senhor Omar Amado e à irmã, a senhora Imara Amado.

3) Alguns parentes que não carecem de identificação, e aquelas aves de mau agouro que, por nada terem para fazer, comparecem a sepultamentos como se fossem a estreias de filmes do Harry Potter.

4) Para fazer figuração e tornar a nossa cena mais apoteótica, coloquemos entre os familiares do morto alguns figurantes com carregada maquiagem gótica e pronunciadas corcundas.

Na porta da capela do cemitério, dando o tom de farsa que esta cena merece, coral de almas penadas — todas advindas daqueles mortos por febre amarela que sucumbiram em meados do século XIX e não puderam ser enterrados nas portas e nas laterais das igrejas recifenses. Têm a batuta do arquiteto francês, e também alma penada, Louis Leger Vauthier, que construiu o local em 1851.

Cantam "Assum preto", de Luiz Gonzaga e Humberto Teixeira. Era a música preferida do falecido Amaro Amado, homem chucro e inculto mas dulcíssimo, nascido em Caruaru, que, tramoias da sorte, virou milionário comerciante do setor têxtil.

Naqueles rostos serenos que estampam paz de espírito decorrente da constatação de que aquela foi morte sem sofrimento algum, verdadeira bênção, portanto, se destaca o fulgurante e belo rosto do filho Omar Amado, emocionado, mas folgado em saber que o pai morrera tal e qual passarinho: de repente, acordado para tomar café-com-pão-e-manteiga-e-tapioca-com-coco-e-queijo-coalho, deixou-se fulminar, despencou o pescoço para trás, e, sem falar nada, aos 100 anos tudo já foi dito, presume-se, feneceu.

O coral dos mortos por febre amarela regido pelo arquiteto francês tornava tudo ainda mais etéreo, arbóreo e, na luz difusa do final da tarde, argênteo. Numa palavra: plenitude.

O elemento estranho nesse cenário de sublime entrega às diatribes do destino é a filha mais velha do senhor Amaro Amado, a senhora Imara Amado, que, tal e qual bem paga carpideira, tira toda a coerência e nobreza do momento e berra e urra histericamente coisas assim: — Meu pai, meu pai, meu pai, por que o senhor se foi tão cedo e tão jovem? Preciso tanto do senhor, meu pai! Como conseguirei sobreviver sem o senhor, meu papai, meu papai?

Em seguida exagera ainda mais o tom de dramaticidade que empresta à cena, e vocifera: — Foram vocês que o mataram, seus abutres, seus chacais, seus vermes! Assassinos, assassinos, assassinos!

A pequena multidão recua silenciosamente diante de tamanha sandice; o coral de almas penadas desafina; o irmão Omar Amado treme — conhece a irmã que tem — e sabe: o espetáculo apenas começa.

Adivinhando o pensamento do irmão, a senhora Imara Amado aponta-lhe o apontador direito, coroado por unha de sete centímetros de comprimento pintada de vermelho-puta, e brada, colérica, transtornada, enfurecida, o cão chupando manga: — Neste assassinato cometido por esses abutres todos, você foi quem lhe enfiou a última facada, quem o matou de vez. Você sabia que o meu pai não podia tomar aquele tipo de medicação que aquelas enfermeiras do diabo vinham lhe dando e, no entanto, deixou, calou-se.

Clímax dos clímaces, Imara Amado sobe no caixão de nobre cerejeira que o corpo do pai ocupa, e urra de novo: — VOCÊS O MATARAM, VOCÊS O MATARAM!

A plateia, que já conhece aquela velha carpideira de outros carnavais, reage impávida, silenciosa, blasé, dir-se-ia até com certo tédio. Ao perceber, como boa atriz que é, o olhar gelado da plateia, muda rapidamente de texto: dirige-se ao pobre coveiro, que aguarda o fim das homenagens para jogar a primeira pá de terra sobre o caixão de cerejeira, e lhe exige: — O senhor quer que o meu pai vá para o inferno, é? Velho coveiro de merda que é, o senhor deve saber: os mortos enterrados com a cabeça voltada para o crepúsculo vão para o inferno, onde queimarão até o fim dos tempos!

O coveiro, lívido, da cor do cadáver que queria enterrar logo, e se mandar para casa e ver o capítulo de alguma telenovela vagabunda, meio como se não acreditasse no que acaba de ouvir, balbucia, humildemente: — Sei não senhora!

A senhora Imara Amado tira proveito da vítima indefesa, e tripudia, quase em pré-orgasmo: — Como não sabe? Todos os coveiros de merda do mundo sabem! Se não sabia, fique sabendo agora, seu coveiro de merda!

Ato contínuo, berra berro colossal que deve ter sido ouvido até em Olinda, e, finalmente, explode em orgasmo monumental, amazônico: — Vire a cabeça de meu pai para cá, VIRE JÁ!

Diante do inusitado da cena, o coral das almas penadas se retrai e reocupa as velhas tumbas, onde, tédio, tédio, tédio, voltarão a se imiscuir em esqueletos famélicos e com prazos de validade absolutamente vencidos; o maestro e engenheiro Louis Leger

Vauthieu pega o caminho de Olinda, tem compromisso em centro espírita onde tentará, mais uma vez, tranquilizar mortais desesperados contando-lhes mentiras colossais; os parentes do morto tomam o caminho de casa, torcendo para que aquela víbora nunca apareça nos sepultamentos deles; os figurantes, contratados para tornar a cena mais apoteótica, fazem pequena fila diante de van azul, para receber cachês.

Apenas Omar Amado, cheio de compaixão, aguarda que o coveiro obedeça aos caprichos da irmã e finalmente enterre o corpo do pai com a cabeça voltada contra o crepúsculo.

Ao final da solenidade, cheio de piedade, abraça a irmã e consola-a: — Já era mais que o tempo dele, minha querida irmãzinha!

Imara Amado, repleta de som e fúria: — Querida irmãzinha, o caralho!

Omar Amado ouve de novo: — Você o matou! Assassino, assassino, assassino, mil vezes assassino!

Fecha o pano!

No alvoroço das gargalhadas disparadas pelas bocas desses dois homens àquele momento fulgurantemente alegres que se seguiram à leitura desse sketch-farsa, vi algo que não gostaria de ter visto. Intuí algo que não gostaria de ter intuído. Pressenti algo que não gostaria de ter pressentido.

A minha premonição, não era muito de tê-la, e por isso quando a tive, tão forte e nítida, estremeci: o senhor Omar Amado, que, agora, à minha frente, engatilhava as mais risonhas e as mais francas gargalhadas que ouviria em toda a minha existência, estirava-se, lasso, pálido, tez amarelecida, sob a cama de pequeno quarto de hospital.

Tinha as veias dos braços, agora magros, e do pescoço, agora flácido, enfiadas por mil e um tubos e agulhas. Abrigava os punhos fechados ao redor do pescoço como se fosse passarinho que, cansado de tentar se libertar, se entregava à rede armada para prendê-lo.

Os olhos lhe escaparam das órbitas havia muito, e no lugar deles, como se fossem dois pequenos peixes arrancados repentinamente das águas, podia-se ver agora duas opacas cicatrizes que jamais voltariam a se abrir. Em poucas palavras: o senhor Omar Amado estava morrendo.

Estremeci mais ainda: em cenas que se fundiam e que se alternavam como se fosse filme exibido em velocidade acima da normal, aquela mesma cena se repetiria *ad nauseam* no meu cérebro, mas, a cada segundo, o rosto do senhor Omar Amado era substituído por outro: o meu próprio rosto!

Ravic-Senhor-Omar-Amado. Senhor-Omar-Amado-Ravic. Ravic-Senhor-Omar-Amado. Senhor-Omar-Amado-Ravic: era esse caleidoscópio macabro de mil e uma cores que disparava no meu cérebro como se fosse carga elétrica de altíssima voltagem.

Foquei novamente o meu olhar em direção aos (meus) dois amigos: continuavam gargalhando como dois garotos que acabavam de ganhar exatamente o que pediram a Papai Noel. Aquela histriônica cena me desconcertou, e quase relaxei.

Mas minha nuca voltou a mergulhar naquele estremecimento que fazia o meu corpo todo arrepiar logo no minuto seguinte, quando certeza inexorável se apossou da minha mente: eu e o senhor Omar Amaro, e isso não demoraria muito, morreríamos do mesmo mal, câncer, e quase à mesma época, final de 2006 (ele) — início de 2007 (eu).

Sempre a bordo do estoicismo que me é peculiar, lamentei mais pelo senhor Omar Amado, que acabava de conhecer, e que, percebia, fazia bem imenso ao meu-querido-amigo, do que por mim mesmo.

Nós, gatos, sempre sabemos quando vamos morrer — e nunca nos esgoelamos por sabermos que vamos morrer —, afinal de contas, morrer é parte, fundamental, da vida.

(Voltei a prestar atenção na conversa animada daqueles dois homens, que se amavam, que se admiravam, que se acarinhavam, sem, parecia, querer nada em troca — tipo amor por amor, arte pela arte, aquelas coisas que não existem mais.)

**Quatro questões abordadas
por aqueles dois amigos**

(De A.M. para O.A.)
Pergunta 1:
— *Você acredita em feitiço?* (questionamento feito num tom meio envergonhado, meio escabreado; era o tipo de pergunta que o senhor A.M. só faria a uma pessoa tão íntima como o senhor O.A. — o senhor A.M. tinha certeza de que o senhor O.A. seria incapaz de ridicularizá-lo por perguntar algo tão, digamos, fora de propósito para os padrões do grupo social ao qual pertencia —, mas o senhor A.M. queria falar sobre isso porque um pensamento o atormentava nos últimos tempos: alguém que o invejava muito teria feito algo para prejudicá-lo, para lhe foder a vida, para fazer com que perdesse tudo e se afundasse na merda abissal em que agora se sentia mergulhado — e essa obsessão não lhe saía da cabeça, perseguia-o, enlouquecia-o. Sabia que havia algo de totalmente extemporâneo, de totalmente absurdo nessa premissa, mas aquela era a única explicação que encontrava para explicar por que, de repente, do nada, de uma hora para outra, num piscar d'olhos, tudo lhe escapulira pelos dedos.)

Resposta 1:
— Meu querido A.M., não sei exatamente o que lhe responder quanto a isso. Poderia lhe responder com aquele batido provérbio espanhol (*Yo no creo en las brujas, pero que las hay, las hay!*), mas não, prefiro contar-lhe uma história. A seguinte: há cerca de dois anos, tive de demitir funcionária de meu escritório que havia feito merda espetacular. Pensei em mantê-la no emprego, mas o que fez era injustificável, imperdoável, inqualificável. Ok. Demiti a moça. Ela ficou putíssima da vida, e assim que soube da demissão, veio até à minha sala e, a bordo de ira espetacular, disparou-me: " Isso não vai ficar assim, não! *Eu vou foder com a sua vida! Eu vou foder com a sua vida!*" Apesar do forte tom de ameaça que me fez ficar fortemente abalado, a ponto de cancelar reunião importante com empresários canadenses que aconteceria em seguida, consegui me acalmar e rezei, não sei exatamente para quem, você sabe que não tenho nenhuma religião definida, para que aquilo não tivesse desdobramentos. Mas teve: dois meses depois, soube: aquela mulher, enquanto pendurava roupa no quintal de casa, caiu em barranco e quebrou os dois braços. Teria sido a força do meu pensamento que fez com que aquela mulher caísse e quebrasse os dois braços?

(O senhor A.M. nada respondeu. Na verdade, não tinha a menor ideia do que responder ao senhor O.A. Eu, refestelado em minhas confortáveis e quentes instalações ao lado da tevê, também não tinha a menor ideia do que responder ao senhor O.A., mas, embora não quisesse, voltei, merda, a ver o senhor O.A. agonizando naquela cama de hospital de Recife.)

(De A.M. para O.A.)
Pergunta 2:
— *Como vai a senhora Imara Amado?*
Resposta 2:
— *Aquela mulher é louca, completamente louca, e quer me enlouquecer também. Você sabe como esses últimos anos têm sido difíceis para mim. Primeiro a morte de minha mãe, depois a de meu pai. Como somos apenas dois irmãos, foi com ela que tive de dividir esse fardo. Dividir uma pinoia! Na verdade, tornou-me o fardo mais pesado ainda, nunca ajudava em nada, apenas jogava seus torpedos, suas ziquiziras, suas crendices, suas pinimbas, e caía fora. Durante a doença de minha mãe foi terrível. Ela queria porque queria que, de uma hora para outra, minha mãe, que sempre comeu comida gordurosa desde criancinha, se tornasse vegetariana e comesse comida macrobiótica. Pode? Um dia chegou a jogar fora toda a comida que havia na geladeira de minha mãe, e a encheu com as mais recentes novidades da gastronomia macrobiótica. Minha mãe, ao acordar e ver a troca, me ligou às seis da manhã: "Meu filho, meu filho, a sua irmã quer me enlouquecer, quer me deixar maluca. A essa altura da vida só quero morrer em paz, comer a minha feijoada com toucinho em paz, me encharcar de leite condensado em paz, me envenenar em paz, meu filho! Por que a essa altura da vida vou comer aquele arroz sem gosto que sua irmã teima que eu coma? Diga a sua irmã para me deixar morrer em paz!" Não que quisesse que minha mãe morresse, mas achava judiação impedi-la de fazer o que mais gostava de fazer na vida: empanturrar-se de comer o que sempre gostou de comer! No começo da doença de minha mãe falava isso com Imara, quando minha mãe me ligava desesperada perguntando pelos salames dela que minha irmã havia jogado fora novamente, ligava para ela e soltava os cachorros. Não adiantava nada.*

Quando minha mãe piorou, entreguei a Deus, mas foi um inferno. As duas ligavam para o meu celular a cada dez minutos. Uma se queixava da outra. Minha mãe, 10h45: "Alô, meu filho, sua irmã vai me matar, hoje só tem alface e queijo branco na minha geladeira, e você sabe como odeio alface e como odeio queijo branco!" Minha irmã, 10h55: "Alô, meu irmão, vou denunciá-lo à polícia por estar matando a minha mãe! Andei sabendo que você andou comprando alguns venenos e mandando para casa dela numa hora em que eu não estava lá. Olhe, se minha mãe morrer, olhe, se minha mãe morrer por causa dos venenos que você está deixando ela comer, vou denunciar você à polícia, à polícia, está entendendo?" Minha vida foi esse inferno durante todo o tempo que precedeu à morte de minha mãe. Quando minha mãe já estava internada, quase desenganada no hospital, e as enfermeiras, desesperadas, tentando fazer com que vivesse um pouco mais, lhe medicavam com "algum veneno alopático", como minha irmã chamava tudo que não seguisse o formato homeopático que pregava, e ela presenciou isso pelo vidro que separava o quarto de minha mãe do corredor, foi uma loucura! Estava chegando no hospital àquela hora, e ela investiu para mim e para as enfermeiras com uma fúria descomunal: "Vocês acabaram de matar a minha mãe! Esse veneno que vocês enfiaram na veia dela vai matá-la mais ainda do que as feijoadas gordurosas que ela comeu durante a vida inteira! Vou ligar para a polícia, vou ligar para a polícia!" As enfermeiras, assustadas, recuaram, mas eu a enfrentei: "Minha mãe está sendo bem medicada e bem cuidada por essas enfermeiras, que tratam minha mãe como se fosse alguém da família!" Ela, irada, apoplética, transtornada, o cão-chupando-manga como você bem colocou no seu texto, avançou em minha direção, bateu-me no rosto com aquela-bolsa-de-quase-um-metro que carrega nas costas, e uivou: "Seu assassino de merda! Você está de conluio com essas putas todas para matar a minha mãe. Você e essas putas todas querem matar a minha mãe, mas eu não vou deixar." Olhe, A.M., só vendo para crer no quanto essa minha irmã pode ser louca. A agonia de meu pai, que começou assim que a de minha mãe acabou, foi a mesma coisa. A minha irmã, cada vez mais louca, me ligava às três da madrugada e gritava: "Meu pai morrendo no hospital e você aí dormindo com seu macho, seu veado de merda!" E então ameaçava: "Se você não tirar esse rabo imundo da cama agora e vir visitar meu pai, vou contar para ele agora mesmo que o filho dele, aquele de fala grossa que ele tanto ama, gosta mesmo é de pau no cu, pau no cu!" Às vezes, conseguia bater o fone na cara dela e dormir de novo. Mas, uma vez, cinco da manhã, acordei com alguém esmurrando a porta de casa. Era ela, que urrava: "Seu veado, você está enrabando alguém aí dentro não está? Que filho ingrato, enquanto o pai está morrendo no hospital, o filho desnaturado fica comendo bunda de veado em casa! Ou será que está dando esse bundão branco para algum macho comer?"

(Recompondo-se, acalmando-se, descontraindo-se, tentando substituir esgar doloroso, que lhe transformara o rosto em máscara macabra, pelo sorriso, pelo belo e franco sorriso que lhe era peculiar.)
— Acho melhor parar por aqui...

(De A.M. para O.A.)
Pergunta 3:
— Como vai o senhor Juscelino Clemente?
(O senhor Juscelino Clemente havia sido o último namorado do senhor O.A., e com ele travava naquele momento tre-

menda guerra-de-nervos, para dizer o mínimo; não era, depois desse *tour-de-force* delirante sobre as atrocidades da irmã, o assunto mais adequado a ser abordado; mas, até mesmo num momento assim, *noblesse oblige*, o senhor A.M. não esquecia o jornalista que era, sempre perguntador, sempre perscrutador, sempre curioso, sempre ávido por fuçar as emoções alheias, doa o que doer, para escrever o mais arrebatador texto que puder — mas, talvez percebendo que estava sendo mais repórter voraz para escrever texto-elogiado-pelo-chefe do que o melhor amigo do senhor O.A., acrescentou, subitamente culpado: — *Mas se não quiser falar sobre isso, não fale!*)
Resposta 3:
— *Não, sem problemas, falar essas coisas com você é meio catártico; quando falo sobre essas coisas, quero crer, estou arrancando essas lembranças de minhas entranhas, me libertando desses últimos cinco anos de merda que estou vivendo. Mas, na verdade, você já sabe quase tudo sobre o fim da minha história com esse canalha, liguei para você naquele dia em que ele me ameaçou de ir até a porta do prédio onde fica meu escritório e gritar para todo mundo ouvir que estava me separando dele sem lhe deixar nada, "absolutamente nada"!*

Acabou não indo, mas dia desses o encontrei em minha casa transando com outro cara; mas dia desses invadiu a minha casa, ainda tinha a chave, agora troquei a fechadura, e me ameaçou: "Seu veado de merda, vou enfiar faca de cozinha enferrujada na sua barriga e lhe arrancar as tripas." Pensando bem, meu querido A.M., não quero mais falar sobre isso. Fale-me sobre você, quero muito saber como você está.

(O senhor A.M. — e o senhor O.A. sabia disso, e acompanhava o também-drama do amigo com certa preocupação, apesar do enorme infortúnio que atravessava — não estava exatamente bem, mas, comparando, por um segundo, suas desventuras profissionais nos últimos tempos com o que o senhor O.A. acabara de lhe contar tão vividamente e tão visceralmente, não se achou tão desgraçado assim — não que o querido amigo fosse o mais desgraçado dos seres — com a grandeza e a generosidade que lhe marcavam, nem o mais rude dos golpes o tornava amargo, peçonhento, tolo.)

(De O. A. para A.M.)
Pergunta 4:
— *Como vai o Ramon Torregrossa?*
(Ramon Torregrossa fora namorado do senhor A.M. — não cheguei a conhecê-lo pessoalmente, mas o meu-querido-amigo me falava dele com carinho e saudade — naquele momento enfrentava, com galhardia e valentia, o fato de ter se descoberto soropositivo em 2002; e trocara São Paulo, onde viveu intensa história de amor com o senhor A.M., por Belo Horizonte, onde passou a morar com a família, e, assim, poder se cuidar melhor.)
Resposta 4:
— *Ramon vai bem, obrigado. Ramon é um cara incrível. Tem jeito blasé de levar a vida que às vezes invejo. Nunca se abate, e quando se abate não se deixa abater por muito tempo, sempre arranja jeito de se safar, de mudar de assunto. A vida dele nos últimos tempos não foi exatamente um paraíso, um mar de rosas; acho que já lhe falei sobre isso por telefone. Nunca arranja emprego decente, mas não enlouquece por causa disso. Quando falta dinheiro, entra num bingo e eventualmente sai de lá com 300, 500, 1.000 e, certa vez, saiu como 5 mil dinheiros no bolso!*

Ele tem certa sabedoria estoica de se deixar levar pela vida. Parece pensar, e já lhe disse isso uma vez, e concordou comigo: "Para que esquentar a cabeça se vamos todos morrer mesmo?" Não que tenha pensado em se matar, ou coisa parecida. Apenas vai trilhando a parte que lhe cabe neste latifúndio, sem angústias, sem demasiadas expectativas. Acho que é tudo que tem me faltado nos últimos tempos. Não consigo conviver com as dificuldades profissionais que venho enfrentando, e estou sempre me mexendo, telefonando, ligando, conversando com alguém, rezando, fazendo o diabo, para que as coisas mudem imediatamente. Talvez devesse murchar a barriga, me fingir de morto, e deixar a tempestade passar. É assim que Ramon Torregrossa enfrenta a vida, sempre esperando a tempestade passar, e mesmo se a tempestade não passar nunca, vai estar tão acostumado com a tempestade que será como se a tempestade se torne segunda pele dele, estado civil dele. Quando descobriu em 2002, loucura das loucuras, o cara pegou Aids em 2002, que era soropositivo, pensei que ia pirar, mas não. Numa fria noite de sábado me ligou, me sondou (Você está bem? Voltou a trabalhar? Está escrevendo alguma coisa nova?), me preveniu (Vou lhe dizer alguma coisa que poderá assustá-lo, mas estou bem, viu? — e isso, essa preocupação dele me emocionou muito e me fez pensar como ele realmente é um grande cara!), e soltou a bomba: "Descobri que estou soropositivo!" Com o mesmo tom com que diria que estava com amigdalite! Comeu o pão que o diabo amassou quando o namorado, também soropositivo (até hoje não sabe se foi ele quem passou o vírus para o namorado; ou se foi o namorado que passou o vírus para ele; mas acha que isso não importa, e concordo com ele!), adoeceu gravemente, e, em três meses, morreu. Se pudesse, tê-lo-ia trazido para morar comigo. Mas não pude, e isso me provocou algumas noites de insônia: quando o cara com quem vivi por 12 anos estava mais pre-

cisando de mim, não pude ajudar, não pude fazer absolutamente nada, a não ser aconselhá-lo a trocar São Paulo (onde, apesar de, como disse, ganhar eventualmente nos bingos, não tinha a mais saudável das dietas) por BH, onde a família, que o amava incondicionalmente, o acolheu maravilhosamente. Dei-me bem nessa saga de afastá-lo de vida deplorável em São Paulo, mas não o convenci a parar de fumar. Não parou, e acho que nunca parará. Vez em quando volto ao tema, e ele me convence de que não será o cigarro que vai matá-lo, e diz, brincando: "Porra, meu ex-marido, nem sempre ganho no bingo! O que seria de mim sem um cigarrinho de vez em quando?" Acho que Ramon Torregrossa vai morrer de velho, todo encarquilhadinho, aos 100 anos, como o seu pai.

(Fim de papo. Depois de horas de intensa e vívida conversação, os dois amigos se beijam nas faces, e se despedem.)

Senhor A.M. (Sempre cético): — *Será que sobreviveremos a essa nossa crise paralela que estamos vivendo nos últimos anos, e algum dia, que espero seja logo, riremos disso tudo bebericando chope gelado num boteco qualquer do Recife?*
Senhor O.A. (sempre otimista): — *Claro que sim. Sobreviveremos, meu querido amigo. Somos fortes, muito fortes!*

(Foi a última vez que vi o senhor Omar Amado.)
(O senhor A.M. só voltaria a encontrar o senhor O.A. quase dois anos depois, em quarto de hospital do Recife, três dias antes de morrer, no dia 23 de novembro de 2006. Chegou no meio da tarde, a tempo de presenciar o último lampejo de consciência do amigo.)

Nesse ínterim, com a crise de cada um se agravando em sentidos diferentes — o senhor A.M. cada vez mais à margem do mercado; o senhor O.A., cada vez mais devorado por inclemente câncer na medula —, a conversa de ambos, sempre curta, limitou-se a algumas ligações telefônicas nas quais ambos pareciam não saber exatamente o que dizer um ao outro — embora soubessem.

A seguir transcrevo alguns desses telefonemas:

(2 de fevereiro de 2006)
— Alô, O.A.??? Aqui é A.M., como vai, meu querido?
— Oi, meu querido. Estou aqui, pelejando, como diriam nossos pais.
— Pois é, o Rogerio Menezes me ligou dizendo que você anda meio "doentinho". Mas também me falou que os nossos queridos amigos Mara Castagno e Afonso Queiroz lhe acolheram de maneira boníssima na casa deles, e isso é coisa rara nos dias de hoje.
— Eles têm sido magníficos...
— Isso me alivia, pelo menos você está em boas mãos. E o tratamento médico, como está?
— Ainda não começou oficialmente. Por enquanto só tomo alguns comprimidos que me fazem ter sonhos muito malucos, mas a quimioterapia vai começar logo, e dizem que poderá salvar a minha vida. Não sei se querem me enganar, mas dizem que o câncer da medula que tenho poderá não ser tão devastador assim e que a químio poderá mandá-lo para o inferno.
— O câncer na medula hoje em dia é bastante curável. Conheço um cara que enfrentou o mesmo tipo de problema que você e sobreviveu lépido e fagueiro, como você estará logo, logo. Mas

não quero falar muito ao telefone, você sabe que não gosto muito de falar ao telefone. Vou desligar. Ligo de novo logo, logo.
— Ligue mesmo.

(15 de fevereiro de 2006)
— Soube que você começou a químio ontem, como foi?
(Falando com certa dificuldade) — Quer que te diga a verdade? Foi devastador, meu querido, de-vas-ta-dor. Hoje me sinto como se tivesse sido atropelado por caminhão. Passei o dia vomitando, com tudo me doendo por dentro e por fora. Horror, horror, horror!

(11 de março de 2006)
— E aí, meu querido Omar, como estamos?
— O corpo já está se acostumando à quimioterapia e as sessões têm sido mais razoáveis. Mas estou horrível. (Gargalhando.) Você consegue me imaginar sem cabelo nenhum sobre o corpo, nada? Estou assim. Caiu tudo, pentelhos, pelinhos do cu, os pelos do peito e das costas, os cabelos, tudo. Agora quando fico nu, fico nu mesmo, completamente nu!
— Quando você fica livre dessa tortura, meu querido?
— Olhe, acho que no dia 13 de maio paro de fazer. Depois é, dizem os médicos, esperar para ver se o organismo reage bem à químio.
— Vai reagir bem, claro que vai. Té mais.

(15 de junho de 2006)
— Soube que você está numa bolha, isolado de tudo, é isso?
— Pois é, estou enfiado na merda de uma bolha, não posso ver nem falar com ninguém, só por telefone, só posso falar com o resto do mundo por telefone.
— Mas por que lhe enfiaram na merda de uma bolha, porra?

— É o seguinte: saca a medula, aquele líquido que nos garante imunidade e fica armazenado no alto da coluna? (Rindo, mas sem gargalhar.) Pois é, tiraram a porra da medula de mim e levaram a porra da minha medula para o Rio de Janeiro. Eu aqui, fodido, paralisado, e minha medula saracoteando pelo Rio de Janeiro, por Ipanema, pelo Leblon, pode uma coisa dessas?
— Você está sentindo muitas dores?
— Estou, né? Mas já meio que me acostumei. Mas estou sentindo menos dor do que no tempo da quimio. Mas nunca estive tão sozinho. Nem a porra da minha medula está aqui comigo!
— Qual é a ideia de levarem sua medula para passear no Rio?
— Bombardearem ela, tratarem ela, e depois me enfiarem a dita cuja de novo para ver se conseguem salvar a minha vida.

(18 de agosto de 2006)
— E aí, firme?
— Fodeu! A porra da minha medula voltou ainda mais fodida e está me fodendo cada vez mais. A quimio não adiantou, a viagem de minha medula não adiantou. Tou fodido, meu amigo.
— E as dores melhoraram?
— Só sei que estão me entupindo de morfina, mas, mesmo assim, dói tudo, tudo.
— Meu querido, você vai melhorar! A próxima vez que for a Recife, e não vou demorar de ir a Recife, a gente vai beber naquele lugar que a gente sempre vai beber, você sabe onde é.
— Beber agora, meu querido, só se for morfina com limão, tipo caipirinha de morfina, que tal? Acho que é a única coisa que posso beber atualmente.

(14 de novembro de 2006)
— Alô, senhora Jocélia Boa Morte, é a senhora? Como está o nosso amigo?
— Está aqui sofrendo. Agora não consegue fazer cocô de jeito nenhum, geme o dia todo, se espreme, se espreme todo, quando a gente pensa que a porra da merda vai sair, a porra da merda não sai, senhor A.M.! Que sofrimento, que consumição, meu Deus! Como pessoa tão boa como o senhor Omar Amado pode sofrer tanto assim? A vida não é justa, senhor A.M., não é!
— A senhora sabe, senhora Jocélia Boa Morte, o meu gato, o Ravic, também tem câncer, está muito doente, começou a adoecer na mesma época que o Omar Amado. Também ele estava meio constipado, e não conseguia fazer cocô de jeito nenhum. Mas não é que hoje o danadinho conseguiu? Será que o Omar também não consegue fazer cocô hoje? Ele está aí por perto? Posso falar com ele?
— Ele está falando pouco, sente muita dor. Mas acho que vai gostar de falar um pouquinho com o senhor. Diga a ele do Ravic, quem sabe também não se anima e faz? Vou levar o fone pro quarto!
(Tempo)
— Omar Amado, você está aí? (Voz fraca, quase inaudível)
— Estou, mas é como se não estivesse. Na verdade, não gostaria de estar mais.
— A senhora J.B.M. disse que você não está conseguindo fazer cocô, é isso?
— (Inaudível)
— O Ravic também não estava conseguindo, mas hoje conseguiu. Quem sabe você também não consegue?
— (Inaudível)

O estado de saúde do senhor Omar Amado piorava cada vez mais e, pela primeira vez, o senhor A.M. imaginou que não o veria de novo vivo. Pensou em visitá-lo várias vezes durante o ano, mas — o diabo sabe o motivo — a viagem para Recife sempre dava errado.

Em meados de novembro, afinal se decidiu, apertou o botão do foda-se (seguindo conselho que certo psiquiatra paulista, o doutor Menelau Quintella, lhe deu nos anos 1990: "*Meu caro, tem uma hora na vida que tudo empaca, que nada dá certo, que a única coisa que nos resta é apertar o botão do foda-se. Você vai precisar apertá-lo várias vezes na vida!*"), cancelou reuniões, antecipou a escrita de relatório importante, e viajou.

Encontrou o amigo depauperado, mais depauperado do que imaginava, mais morto do que vivo. Passou os três dias seguintes ao lado do amigo, e voltou para Brasília sabendo: o senhor Omar Amado não duraria muito. Mas não queria ficar esperando o amigo morrer.

No dia seguinte ao retorno a Brasília, o telefone celular do senhor A.M. tocou no início da noite de sábado. Típico do senhor A.M., preferiu não atender, mesmo tendo certeza, e talvez por isso mesmo: seria alguém a lhe comunicar a morte do amigo.

Um minuto depois, acessou a caixa de mensagem do celular, e ouviu a doce, mas, naquele momento, absolutamente destroçada, voz da amiga Mara Castagno: — *Meu querido Antonio Martiniano, o nosso querido Omar Amado se foi!*

O senhor A.M. se dirigiu até à sala, levantou-me nos braços, e, envolvendo-me com forte abraço, disse: — *Meu querido Ravic. Agora estamos completamente sozinhos. O senhor Omar Amado, o mais querido de todos os meus amigos, acabou de morrer. Pelo amor de Deus, não morra tão cedo!*

(Exatos dois meses e 26 dias depois, tive de desobedecer à súplica que o senhor A.M. então me fazia. Pobre senhor A.M...)

Verônica de Nassau

Intuo 1: Eu gostava mais da senhora Verônica de Nassau do que a senhora Verônica de Nassau gostava de mim. (Aprendi a admirá-la e a amá-la na complexidade e até mesmo na inesgotável insanidade com que levava a vida, com que gerenciava os dramas da existência humana — de maneira absolutamente anárquica, mas, paradoxalmente, absolutamente metódica.

Intuo 2: A senhora Verônica de Nassau gostava de mim por certa superstição, por algum medo nunca revelado — pelo menos a mim e ao senhor A.M. — de odiar gatos.

Nunca chegou a me amar, creio, como aparentava, como fazia questão de demonstrar, principalmente quando o senhor A.M. estava por perto. Quando fomos morar com ela durante um mês, antes de mudarmos para o Rio de Janeiro, em grande e luxuoso apartamento da SQN 212, pude perceber: administrava o lugar onde morava com o mesmo zelo e o mesmo sentido cívico com que velho marechal mandava lustrarem-lhe as botinas em dias de parada militar.

Cuidava de tudo com o indisfarçável zelo daquele aristocrata que perdeu tudo, mas nunca perdera a pose — que é o que afinal importa para verdadeiros aristocratas —, as aparências, as aparências, as aparências, nada mais que as aparências.

Tinha olhos castanho-esverdeados e cabelos invariavelmente pintados de ruivo-cobre — não sabia exatamente que cor era essa, mas era assim que se referia à tonalidade da juba, com a qual desfilava, algo imperial, ressalte-se. Descendia diretamente de holandeses, mais exatamente do intrépido, dizia-se, aventureiro Maurício de Nassau, que chegara em terras pernambucanas no século XVII.

Controlava com mão de ferro a limpeza da casa — os lençóis tinham de estar sempre imaculadamente limpos; o piso em nobre madeira de lei, eternamente brilhante; as panelas da cozinha, invariavelmente lustrosas; os banheiros, eternamente temperados com cítricos aromas campestres.

Nessa imexível equação doméstica, nesse azeitado ecossistema que fazia a senhora Verônica de Nassau gemer a cada vez que descobria fio de cabelo que fosse fora do lugar, a minha presença, digamos, *vira-latal*, nada nobre, desestabilizara-a totalmente.

A senhora V.N., no entanto, atriz na juventude, excelente atriz, garantiu-me o senhor A.M., mantinha a fleuma e o coquetismo, como se nada estivesse fora do lugar; como se não se sentisse absolutamente em pânico e absolutamente desconfortável com a nossa subversiva e inegavelmente incômoda presença — éramos gato vira-lata sempre doente, e velho e querido amigo absolutamente desestabilizado profissionalmente, existencialmente e mentalmente.

No início de nossa curta temporada na casa dela, sem que o senhor A.M. soubesse, me trancava — assim que o meu-querido-amigo se recolhia aos aposentos para tentar dormir — em minúsculo quartinho, que ficava nos fundos da cozinha, próximo à lavanderia e à despensa.

Insone, certa madrugada o senhor A.M. ouviu-me miar em altos decibéis, e me libertou. Nunca conversaram sobre o assunto, mas a senhora Verônica de Nassau desistiu da ideia de me separar do meu-querido-amigo durante aquelas madrugadas frias e secas de Brasília.

Crer que a maneira zelosa e cuidadosa, quase afetada, com que a senhora V.N. me tratava fazia parte da rede de superstições que a compunham, e faziam dela uma das personalidades mais fascinantes que conheci, não era nenhum exagero de minha parte. Dona Ecumênica, como bem-humoradamente o senhor A.M. a chamava, e ela não se chateava com isso, cultivava crendices e adotava hábitos, em que a maioria dos mortais não veria o menor sentido, com convicção religiosa, contrita, inquestionável, irrestrita.

Gerenciava essas duas mulheres que a habitavam (1. a objetiva, a executiva ecológica, a aristocrática decadente; 2. a outra, a caótica, a efervescente, a desconcertante; a que cultuava todos os oráculos possíveis e imagináveis) com a expertise adquirida nos incontáveis cursos na área administrativa que fizera no exterior. Ou seja, de maneira magistral.

Eventualmente, a receita desandava, o jeito ordeiro com que a senhora V.N. queria que a vida corresse mudava inesperadamente de curso, o caos parecia se instalar na vida dela e dos dois queridos filhos gêmeos — aos quais amava acima de qualquer coisa e com os quais desenhava amorosíssimo triângulo e, às vezes, intrincadíssimo ecossistema. Mas não soçobrava.

Havia sempre salva-vidas de reserva — e antes que tubarão de mil e uma mandíbulas a dilacerasse, lançava mão dele e punha-se corajosamente, e galhardamente, a nadar contra as altíssimas ondas que vinham em direção contrária, e que quase a afogavam. Quase.

Esse método de viver a vida nunca lhe fora garantia absoluta de felicidade (nada é), mas fez com que a senhora Verônica de Nassau chegasse aos 60 anos, com corpinho de 57 e jeito-de-corpo de garota de 25. Não virara estátua de sal imobilizada e resistente a mudanças. Ao contrário: estava sempre disposta a lançar-se ao mar, ainda que não soubesse as condições atmosféricas em curso — e isso, esse não saber o que estava por vir, na verdade mais a excitava do que assustava.

Tratava as dezenas de problemas financeiros que aristocratas decadentes costumam enfrentar — cheques especiais estourados; cartões de crédito cancelados; telefones celulares cortados etc. etc. etc. — com leveza quase olímpica. Nada disso lhe tirava o sono.

O que parecia lhe tirar o sono, realmente, era a dificuldade de encontrar "companheiro", termo *démodé* que ainda usava, herdado de passado hippie-bolchevique. Sim, caro leitor, na juventude a nossa querida aristocrata decadente fora comunista, queria impor a ditadura do proletariado no planeta Terra, e consumira todas as drogas possíveis e imagináveis: orgias sexuais com muitos homens e muitas mulheres; haxixes, maconhas, LSDês, cocaínas, éteres, alcoóis, mescalinas, *tudos*.

A mesma gula que tem hoje por oráculos, e há muita lógica nisso, tinha antigamente por drogas. Corajosa, sempre topava ser cobaia de novas experiências em busca de novos paraísos artificiais.

Sem medo de errar, poderia dizer: a única droga que a senhora Verônica de Nassau nunca deixou de consumir, ou, melhor, da qual nunca deixou de depender, foi o homem. A senhora Verônica de Nassau era dependente química compulsiva de homem. Mas, exigentíssima, não "consumia" homem qualquer, tinha que obedecer a requisitos os quais considerava fundamentais.

Ei-los: a) Não ser mais jovem que ela — sentia-se insegura com homens menos "experientes", como preferia chamá-los; b) Tinha de agradar ao paladar, também muito exigente, dos dois filhos gêmeos; c) Devia possuir certo pathos de nobreza, de magnanimidade, não poderia ser um zé-ninguém, um qualquer.

Como esse tipo de droga, o homem — fosse da mais "palha", fosse da mais absoluta "massa-real", como diziam os hippies de antanho —, estava em absoluta escassez no mercado, a senhora V.N. viveu na mais total solidão por nada mais, nada menos, do que 13 anos. Essa, digamos, fome de amor, enlouqueceria qualquer mulher — mas não essa mulher especial que sempre manteve a cabeça ocupada com outros temas, com muitos outros temas

Enquanto esse homem não vinha, tinha truques, muitos truques. Mergulhava cada vez mais fundo nas terapias, as quais julgava mais eficazes; nas receitas de felicidade mais modernas; nas crendices mais *up-to-date*; no paraíso artificial mais ao alcance da mão, e da mente.

No tempo que eu e o senhor A.M. passamos temporada na casa da senhora V.N., ela havia voltado a se casar. Não gostamos muito desse novo personagem que nem chegamos a conhecer — talvez porque a aparição dele apressasse a nossa saída daquele lugar. Sabíamos: assim que "ele" chegasse, teríamos de pegar as nossas trouxas e ir embora para outro porto, quiçá menos inseguro.

Não gostávamos dele, na verdade, principalmente, porque achávamos o seguinte: a nossa querida amiga merecia coisa melhor, um homem, digamos, mais especial.

(Mas existiria algum homem melhor? Não seria tudo a mesma e colossal merda?)

Uma noite, embalado pelos vinhos de ótima qualidade servidos, comprados pela senhora V.N. com cheques sem fundo, o meu querido amigo disparou: — *Você não acha que, depois de 13 anos de busca e de espera, poderia ter escolhido algo melhor?* A senhora V.N., com a objetividade e a franqueza que lhe eram peculiares, retrucou: — *Cansei de ficar sozinha, meu querido. Esse homem que tenho agora foi o homem, digamos, possível, e não se fala mais nisso! Bebamos!*

(Era nesses momentos, quando se deixava encharcar por vinhos caríssimos comprados com cheques de qualidade duvidosa, que eu e o senhor A.M mais amávamos a senhora V.N.)

Em momentos de embriaguez assim, os vivazes olhos dela ficavam ainda mais vivazes: irradiante alegria de viver a arrebatava inteiramente; nada mais parecia lhe importar a não ser a nossa presença — e isso, essa generosidade irresponsável que a senhora V.N. demonstrava, me fazia admirá-la cada vez mais, a ponto de essa admiração ter se tornado incondicional.

Incondicional a ponto de não ligar para eventuais asneiras que eventualmente lhe pipocavam dos lábios ainda sem nenhum botox (e se orgulhava desse não botox). Parecia, o hábito de eventualmente falar asneiras inenarráveis, ser mais forte do que ela. Amava-a, e pronto. Era o que (me) bastava.

Um dos vícios mais execráveis da senhora V.N. era o de se apropriar de certezas tiradas não se sabia de onde e afirmar coisas insanas — pelo menos para mim, gato estoico e pouco chegado a crendices sem sentido que alguns seres humanos teimam em transformar em axiomas; ai dos seres humanos!
Bobagens desse calibre foram disparadas pela senhora V.N. no diálogo a seguir, ocorrido dois dias antes de partirmos, às pressas, para o Rio de Janeiro em outubro de 2005. O novo "companheiro" da senhora V.N. antecipara a chegada a Brasília, e a senhora V.N. foi carinhosa, mas clara, conosco: — *É tempo de nos separar, meus queridos!*
O senhor A.M. e a senhora V.N. mais uma vez se embriagavam com os bons vinhos comprados com cheques sem fundo por nossa anfitriã. Era noite seca de início de setembro. Tentava me adaptar ao novo ambiente, de onde sairia de novo logo, logo, e me descobri meio insone a enveredar por questões algo candentes que preferi adiar para outra ocasião, quando estivesse de melhor humor. Foi nesse estado d'alma que xeretar a conversa daquele dois amigos surgiu como alternativa quase balsâmica.
Nada penso, apenas ouço:
V.N.: — *Se eu lhe contar uma coisa, você jura que nunca conta para ninguém?*
A.M. (Cínico): — *A depender do absurdo que você me disser, talvez coloque, veladamente, em algum romance que escrever algum dia.*
V.N. (Séria): — *!!!??? Se escrever, pode até falar sobre isso, mas não diga que fui eu que lhe falei sobre isso, ok?*
A.M.: — *É algo tão absurdo assim?*

V.N.: — *Não, não é. Talvez seja para você, que é, acho, demasiado cético, tem dificuldade de aceitar coisas que são absolutamente óbvias para mim.*
A.M.: — *Como, por exemplo?*
V.N.: — *Você percebeu que meu novo companheiro só surgiu na minha vida depois que minha mãe morreu?*
A.M.: — *É verdade. Mas e daí? O que tem a ver uma coisa com a outra?*
V.N.: — *Tudo, meu querido, tudo.*
A.M.: — *Legendas, por favor. Não estou entendendo nada!*
V.N.: — *Seguinte, meu querido. Essas coisas acontecem a toda hora, em todo lugar, e a gente não percebe. Só foi possível surgir esse novo amor na minha vida porque a minha mãe morreu.*
A.M.: — *?????*
V.N.: — *Não se espante. A vida é intrincada e caótica equação. Algumas coisas só acontecem porque outras deixam de acontecer. Dois corpos não ocupam o mesmo lugar no espaço, lembra de que diziam isso pra gente na escola? Não era possível, portanto, que pudesse ter o amor de minha mãe e o amor de um homem ao mesmo tempo. Seriam dois corpos ocupando o mesmo lugar no espaço, entendeu?*
A.M.: — *Acho que entendi, mas não estou acreditando que você está querendo me dizer uma sandice dessas!*
V.M.: — *Posso prosseguir? Então quando minha mãe morreu, liberou-se espaço para que esse homem surgisse na minha vida. Entendeu?*
A.M. (Indignando-se): — *Você surtou, Verônica de Nassau? Você está querendo dizer que aquela mãe maravilhosa que você tinha — a quem amávamos tanto — foi sacrificada para que esse homem "possível", como você mesmo disse, surgisse?*

V.N.: — *Exatamente. Se minha mãe não morresse, teria continuado sozinha! A vida, repito, é caótica equação, meu querido! Você, por exemplo. A sua vida entrou num parafuso total e nada parece evoluir. Se nada mudar nessa caótica equação, se nenhuma ocorrência externa fizer com que algo saia do lugar, a equação que a sua vida é continuará a mesma, nada mudará. Acho que se alguém muito querido seu morrer, algo se mexerá, e sua vida mudará.*

(Do meu cantinho, onde tentava não preencher a minha insônia com pensamentos dantescos, ouvi essa declaração peremptória, e absurda, da senhora Verônica de Nassau, e não pude deixar de pensar, também absurdamente: "*Isso poderia significar que a minha morte, eu que sou uma das 'pessoas' mais queridas do senhor A.M., daqui a algum tempo, talvez faça com que a vida do senhor A.M. possa, enfim, voltar ao rumo normal.*" Aquela ideia absurda, repito, me trouxe um pouquinho de felicidade naquela noite seca e amarga.)

A.M.: — *De onde você tirou esse disparate? Você quer que eu acredite que minha vida só melhorará no momento em que alguém muito querido meu morrer?*

V.M.: — *Exatamente! Mas não estou lhe pedindo que você, digamos, torça para alguém muito querido morrer e, assim, poder rearrumar a sua vida.*

A.M. (Irônico): — *Ainda bem. Isso tem a ver com o seu atual "companheiro"? Foi ele quem colocou essa merda na sua cabeça?*

V.N. (Cada vez mais segura): — *Ele pensa assim também, muita gente pensa assim também, mas foi coincidência. Não foi ele quem me fez a cabeça em relação a esse assunto. É apenas lógica, meu querido, a mais pura lógica!*

A.M.: — *Lógica? Você pirou, minha querida, pirou!*

V.N.: — *Dia desses peguei avião do Rio para São Paulo e sentou-se ao meu lado aquele ator hoje famosíssimo, mas que conhecemos bom ator, mas sem dinheiro algum, na merda, lá no Recife. O Nicolau Wenceslau! Lembra dele?*

A.M.: — *Lembro, ótimo ator. Sempre foi bom ator, desde Recife.*

V.N.: — *Pois é. Sempre foi bom ator, mas só começou a se destacar depois de muito tempo de batalha. Nossas famílias foram muito amigas, conheço o rapaz desde garoto, ele confia em mim, conversamos muito durante todo o voo. Ele me contou algo que realmente confirmou tudo isso que venho pensando e que estou agora revelando para você...*

A.M.: — *O que raios o Nicolau Wenceslau lhe contou que confirmou tudo isso?*

V.N.: — *Tudo. Ele amava muito a mãe, amava de paixão. Mas era mulher muito doente. Parece que tinha problemas mentais e depois esclerose, uma merda assim. Ele, entre aulas de teatro, ensaios e apresentações, cuidava sozinho da mãe, era filho único; o pai já havia morrido. Isso durou alguns anos. Enquanto a agonia da mãe durou, a carreira do filho nunca saiu do lugar. Quem é que conhecia Nicolau Wenceslau fora do Recife em 2002, 2003? Ninguém. Ninguém.*

A.M.: — *Você não quer me dizer que...?*

V.N.: — *Quero, e vou lhe repetir exatamente as palavras que Nicolau Wenceslau me disse: "Parece loucura o que vou te dizer. Mas minha mãe morreu numa semana e na semana seguinte alguém me ligou do Rio do Janeiro, me chamando para fazer um filme com um dos diretores mais importantes do Brasil."*

A.M.: — *Você não quer me dizer que o senhor Nicolau Wenceslau acredita, e você também, que o grande sucesso nacional que vem* fazendo agora só ocorreu porque a mãe dele morreu e liberou espaço nessa caótica equação em que vivemos para que ele pudesse fazer sucesso?

V.N.: — Exatamente!

A.M.: — Você está insana, minha cara, completamente insana!

V.N.: — A vida é insana, meu querido! A vida é insana!

A.M.: — Vá se foder! Você enlouqueceu!

(Em seguida, o senhor A.M. me arrancou do lugar onde estava, levou-me no ombro pelo longo corredor, bateu à porta com violência assombrosa, e repetiu: — Vá se foder! Vá se foder! Esse pessoal quer me enlouquecer, porra!)

Algumas semanas depois, já no Rio de Janeiro, em fresca madrugada de novembro, quando o senhor e a senhora Tupinambá dormiam profundamente, o senhor A.M. voltou a me falar da senhora Verônica de Nassau. Contou-me a seguinte história — ainda mais insana que o diálogo transcrito acima ocorrido em Brasília havia alguns meses antes, e que atesta para os devidos fins o quão insana era, e é, a mente da senhora V.N. Mas nem por isso, ninguém é perfeito, deixei de amá-la. Como disse antes, incondicionalmente.

Ecumênica é pouco para definir a minha querida Verônica de Nassau. É mais que isso. Tem gula abissal pelo esotérico, pelo sobrenatural, pelo estranho. Cobiça os oráculos alheios sem disfarces. Se alguma pessoa chega e lhe diz que conheceu uma senhora Xis, na cidade Y, e que esta senhora Xis, absolutamente *low profile*, discretíssima, acertou duas ou três coisas sobre o seu passado e lhe aconselhou alguma esdrúxula combinação de fórmulas miraculosas para você ser mais feliz, ela vai ouvir o que essa pessoa disser com a mais santa das paciências, vai anotar o telefone dessa pitonisa inesperada, e vai aproveitar a próxima folga que tiver no trabalho e visitar essa pitonisa *low profile*, esteja esta senhora Xis no Acre ou no Alasca.

A senhora Verônica de Nassau é assim. Fazer o quê? O senhor A.M. sempre comenta: a senhora V.N. acredita desesperadamente na possibilidade de ser feliz, e faz qualquer negócio para encontrar essa tal felicidade, e quando a encontrar vai fazer dela aliada incondicional até o fim dos dias.

Numa frase, talvez piegas, mas que realmente define o que lhe passa pela cabecinha de vento, podemos dizer: a senhora V.N. faz qualquer coisa, custe o que lhe custar, para ser pessoa mais feliz. Ou para acreditar, enfim, que a felicidade poderá ser algo possível, tangível, real.

Foi em busca dessa felicidade possível, tangível, real custe o que custar, que a senhora V.N. se deixou convencer, depois de semana de peroração, pela senhora Charlotte Ségur-Perrault, certa francesa que se dizia fundadora de sua própria e personalíssima seita: o perraultismo.

(Perraultismo é prática religiosa que a senhora V.N. exerce ao mesmo tempo que: 1. Comparece a missas católicas em diferentes igrejas do planeta, e reza para todos os santos possíveis e imagináveis, de São Jorge e Nossa Senhora da Boa Morte a Santa Tereza Dávila; 2. Joga búzios com mães de santo variadas e faz despachos para Oguns e Oxalás diversos em encruzilhadas dos mais diversos continentes; 3. Repete mantras budistas e tem quatro ou cinco imagens de Buda na cabeceira da cama; 4. Acredita em reencarnação, e vez em quando diz ver o pai, que há muito tempo morreu, à beira da cama onde dorme, esteja em que hotel do planeta estiver; 5. Mergulha nas águas imundas do rio Ganges sempre que vai a Nova Délhi, e se diz "purificada" quando sai desses banhos "abençoados"; 6. Já leu o Corão no mínimo três vezes; 7. Considera, ao mesmo tempo que aconselha aos filhos gêmeos a sempre lembrar as parceiras da importância dos preservativos, o papa Bento XVI criatura "iluminada"; 8. Respeita numerologia, a ponto de batizar os filhos gêmeos com nomes algo estranhos como Cazandro (*"com z, por favor"*) e Cezandro (*"com z também; ter a letra z no nome é uma bênção!"*); 9. Acredita piamente nas orações, venham de onde vierem, que lhe ensinam mundo afora; 10. Amarra réstias de alho ao redor da cama para espantar vampiros.)

A senhora Charlotte Ségur-Perrault, aquela que se dizia fundadora do perraultismo, aquela que trocou Paris pelo agreste pernambucano, aplicava terapia alternativa que fascinou a nossa querida V.N. A ponto de fazê-la reservar quatro dias de apertada agenda de reuniões e conclaves mundo afora para se dedicar a esse "mergulho na transcendência da terra mais profunda".

(Se ainda não dissemos, digamos agora, a senhora Verônica de Nassau é sumidade internacional em questões ambientais, respeitada em todo o mundo, quase pop star quando se fala de ecologia e de aquecimento global.)

Essa terapia alternativa seria aplicada, durante quatro dias seguidos, em caverna *"completamente asséptica"*, como garantia a líder perraultista pop, mas escura, úmida e inóspita do interior do Nordeste brasileiro. Segundo Charlotte Ségur-

Perrault, as cavernas têm maior "*poder de absorção e de, consequentemente, cura espiritual de pessoas em crise*".

A senhora Verônica de Nassau se convenceu — e quando se convencia de algo, era impossível alguém lhe tirar essa ideia da cabeça — de que passar quatro dias em escura, úmida e inóspita caverna do interior do Nordeste poderia salvar-lhe a vida, depois de perceber, após três meses de convivência dificílima, que colega de trabalho tinha "energia negativa fortíssima" que a fragilizava, a ponto de a senhora V.N. mergulhar em prantos exatamente no momento em que iniciava teleconferência trilíngue com especialistas em meio ambiente dos cinco continentes.

Depois dessa situação que considerou vexatória e inadmissível, passou a considerar os quatro dias passados dentro de caverna no interior do Nordeste não uma perda de tempo, mas sim um "investimento".

Em busca desse "investimento", que implicaria passar quatro dias numa caverna do interior do Nordeste, a cinco metros de profundidade, apenas bebendo água, a senhora V.N. pediu à secretária para "fechar-lhe a agenda" por uma semana. Previa: nos dias seguintes ao "investimento", insights diversos lhe assaltariam o cérebro, o que a faria voltar ao trabalho revigorada, fortalecida e, o mais importante para a senhora V.N., cheia de novas e brilhantes ideias.

A senhora Verônica de Nassau previu o pós-mergulho-na-caverna, mas esqueceu de prever o pré-mergulho-na-caverna. Nisso contou com a cumplicidade irresponsável da senhora Charlotte Ségur-Perrault, evidentemente envolvida com outros clientes, pois, como se jactava, tal terapia tinha muita demanda, "principalmente entre executivos de multinacionais".

Resultado: saiu diretamente de difícil reunião com empresários nada interessados em questões ambientais ("*esses monstros só se interessam por lucros, meu querido A.M.*", dizia sempre) para o mergulho na caverna.

Pegou helicóptero e, duas horas depois, flagrou-se nua, absolutamente nua, encalacrada no interior de caverna escura — a terapia exigia que o cliente não usasse roupa nenhuma e a única provisão prevista para aqueles quatro dias de total ascese era litro de água por dia — que alguém ligado à líder perraultista desceria por corda a cada início de manhã.

No helicóptero, lembrou: não se alimentara desde a noite anterior — era chegada a essa prática, que rotulava de "jejum de purificação" — e, por conta disso, sentia muita dor de cabeça. Excitada com a nova experiência, e sem querer que nada embaçasse o brilho dessa aventura espiritual que, acreditava, mudaria para sempre os rumos de sua vida, tirou dois comprimidos da bolsa, e os tomou.

Foi a desgraça das desgraças da senhora Verônica de Nassau, caro leitor!

No estômago vazio azeitado e eletrificado pela excitação da nova experiência, aqueles dois comprimidos contra a dor de cabeça caíram como bombas-de-hiroshima — de-vas-ta-doras! Então a senhora V.N. descobriu, assustada, mas ainda convicta de que aquela experiência lhe transformaria a vida: tsunamis de vômito começaram a se produzir em suas regiões intestinas.

Ainda tentou se autoenganar, crendo na ideia de que aquele mal-estar inicial seria decorrente do ineditismo da experiência e da transcendência daquele momento; ainda tentou relaxar, aceitando aquele buraco escuro, e úmido, e inóspito, como *"presente de Deus que a purificaria e a faria mergulhar na essência do viver"*, como a líder perraultista havia lhe prometido.

Antes que o presente de Deus a purificasse e a fizesse mergulhar na essência do viver, a senhora V.N., em choque, percebeu: tsunamis de vômito começavam a se engalfinhar no intestino, a se concentrar no esôfago, e a, sem que a senhora V.N. tivesse qualquer controle sobre isso, escapar, como jatos velozes, pela boca e narinas.

Era a mais absurda das cenas — e só a senhora V.N., com sua incrível sede de transcender e de conquistar a felicidade, custasse o que custasse, poderia protagonizá-la: no ventre quente da terra nordestina, a cinco metros de profundidade, em caverna de dois metros de comprimento por 60 centímetros de altura, a quilômetros de algum lugar habitado por seres humanos, na mais absoluta escuridão, completamente nua, só, desamparada, mulher expelia jatos de vômito para o alto como se fossem jatos expelidos pelos gêiseres El Tatio do deserto de Atacama no Chile.

Da mesma forma que os jatos expelidos pelos gêiseres El Tatio do deserto de Atacama no Chile, pura lei da gravidade, os jatos de vômito expelidos pela senhora V.N. caíam-lhe de volta sobre o rosto, o queixo, a barriga, o ventre, a vagina. Em poucos segundos, o corpo da senhora V.N., afogado nesse mar de vômito, atraiu o apetite de vorazes formigas que, incendiárias, famélicas, determinadas, valentes, mergulharam sobre o corpo nu da senhora Verônica de Nassau.

Numa frase, de efeito: o inferno na terra.

Ou melhor: o inferno sob a terra.

Nessa batalha inclemente, e injusta, entre uma senhora V.N. absolutamente dominada pelo medo e pelo pavor e centenas de formigas sem nenhuma noção de culpa, a nossa querida amiga não teve saída: desmaiou.

(As formigas, após essa farra que provavelmente lhes foi a mais inesquecível de suas vidas, bateram em retirada — deixando naquele buraco negro a nossa sofrida heroína.)

Completamente exausta, animal agonizante, quase morto, a senhora V.N. só foi socorrida três dias depois — o pobre coitado que lhe deixava a água prevista no início de cada manhã não tinha sido brifado pela líder perraultista para checar se os seus clientes estavam ou não em bom estado.

Levada de helicóptero para o Recife, a senhora Verônica de Nassau ficou quatro dias entre a vida e a morte, em coma profundo. Mas sobreviveu.

Assim que soube do acidente, alguns dias depois, o senhor Antonio Martiniano ligou-lhe. Recuperava-se do golpe na fazenda da mãe — aquela mesma que morrera, segundo o raciocínio da senhora Verônica de Nassau, para fazer com que novo "companheiro" lhe surgisse.

A senhora V.N., sem se intimidar com os puxões de orelha do senhor A.M., avaliou, mergulhada em espetacular pragmatismo: — *Falhou, foi um fracasso, mas aprendi.*

Em seguida, declarou, absolutamente destemida: — *Agora, que já sei o que não devo fazer, vou repetir a experiência assim que voltar da Finlândia, para onde viajo amanhã, e onde fico durante 15 dias.*

Carmem Bacardi

Noite fria de agosto. 1987. Bar Flicoteaux, paraíso dos jornalistas, dos lobistas, dos políticos, dos artistas e das putas de Brasília. Em animada mesa, comensais se embriagam vertiginosamente. Bebem, alternadamente, cerveja e vodca. Vez em quando, em rápidas idas ao banheiro, cheiram cocaína. Trata-se de grupo de homens e mulheres na faixa dos trinta-e-poucos-anos, todos muito dispostos a esquecer as vicissitudes do dia a dia, o tédio inenarrável de se viver naquele mundo de merda, a fórceps.

Há alegria forçada no ar. Todos daquela mesa ainda têm trabalhos fixos, o que se tornaria coisa rara a partir de meados dos anos 1990. Todos igualmente sonham em passar algum tempo no exterior e, com sorte, abandonar as agruras de "*morar neste país de merda*".

Estão àquela mesa o senhor Antonio Martiniano, que à época ainda morava em São Paulo, mas viera passar alguns dias em Brasília; o senhor Tobias Robaratz (jornalista); o senhor Lineu Bacardi e a senhora Carmem Bacardi (antropólogos); e o senhor Isidro Rossi Drago e a senhora Andreza Ewald Filha (atores).

Falam mal da vida alheia e sabem que, alhures, em mesa de bar do próprio Flicoteaux, alguém fala mal da vida deles.

Claro, com idêntico ou, a depender do grau de álcool e cocaína que lhes circularem no sangue, ainda maior entusiasmo.

A senhora Carmem Bacardi, 130 quilos de carnes muito moles, muita empáfia e incomensurável maledicência — que tenta esconder sob o véu de falsa simpatia e do riso sempre engatilhado —, comentou no ritmo afetado e histérico que lhe era típico: — *Que atores medonhos aqueles que acabamos de ver, não? Nunca vi Nelson Rodrigues tão ordinário, montado de maneira tão amadora e pífia!*

O comentário da senhora Carmem Bacardi não repercutiu como imaginava que repercutisse, não surtiu o efeito esperado. Todos estavam estupidamente bêbados e estupidamente drogados: nada que fosse dito ou revelado, por mais escandaloso que fosse, seria sequer percebido pelos demais. Estavam àquela altura da bebedeira em que nada mais importa, a não ser mais álcool lhes descendo goela abaixo e mais cocaína navegando-lhes na corrente sanguínea.

No grupo, homogêneo na veia crítica — para eles nenhuma peça de teatro era bem montada; nenhum filme, digno de louvor; nenhuma reportagem, por mais bem escrita que fosse, merecia algum esgar de condescendência e compaixão —, àquela altura da madrugada já pairava inoxidável pathos de tédio, o que fazia com que súbito pânico lhes percorresse os rostos crispados.

A senhora Carmem Bacardi novamente atacou. Quando mulher magérrima de cabelos negríssimos passou perto deles, e se dirigiu ao banheiro, sibilou: — *Aquela puta vai cheirar mais uma carreira de cocaína. Coitada, tem que cheirar cocaína mesmo. Pegaram o marido dela dando a bunda ao rapaz que fora levar as compras de supermercado na casa deles!*

(Quando a mulher magérrima de cabelos negríssimos voltou do banheiro, e lhe dirigiu aparentemente simpático sorriso, a senhora C.B. alteou propositalmente a voz e arremessou: — *Tudo bem, querida? Você está linda! Lin-da! Precisamos nos ver. Apareça!*)

O senhor Lineu Bacardi, também antropólogo, era marido da senhora Carmem Bacardi. Algo absolutamente inacreditável, segundo maldosos comentários que circulavam por Brasília à época. — *Aquilo não me engana; é bicha doida que usa a senhora C.B. como álibi.* (Era, por exemplo, o comentário que moça de olhos esbugalhados fazia para moça de iguais olhos esbugalhados em mesa próxima.)

O senhor Lineu Bacardi, melífluo como uma enguia drogada, lambia cada palavra dita pela mulher. Após comentário sobre a mulher magérrima de cabelos negríssimos que fora cheirar cocaína no banheiro, esfregou o nariz no nariz da senhora C.B., e grunhiu, afetadamente: — *Hoje você está com a língua afiadíssima, hein, minha ursinha!*

Ao que se seguiu o seguinte diálogo, nariz contra nariz, boca com boca, papada contra papada (o senhor Lineu Bacardi era quase tão gordo e tão pródigo em papadas quanto a senhora Carmem Bacardi):
— *Ursinho...!*
— *Ursinha...!*
— *Ursinho...!*
— *Ursinha...!*

A cena, apesar de repetitiva, representada no mínimo dez vezes a cada noitada, ainda costumava provocar ânsias de vômito no restante do grupo, que odiava o casal — menos o senhor A.M., que acabava de conhecê-la; como saberemos, esse pobre coitado só perceberia que realmente a odiava, ou que poderia finalmente odiá-la, cerca de duas décadas depois.

(Mas esse ódio não impedia de sempre beberem juntos. A moeda de troca da senhora C.B. para estar na mesa deles, e na mesa de quem bem entendesse, era a capacidade inesgotável que essa rotunda criatura possuía de disparar torpedos malévolos na direção de quem quer que fosse. O senhor A.M. me contou depois: era sempre bom tê-la à mesa porque isso impedia que, pelo menos naquela noite, as pessoas que dividiam a mesa com ela tivessem o nome emporcalhado pela falastrona figura.)

O senhor A.M. conheceu a senhora C.B. nessa noite, e, à primeira vista, não gostou dela.

Mas, coisas da vida, a senhora C.B. "a-mou", tinha mania de silabar as palavras que queria enfatizar, o senhor A.M.

Dessa primeira noite, ficou no senhor A.M. a certeza de que o senhor L.B. era, de fato, como comentavam na mesa ao lado, bicha doida que usava a senhora C.B. como álibi. Além disso, aquela improvável relação entre aquela adiposa e maledicente criatura e aquele ser afetado, igualmente adiposo, e quase liquefeito, rendeu-lhe insight, que tentou aprofundar nos tempos que se seguiram — principalmente quando estava em mesas de bar e quando todo o tipo de bobagem era possível de ser dita e socializada.

O insight era o seguinte, que explodira na mente do senhor A.M. naquela noite bêbada de 1987 no Flicoteaux: — *Todo* homem casado com mulher gorda é veado, e transa com a mulher pensando na mamãe!

Tal *boutade*, absolutamente irresponsável, nessa mesma noite transmitida às outras pessoas da mesa, com exceção, claro, do casal C.B.-L.B., atravessaria mesas de bar, madrugadas, pequenas tragédias e até mesmo oceanos. Quase duas décadas depois, quando certo amigo de longa data perguntou ao senhor A.M. se mudara de ideia a respeito daquele insight maldoso, e algo irresponsável, foi enfático: — *Não, não mudei de ideia. Ao contrário, essa ideia se consolidou. Ok. Devo admitir que diminuí um pouco o alcance de minha assertiva original, e agora afirmo, categoricamente: apenas 90% dos homens casados com mulheres gordas são veados, e transam com a mulher pensando na mamãe!*

O senhor A.M. que, tramoias do destino, se tornou grande amigo da senhora C.B., nunca dividiu esse insight com a amiga — embora tenha sentido vontade — e embora devesse dizer — caso o tivesse feito, teria matado, no nascedouro, a possibilidade de ser amigo daquele estrupício.

O meu-querido-amigo teria inúmeras chances de se arrepender amargamente de não ter jogado essa *boutade* no colo então gordo da senhora C.B. Tinha tal sensação de arrependimento principalmente quando, dez anos depois, o senhor A.M., já morando em Brasília, obrigava-se a acordar de madrugada com a senhora C.B., do outro lado da linha, a arfar: — *Vou me matar, vou me matar. Tenho certeza de que o Lineu Bacardi me abandonou porque é gay, porque é gay! Você sabe alguma coisa sobre isso, A.M., não sabe? Se souber, pelo amor de Deus me diga, preciso saber, preciso ter certeza de que ele é gay, preciso!*

Psicólogo amador, diploma conseguido por absoluto merecimento — afinal, durante mais de trinta anos deitou e rolou em divãs de psiquiatras e psicólogos, competentes e não —, o senhor A.M. traçou o seguinte diagnóstico a respeito dessa necessidade patética da senhora C.B. provar que o marido era gay e que, por causa disso, a tinha abandonado: essa informação nova — nova para ela, que se fingia de cega; Brasília inteira sempre soube que o marido dela era, e é, bicha louquíssima — serviria para encobrir outra informação, essa mais importante, mas que a senhora C.B. fazia questão de solapar: a de que o senhor L.B. a abandonara não porque ele fosse gay, mas sim porque ela era insuportável.

Covarde, o senhor A.M. fez o diagnóstico, mas nunca teve coragem de revelá-lo à senhora C.B. Temia que, fazendo-o, pudesse realmente levá-la a cometer o suicídio que tanto prometia, ideia que tanto o azucrinava.

Resultado: em vez de criticar, condescendeu. Mimava-a, a ponto de disparar para a casa dela no Lago Norte no meio da noite para consolá-la. Mimava-a, a ponto de aceitar a proibição de "*não voltar a falar com aquele veado filho da puta*", como passou a alcunhar o ex-marido.

Certa madrugada, quando alguém contou a Carmem Bacardi que vira o ex-marido fazendo sexo oral com alta autoridade do Poder Judiciário na sauna do Hotel Nacional de Brasília, ela ligou para o senhor A.M., desesperada: — *A.M., A.M, estou com revólver na cabeça e vou disparar antes que você fale alguma coisa que me tire essa ideia da cabeça!!! Vou me matar, vou me matar!!!*

O senhor A.M., que não costumava jogar duro com a senhora C.B., nessa noite jogou, e lhe disse: — Ué, se você está *tão obcecada pela ideia de se matar, tão certa que é isso que você deve fazer, por que ligar para mim? Você ligou para mim para quê mesmo?*

A senhora C.B. se fingiu de surda e continuou batendo o dedo gordo na mesma tecla: — *Eu não lhe disse? Ele é gay. Foi por isso que se afastou de mim! Ele é gay, eu tinha razão!*

Senhor A.M. (Maravilhosamente cínico, e tentando ganhar tempo; no fundo, no fundo, o que pesava na decisão dele de demovê-la da ideia de suicídio era a absoluta falta de vontade de, no meio de alguma noite gelada, sair de casa, então no início da Asa Norte, e ter de ir até ao fim do Lago Norte reconhecer a porra do corpo da senhora C.B.; resolveu, como último recurso, sofismar; sabia que a senhora C.B. era meio burrinha ao lidar com sofismas): — *Quer dizer que você vai se matar porque tem razão? Geralmente as pessoas se matam porque não têm razão. Você, na verdade, deveria comemorar em vez de pensar em se matar: você tem razão, minha querida, você estava certa em desconfiar que o seu marido era gay. E você vai se matar, minha querida, por estar certa, absolutamente certa...? Parece-me um desatino!*

Senhora C.B. (Ligeiramente zonza e pesadamente obtusa): — *Você está me deixando confusa, confusa! Você está dizendo que devo ficar viva exatamente pelo fato de eu estar certa em relação à homossexualidade daquele filho da puta?*

Senhor A.M. (Aproveitando a deixa, para começar a falar bobagens e palavras de ânimo que não tinha nenhuma vontade de dizer, mas que certamente faria com que pudesse voltar a dormir em paz): — *Minha querida, reaja. Faz bem o seu ex-marido, que está por aí lambendo caralhos de gente importante da corte brasiliense! Isso, no mínimo, poderá lhe render um bom emprego. Você devia fazer o mesmo! Dê a volta por cima!* (E quase vomitou quando disse essa frase inócua e vazia; mas fazer o quê; precisava voltar a dormir e fazer com que aquela louca o deixasse em paz. Mais animado ainda com a possibilidade de se ver livre dela o mais rapidamente possível — investiu pesadamente no golpe de autoajuda barato que perpetrava): — *Vá a luta, vá às compras amanhã, compre do bom e do melhor, compre naquela importadora que você tanto ama no Lago Sul vários frascos daquele perfume Issey Miyake que você tanto adora, e aproveite a vida, minha querida! Tudo o que o seu ex-marido quer é que você se acabrunhe, que você se abata. Mas não se abata, minha querida, não se acabrunhe!*

Cada vez mais mergulhado no personagem que interpretava, o senhor A.M. jogou mais pesado ainda. Mentiu descaradamente: — *Você é criatura maravilhosa, e muitos homens maravilhosos hão de surgir para você, meu amor!*

Bingo! O senhor A.M. ouviu, aliviado, do outro da linha, voz amuada, quase de criança, dizer: — *Tá bom. Você venceu! Não vou mais me matar!*

Senhor A.M. (Absolutamente radiante com o fato de ter se livrado daquele fardo): — *Isso, minha querida, a vida é bela mesmo quando é feia!*

Senhora C.B. (Com sufocada voz de mártir): — *Obrigada, meu querido, durma com os anjos. Boa noite!*

Esse paternalismo exacerbado do senhor A.M. em relação à senhora C.B. provocar-lhe-ia, em médio prazo, desastre colossal. À época, aquela atitude complacente lhe pareceu cômoda, mas, como pôde perceber depois, aquela covardia infame lhe custaria caro, muito caro.

Ao legitimar todas as manias da senhora C.B., eram tantas que seria impossível listá-las neste livro, o senhor A.M. se livrou dos problemas imediatos, mas criou um monstro — um monstro que acabaria por quase destruí-lo (como o leitor poderá perceber nas narrativas que virão a seguir).

Exagerada como costumava ser, a senhora Carmem Bacardi resolveu, do meio do nada, de hora para outra, arrancar todas as carnes que lhe sobravam e que, havia muito, a impediam de ver a própria vagina a olho nu. Como era do seu estilo, queria realizar essa, digamos, carnificina sem ajuda de psiquiatras — odiava psiquiatras — e médicos especializados — odiava médicos, especializados e não.

Ao ouvir o como sempre paternal senhor A.M. lhe dizer que ninguém conseguiria emagrecer 70 quilos sem ajuda de psiquiatras e de profissionais especializados, bradou: — *Que se fodam os psiquiatras e os profissionais especializados! Vou perder 70 quilos, sozinha, sem ajuda de ninguém. Não vejo a minha própria vagina a olho nu há anos, e quero voltar a ver a minha vagina a olho nu, ok? Está me entendendo?*

Senhor A.M. (Já pensando a médio e longo prazos, temeroso de que as sequelas daquela dieta heterodoxa sobrassem para ele; imaginou-se tendo que levar aquele corpanzil de jamanta no meio da noite para algum hospital, para tratar a amiga de algum piripaque provocado por falta de alimentação): — *Por favor, muito cuidado com essa dieta, minha querida!*

Senhora C.B. (Resoluta): — *Vou fechar a boca e caminhar. Caminhar muuuuuito!*

Dito e feito: a senhora C.B. caminhou muuuuito, mas caminhou muuuuuito mesmo; talvez tenha realizado duas voltas ao redor da Terra; andou feito louca durante horas seguidas embaixo do sol escaldante de Brasília; andou feito alma penada nas madrugadas geladas do Eixo Monumental no auge da seca; fechou a boca, a ponto de comer alface, alface e alface dias seguidos e, vitória, vitória, emagreceu 70 quilos, e, milagre dos milagres, hosana nas alturas, pôde, enfim, ver a vagina a olho nu de novo.

Gorda ou magra, vendo ou não a própria vagina a olho nu, antes ou depois da separação do senhor Lineu Bacardi, a senhora Carmem Bacardi nunca foi exatamente, digamos, espírito de luz. Se a senhora Verônica de Nassau, aquela outra amiga do senhor A.M., cujas loucuras o leitor pôde conhecer no capítulo anterior, a conhecesse, certamente teria vaticinado, ao primeiro olhar: tratava-se de pessoa que emanava fortíssima energia negativa.

Pequena ópera-bufa em dois atos

I

O senhor A.M. nunca pôde esquecer: animadíssimo por convite que tinha recebido para escrever a biografia de certo ídolo da música popular brasileira, convidou a senhora Carmem Bacardi (logo ela, senhor A.M.?) para caudaloso *brunch* em sofisticada rotisserie da Asa Sul.

Depois de ouvir efusivo senhor A.M. lhe falar do grande desafio profissional que o convite para escrever aquela biografia representava-lhe para a carreira, e de procurar, quase desesperadamente, no rosto enigmático da senhora C.B. alguma evidência de que aquele projeto realmente daria certo (precisava dar; o senhor A.M. estava — e era, e é, extremamente inseguro a respeito, afinal se tratava da biografia de um dos mais importantes nomes da música popular brasileira, e sabia, e como sabia!, que a inveja podia (e pode) ser imobilizadora merda), obrigou-se a ouvir — e a senhora C.B. dizia isso, sem nenhuma culpa, displicentemente, enquanto enfiava goela abaixo mais um gorduroso croissant (nessa época, ainda não fazia muita questão de ver a própria vagina a olho nu!): — *Meu querido... Você sabe, não sabe? Essa editora-chefe que lhe convidou para esse trabalho está doente. Muito doente. Tem câncer. Arrancou um dos seios, mas não adiantou. Segundo soube, essa editora-chefe não tem muitos meses de vida!*

O senhor A.M. pensou em mandá-la à merda, e isso seria a melhor coisa que faria àquela altura da vida, mas não. Mudou de assunto, falou do tempo chuvoso, de coisas banais, de como era gostoso o croissant que comiam, *"tão bons quanto os de Paris"*, mas a senhora C.B. não queria lhe enfiar apenas a metade do punhal enferrujado, queria enfiar-lhe o punhal enferrujado inteiro: — *Meu querido, você sabe, não sabe? Essa editora superimportante, como você diz, que lhe chamou para fazer esse livro superimportante, como você diz, está à beira da falência. Dizem que pode quebrar a qualquer momento, é questão de meses, ou até mesmo de dias, meu querido.*

II
A ação desta cena, que fecha o plot narrativo do neurótico ecossistema A.M.-C.B. — no qual um, sadicamente, mete dedo na ferida do outro com retumbante prazer; e o outro, masoquistamente, permite, também com prazer imenso, que a outra meta os dedos todos nas suas (muitas) feridas — acontece mais de dez anos depois das ações ocorridas no ato I.

Nesse ínterim, a senhora Carmem Bacardi perdeu os 70 quilos que prometera perder, podia agora ver a própria vagina a olho nu e, honra ao mérito, desfilava o corpinho de sílfide no qual cabia jeans Diesel 38 por aleias daqui e d'além-mar; e eu, o gato Ravic, entrei na vida do senhor A.M., pondo, modéstia à parte, pitada de graça na vida sem graça que vinha levando até então.

Com essa minha entrada em cena, o leitor também terá a seguinte garantia: o próximo diálogo não irá, em nenhum momento, carregar nas tintas maldosas em relação ao personagem senhora C.B., como talvez possa ter ocorrido na narração do primeiro diálogo, narração obtida a partir de depoimento gravado do senhor A.M.

Apesar de o amar como amo a mim mesmo, devo admitir: o senhor A.M. eventualmente carrega nas tintas em algumas narrativas que me fez neste livro. Mas não neste caso. Testemunha ocular, posso garantir-lhe, probo leitor: foi exatamente essa, sem tirar nem pôr, a conversa que ouvi na noite de 22 de junho de 2004, no apartamento da SQS 304 Bloco G, entre o senhor A.M. e a senhora C.B.

Esse patético diálogo finalmente deu ponto final, fechou a gestalt dessa neurótica relação — e o caro leitor não pode imaginar o quanto esse rompimento me deixou feliz!

Senhor A.M.: — *Soube ontem que o senhor Teobaldo Acari, com quem trabalhamos juntos naquele projeto maravilhoso que realizamos na África Portuguesa, está mal, muito mal.*

Senhora C.B. (Revelando falsa indiferença; uma das marcas mais indeléveis da obscuridade do seu caráter): — *É mesmo? Nunca mais tive notícias dele. Tem câncer na bacia, não é?*

Senhor A.M.: — *Tem. Deu melhorada muito grande no ano passado, chegou a voltar a trabalhar, mas infelizmente piorou muito nos últimos dias e parece que não irá resistir. É uma pena, não?*
Senhora C.B. (Como se essa informação fosse tão científica quanto o fato de a Terra girar em torno do Sol): — *Também, né? Canalha do jeito que era tinha de morrer assim, né? Morrer assim, sofrendo muito, é o que aquele filho da puta merece.*

Fim do ato II.

Fim de jogo.

(Adoçado por recorrentes sentimentos de compaixão, o senhor A.M. pensaria diversas vezes em reiniciar esse infame jogo. A seguinte história martelava-lhe o cérebro e o levava a mergulhar em profundo sentimento de culpa por ter mandado a senhora C.B. à merda — já foi tarde!)

  Praia da Boa Viagem, Recife, início dos anos 1970. O arquiteto Riomar Maron, pai da então garota de 12 anos Carmem Maron (o Bacardi adveio do casamento com o senhor Lineu Bacardi), edificara um dos mais belos prédios daquele aprazível lugar e, necessário dizer, de toda a capital pernambucana.

  Depois da inauguração do prédio, com todos os apartamentos de 250 metros quadrados com espetacular vista para o oceano Atlântico vendidos, a garota-de-12-anos mais o pai e a mãe, a senhora Carlinda Maron, passaram a ocupar o mais cobiçado dos apartamentos de 250 metros quadrados daquele prédio: a cobertura.

No dia seguinte ao coquetel de inauguração, ao qual compareceram os mais celebrados nomes da alta sociedade pernambucana, o senhor Riomar Maron, pouco antes da então, e já, pequerrucha Carmem sair para a escola, chamou-a num canto, e cochichou-lhe: — *Prometa que você, minha querida, nunca vai esquecer do seu pai! Você promete?*

A já pequerrucha Carmem, cujo olhar se dividia entre o rosto algo enigmático do pai e o inenarrável mar azul que se descortinava ao fundo, não entendeu exatamente o motivo daquela pergunta, mas como amava o pai acima de todas as coisas, abraçou-o, e sussurrou-lhe: — *O senhor sabe que é a pessoa que mais amo no mundo, não sabe, papai? Jamais vou esquecê-lo, papai, jamais!*

Nem se quisesse tê-lo esquecido, aquela pequerrucha garota de 12 anos conseguiria: logo após abraçar afetuosamente a filha, o senhor Riomar Maron subiu até o topo do prédio e, lá de cima, despencou para a morte.

Essa história triste voltava insistentemente à cabeça do senhor A.M., que, por pelo menos quatro vezes, chegou a discar o número da ex-amiga Carmem Bacardi. Em seguida, pensava no enorme peso que a ex-amiga sempre lhe fora, e punha de volta o telefone no gancho.

Amargurado, falou-me sobre o assunto em várias madrugadas insones. A minha opinião era clara, e definitiva: nem essa terrível tragédia justificaria o eterno amargor da senhora Carmem Bacardi — mas, como os meus únicos interlocutores neste livro são a senhorita Beatriz Tupinambá, a senhora Aretha Tupinambá, e, a partir da página 189, o papagaio Marquês-de-Carabás, e, mais ao final do livro, o gato Flush, calei-me.

Mas, certa noite, ao acordar de sono profundo, ouvi a seguinte conversa entre o senhor Antonio Martiniano e o senhor Graciliano de Assis — personagem já mencionado e que o caro leitor conhecerá com maior riqueza de detalhes daqui a algumas páginas.

A.M.: — *Às vezes sinto certa compaixão pela senhora C.B. e penso em voltar a me aproximar dela. Acho que aquele amargor profundo que a corrói pode ser decorrência do suicídio do pai, daquela maneira trágica.*

G.A.: — *Não acho. Se todas as pessoas que tiveram pais mortos de maneira trágica se tornassem amargas, o mundo seria ainda mais fel do que já é. As coisas não se processam, meu querido, dessa maneira tão acacianamente cartesiana que você quer, desesperadamente, crer.*

O senhor A.M. calou-se, mergulhou em brumas profundas, e pelo menos até a minha morte, alguns anos depois, o assunto não voltaria à baila — donde talvez possamos deduzir que aquele infame jogo tenha realmente chegado ao fim.
Ou não.

Dolores dos Anjos

Faltavam dois ou três meses para eu morrer, e tanto eu como o senhor Antonio Martiniano e a senhora Dolores dos Anjos sabíamos: eu não duraria muito. Já estava nos meus estertores. Na verdade, não sabia por que não tinha morrido ainda. Quase não comia mais nada. Nem sangue nem bílis haviam mais para serem vomitados. Fazer cocô exigia de mim força que já não tinha.

Quando conseguia fazer algum cocô era coisa pouca, execrável e minimalista escultura — mas aquela coisa pouca era suficiente para me dilacerar as entranhas — saía de dentro de mim como se arrastasse tudo — se bem que não havia mais tanto tudo dentro de mim àquela altura — e a impressão que tinha era que, juntamente com aquela pouca coisa, eu sairia junto, como se virado pelo avesso — mas não saía — e continuava a viver.

Quase não tinha mais energia para, lambendo-me, limpar-me — e isso me entristecia muitíssimo —, já não tinha mobilidade para tanto. Mesmo assim, limpava-me como podia. Ainda bem que, percebendo a minha dificuldade, quase diariamente, o senhor A.M. — e eu adorava quando ele fazia isso — pegava pano macio e perfumado, embebia-o em água quente, e me acariciava o pelo macilento e já sem viço.

Um dia, depois desse banho, que não diria que me revigorava, porque nada poderia me revigorar àquela altura da minha débâcle, mas me reconfortava de maneira extraordinária, o senhor A.M. me pôs sobre o ombro, foi comigo até à cozinha, e lá teve a seguinte conversa com a senhora Dolores dos Anjos — que trabalhava na casa dele desde que viera morar em Brasília e por quem nutríamos profundíssimo afeto e profundíssima afeição; era, poder-se-ia dizer, a mulher que tivemos em comum.

(Falavam o senhor A.M. e a senhora D.A. com indisfarçável sofrimento, demonstrando o quanto falar sobre aquele assunto lhes doía — mas esse assunto tinha de ser conversado —, afinal de contas, minha morte era questão de meses, talvez de dias — morri exatas duas semanas depois.)

Senhor A.M. (Agarrando-me com força e passando a mão sobre o meu dorso, carinhosamente): — *Não queria conversar sobre isso com a senhora, mas tenho de conversar. Não é novidade para ninguém, Ravic poderá morrer a qualquer momento* (mas dizia isso com tamanha delicadeza e com tamanha dor, que isso não me entristecia; quer dizer, me entristecia, mas não por saber que ia morrer — e gatos sempre sabemos quando vamos morrer —, mas por perceber que, ao morrer, não poderia ter o senhor A.M. e a senhora D.A., a quem tanto amava, sempre ao meu lado como tinha sido até então), *e tem me preocupado muito descobrir lugar digno para enterrá-lo. Há quem jogue animais de estimação mortos em qualquer lugar, até mesmo no lixo. Não eu. Até porque o Ravic nunca foi o meu animal de estimação, Ravic sempre foi um dos meus melhores amigos.* (E ouvir isso talvez tenha prolongado meu tempo de permanência aqui na Terra por mais dois ou três dias.) *Queria cremá-lo, colocar suas cinzas num pequeno pote e carregá-lo comigo para onde fosse. Mas Brasília não tem crematório para animais e vou ter de enterrá-lo em algum lugar, e não quero que esse lugar seja um lugar qualquer.*

Senhora D.A. (Com aquela vozinha suave e aquele amistoso sotaque mineiro que eu tanto gostava de ouvir, e com os quais me acalentou em tantos momentos de dor vividos ao lado dela): — *Não se preocupa não, senhor A.M., a gente enterra o Ravic lá em casa. Eu já não lhe disse que poderia enterrar o Ravic lá em casa? O senhor sabe como gosto desse bichinho, gosto dele como gostava do meu filho que morreu, do senhor, e do Husky, aquele cachoro vira-lata cheio de pulgas que tenho lá em casa.*

A.M.: — *Tem certeza de que isso não vai incomodá-la?*

D.A.: — *Incômodo nenhum, senhor A.M. A gente enterra o Ravic no quintal lá de casa. Está tudo em terra batida ainda, mas, assim que enterrar o Ravic, vou pegar dinheirinho, mandar cimentar o lugar, e depois ponho uns ladrilhos baratos, mas bonitos: vai ficar lugar lindo, e nele o nosso querido Ravic poderá descansar em paz.*

(A ideia de ficar para sempre perto da senhora D.A. me agradou; queria também ficar perto do senhor A.M.; mas ele, como se me adivinhasse o pensamento, falou.)

A.M.: — *Além de sua eterna companhia, sempre que estiver em Brasília vou visitar o lugar onde o Ravic estiver enterrado. Ele nunca estará só!*

D.A.: — *Não vai mesmo, senhor A.M., não vai mesmo! Vamos estar sempre por perto — não vamos deixar ninguém se aproximar para mexer no tumulozinho dele — eu e o meu cachorro vira-lata Husky, a quem amo tanto quanto amo o Ravic.*

(Não gostei do que ouvi por dois motivos, e os exponho, ambos: primeiro porque teria como companheiro eterno, quer dizer eterno enquanto durasse, um cachorro, e tenho certa pinimba com cachorros; mas já no meu sepultamento, quando Husky, o cãozinho vira-lata da senhora D.A., se manteve contrito e solene quando o meu pequeno corpo era colocado em pequena vala do quintal da casa da senhora D.A., na Ceilândia Sul, aprendi a respeitá-lo; segundo porque a senhora D.A. disse que gostava de mim tanto quanto gostava do cachorro Husky, e eu pensei, egoisticamente, que eu fosse o não-homem que ela mais amava na vida; depois relevei, afinal de contas, por que não dividir com um cachorro qualquer, mesmo com um cachorro chamado Husky, o amor daquela mulher magnânima que ia deixar que eu fosse sepultado no quintal da casa que construíra com tanta dificuldade e tanta penúria?)

 Conheci essa mulher, a quem estaria ligado agora para todo o sempre, quando tinha poucos dias de vida; e o senhor A.M. a ela me apresentou: — *Senhora Dolores dos Anjos, este é o meu mais novo amigo. Batizei-o de Ravic!*
 A senhora D.A. me olhou com inesquecível olhar de compaixão e carinho. Ao perceber que, mesmo sem querer, ronco barulhento pipocava no meu peito e escapava pelo nariz, encheu-se de espanto: — *Mas, senhor A.M., ele parece doente. Está apitando como uma chaleira de água quente!*

O senhor A.M., cheio de paciência, explicou-lhe: — *Já nasceu assim, senhora D.A. A veterinária, a doutora Edeltrudes Jatobá, falou que é defeito de fabricação, mas poderá morrer de velho; esse pequeno problema não irá matá-lo!*

(Não seria bem assim; aquele apito de chaleira de água quente que pipocava no meu peito e escapava pelo nariz pode não ter me matado, mas foi, provavelmente, a primeira evidência de que eu não seria o mais saudável dos gatos; mas, àquela época, queria apenas ser feliz — e aquela casa nova e aquelas duas criaturas adoráveis que pareciam me amar incondicionalmente talvez fossem, e foram, a chave da minha felicidade — e me entreguei totalmente a essa felicidade — e disso jamais me arrependeria.)

A boleia do caminhão chacoalhava muito e eu, dentro daquela casinha-de-viagem desconfortável e quente em demasia, chacoalhava ainda mais. Odiava quando me enfiavam naquela casinha-de-viagem. A experiência me ensinara: alguma grave ocorrência externa sacudiria a nossa vida (a minha e do senhor A.M.) assim que saísse daquela casinha-de-viagem-desconfortável-e-quente-em-demasia.

Tanto que aquele momento de infortúnio, no qual sempre vomitava muito, me deixava dividido: desejava ardentemente ficar livre daquela prisão que me levaria para lugar que não sabia qual era, mas que, presumia, não era exatamente bom; ao mesmo tempo, desejava continuar naquele lugar desconfortável, pois temia o que poderia acontecer comigo quando dali saísse.

Assim, dividido, rachado, partido, percebi, mais uma vez: a minha vida mudaria novamente de curso, e novidades estavam a caminho. Meno male, nessa seca e tórrida tarde de agosto, notei: a casinha-de-viagem que ocupava estava sobre o colo da senhora D.A., que, assustada com meus miados apavorados e pelo acesso de vômito que me sufocava, tentava me acalmar: — *Ravic, meu querido, já estamos chegando na nossa nova casa. Lá você ainda vai ser mais feliz do que era na nossa antiga casa!*

(Magnânima e determinada a me consolar, ainda que essa afirmação pudesse ser a mais deslavada mentira, a senhora D.A. repetia essa mesma cantilena sempre que mudávamos de uma casa para outra, de forma que quase passei a acreditar que o futuro seria sempre melhor do que o passado — o que, a vida me ensinou, não era exatamente verdade.)

Ouvi de novo: — *Ravic, não se azucrine, não se aflija. Você vai adorar o lugar onde irá morar agora!*

Ouvi também, dito por voz estranha e rouca e masculina e algo ameaçadora: — *Coitado! Gatos não se acostumam com casas novas e sempre voltam às casas antigas. O coitadinho vai pegar o caminho de volta assim que chegar ao lugar para onde vamos levá-lo!*

A senhora D.A. não gostou do que o motorista do caminhão falou — sim, era o motorista do caminhão o dono daquela voz estranha e rouca e masculina e algo ameaçadora — e retrucou, com raiva incontida: — *Cale a boca, o senhor não conhece Ravic. Ravic é gato diferente; valente. Não se importa em mudar, sempre se comporta muito bem em mudanças, e se adapta muito bem aos novos lugares.*

(Entendia o ponto de vista da senhora D.A. Aquela maneira quase heroica com que me defendia chegava a me emocionar, mas não era bem assim; na verdade, o motorista do caminhão tinha certa razão no que falava; gatos realmente não gostam de se mudar; eu não era exceção; mas fazer o que se o homem a quem devotava grande amor e afeto vivia, trapaças da sorte, se mudando de lá para cá, de cá para lá, sem nunca parar de se mudar? Nunca abandonaria o senhor A.M., sou gato que prezo muito a amizade e o afeto que me dedicam, e, estoicamente, como me é peculiar, aceitei o meu destino de gato andarilho que acompanhava o mais querido dos meus amigos, fosse onde fosse, pro inferno que fosse iria junto.

Naquela desconfortável casinha-de-viagem na boleia daquele caminhão que sacudia, queria morrer. Mas ao mergulhar nos novos espaços da casa nova que viria em seguida — e voltar àquela rotina prazerosa na qual os afagos do senhor A.M, e, também, da senhora D.A. ocupavam lugar fundamental — esquecia toda aquela difícil travessia e começava tudo de novo.)

De repente o caminhão deixou de chacoalhar, ouvi a porta da boleia do caminhão se abrir, e o motorista dizer, me provocando: — *Pois bem, senhor Ravic. Veremos se o senhor é esse gato todo que a senhora D.A. está falando. Eu acho que você não vai se acostumar com a casa nova não, não vai!*

A senhora D.A., ao mesmo tempo que descia do caminhão e pegava a casinha-de-viagem que me transportava com extremo cuidado, retrucou: — *Cale a boca, velho agourento, o senhor não sabe o que diz. O Ravic é gato diferente e vai enfrentar os novos desafios com coragem e determinação!*

(Eu, de dentro de minha casinha-de-viagem, completamente sujo de vômito, e absolutamente em pânico com o que me esperava dali por diante, rogava: — *Que Alá a ouça, querida senhora D.A., que Alá a ouça!* Devo dizer que não era a minha primeira, e nem seria a minha última mudança; mas nunca me acostumaria totalmente com essas mudanças.)

Meia hora depois, vi-me novamente, ainda de dentro da casinha-de-viagem, em lugar absolutamente estranho, cheiros estranhos, paisagens estranhas, tudo estranho. Enquanto se decidiam sobre onde colocar o meu-querido-sofá-vermelho — que, dentre os seres inanimados que pertenciam ao senhor A.M., era a única coisa que, realmente, me interessava — e outras quinquilharias do meu-querido-amigo, preferia dormir e sonhar com os novos e, esperava, belos momentos que a vida me reservaria naquele lugar; antes de mergulhar no sono, lambi-me, da ponta da orelha à ponta do rabo, para tirar-me o insuportável ranço de vômito — foi sempre assim, nessa insuportável rotina, todos os momentos que marcavam a minha chegada a um novo lugar para morar —, e caía nos braços de Morfeu; até que, lá pelas tantas, casa já arrumada, a senhora D.A. abria a porta da casinha e me convidava, cheia de tentação e carinho: — *Venha, Ravic, venha conhecer a sua nova casa de agora em diante!*

Saía então de mansinho, pata ante pata, com todos os meus pelos antenados e envolvidos nas novas cores, cheiros e sons, e iniciava meu périplo de reconhecimento da nova casa. Perguntava-me, excitado: 1) — *Onde ficará o lugar onde vou alimentar-me?* 2) *Onde ficará o meu-querido-sofá-vermelho?* 3) *Haverá muitos passarinhos nas cercanias, que me encantarão a vida e me satisfarão o desejo de exercitar-me?*

Enfim, perguntava-me tudo. Antes, porém, que saísse em busca dessas respostas, olhava com imenso carinho para o rosto sofrido da senhora D.A. e, em seguida, roçava-me em torno de suas pernas cansadas, mas rijas, cheirava-as, e lhe lambia os pés. A senhora D.A. gostava do meu carinho, mas fazia de conta que não, e ria, timidamente, mas firmemente: — *Para, Ravic, para, vai conhecer a casa nova, vai! Chispa!*

Antes de obedecer-lhe, roçava-lhe as pernas e fungava-lhe os pés da mesma maneira como roçava a barriga peluda e fungava os peitos suculentos de minha mãe logo depois que nasci. Estranhamente, o cheiro que sentia em ambas as situações tinha certa parecença: denso, forte, apetitoso, úbere.

Só depois desse mergulho nas pernas e nos pés da senhora D.A., que me faziam reviver os meus primeiros momentos sobre a Terra e que, por esses motivos, me faziam relaxar quase completamente, partia para descobrir os novos encantos da casa.

Claro, absolutamente convicto de que acontecesse o que me acontecesse, vivesse a tragédia que vivesse, descobrisse o horror que descobrisse, nem tudo estaria perdido: haveria sempre as pernas rijas e os pés macios da senhora D.A. para cheirar e rememorar os meus primeiros momentos sobre a Terra — e, como todos os nossos primeiros momentos sobre a Terra, esses foram momentos absolutamente sublimes.

Sem medo de que me acusem de afetada erudição proustiana (eu, um pobre gato vira-lata que morrerá aos quatro anos e meio de idade!), declaro solenemente: os pés e as pernas da senhora D.A. eram a minha *madeleine*.

Nós gatos adoramos cheiros. Seria também a senhora D.A. quem ajudaria a emanar outro cheiro fundamental na minha vida. Esse cheiro não me fazia lembrar o colo materno que não voltaria mais, nem evocaria o sortilégio da primeira fase de minha existência, mas me inebriava e me encantava, a ponto de passar horas deitado sobre a tábua de passar roupa em que a minha querida amiga engomava as roupas do senhor A.M. (Sabe-se lá por que diabos, aquele aroma algo adocicado que o atrito do ferro quente com a roupa borrifada de água e recendendo aos sabões em pó proporcionava me embevecia, me encantava, me colocava em transe.)

Como se não bastasse apenas esse cheiro arrebatador, esse cheiro arrebatador ocorria quase ao lado de outro que me era vitalmente balsâmico: o do *madelêinico* odor que vinha das pernas rijas e dos pés macios da senhora Dolores dos Anjos.

Resultado dessa formidável coleção de cheiros que me eram caros e dadivosos: deliciosas tardes em que, entorpecido por esses cheiros maravilhosos que se mancomunavam diabolicamente e que enchiam minhas narinas dos mais irrefutáveis prazeres, dormitava e ronronava ao lado da senhora D.A. Detalhes tão pequenos de nós dois: ela cantarolava baixinho alguma antiga canção popular enquanto engomava as peças de roupa do senhor A.M. — eu mergulhava em inenarráveis lembranças.

Foram tardes divinais que nem a agonia da doença nem o fastio em relação a tudo que o câncer me provocou conseguiram empanar. Era puro prazer: eu, a senhora D.A., e os cheiros que, magicamente, ela fazia emanar.

Nesse vaivém de cheiros inebriantes, apesar do quase entorpecer que me provocavam, pude perceber em certa tarde chuvosa de janeiro: a senhora D.A., embora me tratasse com o carinho de sempre, parecia distante, fora do ar, etérea, vaga, perdida.

O rosto cansado parecia mais cansado ainda, mais duro ainda, que os outros dias. As pernas rijas meio que cambaleavam quando dava dois passos para lá, dois para cá, na monótona dança de tirar a roupa engomada da tábua-de-passar-roupa e deixá-la sobre cadeira em desuso localizada nas proximidades. Parei de ronronar e me fixei nos olhos da senhora D.A. — que pareciam verter lágrimas. De fato, pude perceber, nos minutos seguintes, estava chorando. Levantei-me da minha letargia lisérgica provocada por aqueles cheiros altamente inebriantes e decidi, num átimo: queria saber por que a senhora D.A. estava tão triste.

Pulei sobre a tábua de passar roupa em torno da qual trabalhava — ela se assustou, e falou: — *Ravic! Você endoidou, foi?*

Não retrocedi nem um passo e me mantive elegantemente sentado sobre camisa azul comprada em Paris, nos bons tempos, que o senhor A.M. tanto adorava. Ela, ainda assustada, voltou a falar: — *Ravic! Desce já dessa mesa, você vai sujar a camisa do senhor A.M. que acabei de lavar e passar!*

Que a camisa azul comprada em Paris, nos bons tempos, que o senhor A.M. tanto adorava se fodesse — precisava descobrir o motivo de tamanha tristeza nos olhos da senhora D.A. e não arredei passo do lugar que ocupava. Ela, mais assustada ainda, agora gritando nervosamente: — *Ravic? Você endoidou? Ou sou eu que estou endoidando? Você está querendo que lhe conte alguma coisa, é, Ravic?*

(O atento leitor sabe, os únicos seres humanos com quem falo neste livro são a senhorita Beatriz Tupinambá e a mãe dela, a senhora Aretha Tupinambá. Por quê?, poderá me perguntar. Reservo-me o direito de não responder a esta pergunta — embora, não nego, a ache extremamente procedente. Talvez algum leitor mais arguto, e sempre algum leitor sê-lo-á mais arguto que outro, descubra o motivo que, talvez inconscientemente, tenha respondido a essa candente questão em algum momento deste romance).

Nem com o senhor A.M., a quem devoto a mais extrema lealdade e a quem considero pessoa absolutamente intocável, proba, amigos para sempre, quebrei esse pacto que fiz comigo mesmo.

Também não o quebraria com a senhora D.A. Mas tinha meus truques, e os disparei. Olhei diretamente nos olhos da senhora D.A., olhei de maneira tão implacável e tão determinada, que, quase apavorada, murmurou: — *Cruz-credo! O Ravic parece estar querendo que lhe conte algo. Onde já se viu isso? Onde já se viu isso de gente falando com bicho? Oxente!*

Continuei olhando no fundo dos olhos da senhora D.A. e, com esse olhar, queria dizer-lhe exatamente o que a senhora D.A. havia pensado: — *Conte, conte tudo que a está afligindo. Conte! Serei todo ouvidos!*

Então, parecendo se sentir derrotada por aquela fantasia desvairada que a invadia, a fantasia de contar suas agruras a um gato, a um gato vira-lata, a senhora D.A. retirou as peças de roupa do senhor A.M. que já havia engomado, colocou-as em outro lugar, sentou na cadeira, e contou tudo que a atormentava naquela chuvosa tarde de janeiro — ou seria dezembro?

No início algo receosa, como se se sentisse ridícula por contar o que a afligia para um gato, mesmo sabendo que aquele não era um gato qualquer, era o "meu querido Ravic", pensou. Mas, aos poucos, soltando-se, deixando-lhe a dor de ter acabado de perder um filho arrebatar-lhe, abriu-me o coração dilacerado: — *Sabe, Ravic, o meu filho Valdir, o meu filho Valdir morreu anteontem. Ainda vejo ele, eu ainda chamando ele de Didico, correndo na rua do barraco onde a gente morava naquela época, lá nos sobocós da ema de Taguatinga, brincando de cabra-cega, de esconde-esconde, de pega-pega, daquelas coisas bestas que a meninada gosta. Pois bem, meu querido Ravic, o meu querido Didico morreu, Ravic, morreu de tanto beber.*

A senhora Dolores dos Anjos prosseguiu, num tour-de-force arrebatador: — *Já sabia que ele ia morrer, o médico me avisou há mais de três anos que ele ia morrer logo, que se ele não parasse de beber, ele ia morrer logo, Ravic, e ele não parou de beber, Ravic. Até tentou parar de beber. Um dia ele me disse, um dia ele me jurou que pararia de beber. Mas a cachaça era mais forte, e ele bebia de novo. Um dia vizinha me telefonou me avisando: Didico estava desmaiado na sarjeta, sufocado por vômito e sangue. Corri até lá, havia mar de gente em volta, berrei: ele é meu filho, ele é meu filho, e me deixaram passar. Queria ter morrido antes de ver aquilo, Ravic, juro: o meu Didico querido, o meu Didico, Ravic, estava com a metade de baixo do corpo enfiada numa boca de lobo que a chuva tinha escancarado, e a metade de cima se colava no negrume do asfalto. Parecia que tinha nascido ali, que nunca tinha saído dali, parecia que fazia parte daquela paisagem imunda daquele lugar imundo. De repente, Ravic, achei que não conseguiria tirar ele dali, que ele deveria ficar ali para sempre, que ele tinha morrido e que ele tinha se deixado enterrar* naquele lugar. Foi quando ouvi, Ravic, alguém dizendo, e aquela voz parecia vir de bem de longe e não da boca de mulher banguela e desgrenhada que berrava: "Ele ainda tá vivo, ainda tá vivo, cumade!" Que mãe é essa que vê o filho enfiado na lama, afogado em vômito e sangue, e não faz nada? Acho que foi aquele berro daquela mulher que, percebi depois, era mulher que morava na mesma rua que eu e com quem, de vez em quando, Ravic, eu gostava de conversar sobre nada, sobre coisa nenhuma. Puxei ele como se puxasse espantalho, mamulengo, essas coisas de teatro de boneco, de dentro de uma caixa imunda. Levei ele pra casa, dei banho nele, limpei ele todinho, tava vomitado até no cu, tinha merda até no nariz, e tinha sangue no nariz, no cu, em tudo quanto era lugar. Depois peguei ele, dei sopa pra ele, coloquei ele na cama, e cantei pra ele uns pedaços de cantiga de ninar que ainda lembrava, aqueles que canto pra você, Ravic, de vez em quando, e ele chorou, e eu também chorei. (E a senhora D.A. chorava novamente agora diante de mim, chorava pranto convulsivo como se estivesse chorando tudo que não havia chorado em 64 anos de vida.) — Mas aquilo, ver o meu filho assim, mais morto do que vivo, me dava uma dor, me dava uma dor, Ravic, que me doía tudo, a cabeça, a barriga, o pé, a boceta, a bunda, tudo me doía, Ravic. Foi então que ele prometeu: "Mainha, mainha, vou parar de beber, a senhora vai ver!" Mas não parava, Ravic. Uma vez até que tentou, mas quem teve que lhe embebedar fui eu, eu, Ravic, com essas mãos que a terra há de comer, e espero que a porra dessa terra coma logo essas mãos de merda que deram bebida pro meu filho, as minhas próprias mãos, Ravic. Ele já não conseguia deixar de beber — não era mais ele que bebia a bebida, era a bebida que bebia ele, que tomava conta dele, como um diabo, um satanás, um belzebu, um coisa-ruim. Ficou *dois dias sem beber, e não aguentou — tudo nele lhe doía — lhe doía tudo — ele repetia aos berros "me dói tudo, mainha, a cabeça, a barriga, a bunda, a pica, me dói tudo mainha". Virava os olhos como se fosse morrer, e de repente urrou: "Me dê cachaça, mainha, me dê cachaça, mainha, se não vou morrer, mainha, se não vou morrer, mainha." Endoidei. Havia pouco tinha tirado ele da sarjeta, da lama, banhado ele, dado sopa a ele, e implorado pra ele parar de beber, e agora estava ele ali, quase morrendo de novo e me implorando para lhe dar de beber, senão morria. O que podia fazer, meu Deus, o que podia fazer, meu querido Ravic?* (E agora gritava, gritava, gritava, como gritam todas as possessas, como gritam todas as mulheres que passam a vida inteira enfrentando estoicamente a vida e, de repente, explodem; era a explosão da senhora D.A., e que bom que eu, um gato vira-lata nascido na Vila Planalto, em Brasília, tenha conseguido fazer com que a senhora D.A. explodisse um dia.) *O que podia fazer, caralho? Pensei, morro de raiva agora por ter pensado assim, naquela hora, vou dar cachaça pro meu filho, não vou deixar ele sofrer desse jeito! E ele me implorava: "Me dê gole de cachaça, mainha, gole de cachaça, que seja, mainha, se não vou morrer agora, mainha!" Não aguentei, fui na cozinha, peguei resto de pinga que tinha lá, voltei, e lhe enfiei a garrafa na boca, com raiva, com raiva de mim, com raiva dele, com raiva da cachaça que tinha dado para ele beber, com raiva de tudo, de tudo. Depois do gole caprichado de cachaça, ele respirou fundo, aliviado, como se eu tivesse arrancado um punhal enferrujado do ventre dele — e é isso que me deixa com menos raiva de mim — eu, pelo menos naquele momento, deixei ele um pouco menos infeliz — fiz com que ele sentisse pouquinho menos de dor. Mas agora ele está morto, Ravic!* (E a senhora D.A. agora gritava cada vez mais alto, como se quisesse, e queria, que o mundo inteiro ouvisse a dor dela e, àquela altura, a minha dor também.) *Agora ele está morto, Ravic. Anteontem de manhã, ele acordou ainda um pouco disposto, até riu pra mim, e brincou: "Sabia que um dia, mainha, a senhora ia me embebedar!" E aquilo foi como se me enfiasse aquele punhal enferrujado que tirei da barriga dele um dia antes. Mas ele disse que estava brincando, ele tomou café, ele foi deitar de novo, eu vim pro trabalho, foi naquele dia que você vomitou sangue no sapato novo do senhor Antonio Martiniano, que ele comprou para fazer aquela entrevista que deu em nada lá no Palácio, e quando eu voltei pra casa, ele estava morto, morto, morto — e fui eu que matei ele, fui eu que matei ele, fui eu que matei ele, Ravic!!!*

Não será desta maneira dolorosa, embora repleta com o nobre pathos da tragédia, que quero relembrar da senhora D.A., da doce senhora D.A. Prefiro lembrá-la — e vou lembrá-la sempre, principalmente agora que, sob alguns palmos de terra, instalo-me, orgulhosamente, sob o quintal da casa dela —, prefiro lembrá-la da maneira como devemos nos lembrar de todos a quem amamos muito — e eu e o senhor A.M. amamos, e amaremos, muito a senhora D.A.: da maneira espetacularmente macia — e esse é o adjetivo exato, *henryjamesianamente* exato — com que nos tratava.

(Revelo nos parágrafos a seguir o motivo maior, e apenas esse motivo me bastaria, para considerá-la a mulher da minha vida — a minha mulher possível, já que o meu amor fantasioso pela senhorita Beatriz Tupinambá jamais poderia se concretizar; soube disso desde o primeiro momento — a mulher que gostaria poder ter sido a mãe dos meus filhos jamais poderia ser mãe dos meus filhos.)

Já doente terminal, a senhora Dolores dos Anjos, para minha alegria e gáudio, satisfazia aquela fantasia milenar que persegue todos os gatos: a de preferir beber água da torneira da pia a qualquer água mineral que lhe possam oferecer.

Confesso: no fim da minha vida, entre todas as vasilhas com água mineral colocadas por toda a casa — o que o senhor A.M. teve de fazer a partir de determinado momento, quando eu quase não conseguia mais me mexer e, dessa forma, poderia beber água estivesse onde estivesse — eu preferia, e como preferia, e como aquilo me dava prazer, beber aquela água algo salobra, com gosto de cano enferrujado, que pingava das pias das cozinhas.

O senhor A.M. — devo revelar, acho sensato revelar —, e isso não fez com que eu o amasse, e o ame, menos, não me permitia esse prazer. Quando ainda, serelepe e saltitante, podia saltar do chão para a pia e beber daquela água (úbere, como as tetas de minha mãe?) não exatamente limpa, e me flagrava em pleno exercício desse "delito" — palavra dele, do senhor A.M., por isso as aspas —, tirava o chinelo do pé e o arriava com toda a força de que dispunha sobre a minha corcova.

Prática ignóbil, devo admitir, sou gato sem papas na língua, do meu-querido-amigo: enquanto me dedicava a essa prática altamente prazerosa, o meu-querido-amigo se arrastava pé ante pé até a cozinha, e quando eu estava absorto, distraído, talvez imaginando as relações profundas entre aquela torneira e as tetas primevas de minha mãe — catapum! — o senhor A.M.

batia-me o lombo, a bordo do fervor cívico de um senhor-de-engenho-do-interior-do-Nordeste (personagem, é bom que se diga, é bom que o leitor saiba, empoleirado em muitos galhos da árvore genealógica do nosso herói trágico), com pesado e dolorido golpe perpetrado por sandália havaiana de cor verde. Enquanto isso, talvez por sermos igualmente vira-latas, e com muita honra, eu e a senhora D.A. conseguíamos nos entender espetacularmente bem em relação ao tema beber água da torneira da pia. Era em êxtase que, embora mais morto do que vivo, alçado pela mão generosa dessa minha querida amiga e posto próximo à torneira da pia, podia dar vazão ao meu gosto milenar de beber água da pia da cozinha, e mamar até me fartar.

Alá salve a senhora Dolores dos Anjos!

Graciliano de Assis

Ocupava a casa, o corpo, a alma e tudo-o-mais do senhor A.M. já havia cerca de dois meses, quando vi pela primeira vez, no sentido mesmo de perceber a existência, o senhor Graciliano de Assis. Até então, inebriado pelos olhos estupidamente verdes e pelos cabelos significativamente acinzentados que emolduravam rosto alquebrado por vida não exatamente pródiga, não tinha olhos para muita coisa que não fosse o meu novo — e querido — amigo.

Certa manhã chuvosa de domingo de dezembro, enrodilhei-me ao redor do meu próprio corpo e estacionei sobre o peito do senhor A.M. na altura do coração: fixei-me naquele lugar como se me fixasse em alguma coisa da qual jamais quereria me desvencilhar. O senhor A.M. cochilava, após lauto almoço, em pequeno sofá amarelo do qual até então não tinha me apossado — mas que, a partir de logo depois, viraria o meu trono diuturno onde ensebaria minhas gorduras e encravaria meus cheiros e minhas unhas — a ponto de, em alguns anos, transformá-lo num mar de franjas amarelas e esfarrapadas.

Foi naquele momento, colado ao corpo do homem que amávamos, que, presumo, o senhor Graciliano de Assis me viu pela primeira vez (enfim, já era tempo), no sentido mesmo de perceber a minha existência. Pé ante pé, aproximou-se de nós, acariciou os cabelos já meio ralos do senhor A.M., e murmurou: — *O Ravic grudado no seu peito dessa forma parece um broche. Um belo broche, meu querido!*

Gostei da bela imagem que o senhor G.A. elaborou, e então percebi: conquistar o amor e o afeto do senhor G.A., que então costumava se jactar em voz alta do amor que nutria pelos cães e do temor que tinha pelos gatos (*"Eles são falsos. Não nos amam realmente, apenas fingem nos amar para nos ter, para nos possuir!"*, costumava dizer e, ao dizer isso, estava mais falando, em evidente projeção freudiana, dele e dos demais seres humanos do que de mim e dos meus congêneres felinos), constatei: conquistar o amor e o afeto do senhor G.A. seria apenas questão de tempo, de hora e de lugar.

Mas não foi nada fácil conquistar o coração do senhor G.A., que, zelosamente, convenceu o senhor A.M. a não me admitir no quarto onde dormiam — moravam em apartamentos separados, mas, invariavelmente, os dois dividiam o mesmo teto nos fins de semana.

(Essa proibição, que o senhor A.M. relaxava um pouco de segunda a sexta-feira, me partia o coração.)

No início engoli em seco a porta batida na minha cara, sempre que, com ar maroto de quem não queria nada, seguia os dois, silenciosamente, e tentava entrar no quarto. Em vão. Invariavelmente em vão. O senhor A.M. não prestava muita atenção — e, se dependesse dele, sabia, dormiríamos no mesmo quarto, sem problemas.

Mas o senhor G.A., olhos de lince, virava-se em minha direção e, sem nada falar, nem precisava, obrigava-me a, decepcionado e frustrado, voltar a dormir no sofá vermelho que amava tanto, mas no qual me sentia tremendamente só, terrivelmente só.

Flor de obsessão que sempre fui, nunca desisti da ideia de dormir no mesmo quarto e, sonho dos sonhos, na mesma cama que eles. Esperto, roçava minha corcova pelas pernas cor de ébano do senhor G.A., em tentativa desesperada de, com o meu carinho, conquistá-lo. Mas eram tentativas vãs. Ele mal se dignava a me dar atenção e bufava, cheio de defesas: — *Sai, Ravic! Sai!* O senhor A.M. tentava quebrar o gelo que nessa época ainda havia entre mim e o senhor G.A., e dizia, pegando-me no colo e fazendo cafuné que me deixava zonzo, tão prazeroso era: — *O Ravic está apenas querendo demonstrar o quanto o ama, seu cretino! Aceite o amor dele. Os gatos, ao contrário de nós, quando amam, amam incondicionalmente!*

Tentava, em seguida, me enfiar nada jeitosamente no colo do senhor G.A., que, duro na queda, recuava, e insistia: — Até gosto dele. Para quem odiava gatos como eu, o Ravic até conseguiu progressos. Mas não quero saber de intimidade com ele não!

Até que certa noite eu descobri: poderia fazer algo mais do que simplesmente postar-me à porta do quarto do senhor A.M. e ficar esperando, magicamente, que a porta se abrisse, e me deixassem entrar. Poderia, por exemplo, arrastar minhas unhas, afiadas, no pé da porta, e isso talvez fizesse o senhor A.M. perceber o quanto me era importante dormir no mesmo quarto que ele.

Treinei durante toda a tarde na porta do banheiro de empregada e constatei: o atrito da minha unha na madeira envelhecida daquele apartamento no qual morávamos produzia som monocórdio e algo irritante que, certamente, convenceria, por bem ou por mal, o senhor A.M. a me deixar entrar no quarto dele.

De madrugada, no silêncio sepulcral das noites brasilienses, tentei levar o meu plano em frente e, parado à porta do quarto do senhor A.M., esfreguei minhas unhas na madeira da porta até quase sair fumaça — e nada. Nesse meu plano havia esquecido apenas detalhe, que então me vinha à cabeça e me fazia crer, ai de mim, que o meu plano resultaria em retumbante fracasso. Antes insone, o senhor A.M. então dormia à base de remédios, e esses remédios o faziam mergulhar em sono profundo, do qual nada parecia acordá-lo.

Esse fracasso me aniquilou, e percebi, desolado: não haveria nada a fazer. Durante a semana, quando o senhor G.A. não frequentava a casa, o senhor A.M. não acordaria nem se minhas unhas fossem capazes de, com o atrito intermitente com a madeira velha, incendiar-lhe a porta do quarto.

Nos fins de semana, concluí, lugubremente, que seria ainda pior: o senhor A.M. não ouviria o meu desafinado mantra de não-me-deixem-só, não-me-deixem-só; mas, em compensação, o senhor G.A., que tinha sono leve e acordava por qualquer motivo, me escorraçaria dali, sem dó nem piedade.

Mesmo assim, mesmo sabendo que minha saga rumo à cama, pelo menos nos fins de semana, do senhor A.M. e do senhor G.A. estaria fadada ao fracasso, mantive o plano de ataque para a noite do sábado seguinte. Como disse antes: sou flor de obsessão.

Quase madrugada de domingo, tudo absolutamente mergulhado no mais sepulcral silêncio, caminho pelo longo corredor, estaciono na porta do quarto, e começo a executar a minha desafinada-orquestra-de-violinos-malucos. Na nudez sonora daquela noite, a minha desafinada-orquestra-de-violinos-malucos soou com a intensidade de retumbante trovão.

Mas nada se ouviu em seguida — o que significava: o casal dormia placidamente. Insisti, insisti, insisti. Minhas unhas totalmente gastas, eram então apenas as minhas patas quase dormentes que se esfregavam pateticamente na madeira oca.

Os decibéis da minha desafinada-orquestra-de-violinos-malucos baixaram a quase zero, quando ouvi algo: certo farfalhar de edredons, seguido de passadas largas que se dirigiam à porta do quarto. Meu coração disparou. Seria o senhor A.M. a vir em meu socorro, e, redenção das redenções, levar-me para dormir com ele?

Ou, mais realisticamente, o senhor G.A. teria acordado e me faria longo sermão (sim, o senhor G.A. gostava de, eventualmente, me fazer longas preleções; e eu até gostava dessas preleções, principalmente nas manhãs de segunda-feira, antes de ficar cinco dias sem botar os pés naquele apartamento, me dizia com contrito ar de confiança: — *Ravic, tome conta do senhor A.M. Você sabe que a vida dele anda meio maluca e que o seu estado de espírito não é dos melhores. Portanto, mantenha-o animado. Confio em você!*)

Não deu outra, e me amaldiçoei mil vezes por ter nascido. A porta se abrira e pude ver o gigantesco senhor G.A., nos seus quase dois metros de altura, cara de pouquíssimos amigos, e gestos algo desconectados que me faziam lembrar trôpego mamulengo. Agarrou-me pela barriga — o que quase nunca fazia; parecia ter nojo de mim, e tinha —, levou-me com passo apressado até à sala, me pôs sobre o sofá vermelho, e disparou o seguinte sermão: — *Ravic, Ravic! Se não soubesse o quanto Antonio Martiniano o ama, e quanto ele ficaria chateado em saber que o espanquei, embora saiba que ele mesmo de vez em quando o espanque* (o que era absolutamente verdadeiro; mas as surras que eventualmente o senhor A.M. me aplicava por causa de eventuais traquinagens que eu cometia não me deixavam especialmente arrasado; sabia que aquilo fazia parte do meu, digamos, processo educativo), *eu lhe aplicaria uma boa surra agora. Onde já se viu ficar esfregando as unhas na porta do quarto para nos acordar? Até parece que pensa!* (Na cabeça querida — sim, eu gostava dele, gostava de quem gostava do senhor A.M. —, na cabeça querida, mas obtusa do senhor G.A. a ideia de que um gato pudesse pensar parecia o mais disparatado dos descalabros.) *Até parece que pensa! Não vou lhe bater, mas amanhã bem cedo vamos levá-lo para cortar as unhas, e vamos ver se você voltará a fazer o que fez hoje! Boa noite!*

Respirei aliviado, afinal pensara, assim que vi o gigantesco senhor G.A. vir em minha direção, que me aplicaria surra histórica; ou até mesmo pudesse me torturar arrancando-me as unhas, uma a uma, com "aquele" alicate que um dia o vi guardando em uma das gavetas do quartinho-que-servia-de-depósito-de-velhas-quinquilharias.

Dia seguinte, fui levado ao pet-shop da doutora Edeltrudes Jatobá, onde simpática nissei, a senhorita Akiko Kogema, me cortou as unhas "o mais rente possível", como recomendou o senhor G.A. Dei de ombros. Sabia: unhas voltariam a crescer e assim que crescessem, quisesse o senhor G.A. ou não, voltaria a colocar minha desafinada-orquestra-de-violinos-malucos para tocar na porta do quarto do senhor A.M.

Para meu desespero e para meu desencanto, essa minha desafinada-orquestra-de-violinos-malucos tocaria em vão por muitos e muitos anos à porta do quarto do senhor A.M. — e o senhor A.M. nunca a abriria. Poderia nunca ter perdoado o senhor A.M. por isso, mas não.

Enfrentei aquela indiferença do senhor A.M. às minhas súplicas com o estoicismo que me é peculiar. Quanto ao senhor G.A., bem, quanto ao senhor G.A., cheguei a odiá-lo por muito tempo, por obrigar, sutilmente, mas obrigar, tinha certeza disso, o senhor A.M. a agir com tamanha frieza para comigo. Mas depois relevei.

As portas daquele quarto no qual tanto sonhara entrar só se abriram de vez para mim quando o senhor A.M. e o senhor G.A. se separaram — sim, eles se separaram um dia; mas, para meu alívio, se transformaram nos melhores amigos do mundo.

Esse não foi o único motivo para passar a ter acesso irrestrito aos aposentos do senhor A.M. Revelando os sintomas terríveis da doença fatal que viria a me matar algumas semanas depois, o senhor A.M., absolutamente devastado pela tristeza de saber que doença fatal me consumia, nunca mais dormiu com a porta do quarto fechada — e, só assim, a minha desafinada-orquestra-de-violinos-desafinados parou de tocar para sempre.

Minha profunda admiração, meu afeto sincero e, por que não dizer?, meu amor imorredouro pelo senhor Graciliano de Assis não surgiram do nada. Admito, não nego, grande parte desse amor que adquiri pelo senhor G.A. adveio do fato de ter sido pessoa fundamental nesses últimos cinco anos da atribulada vida do senhor A.M.

Honra ao mérito: além da família e de mim mesmo, que amei o senhor A.M. talvez mais do que a mim mesmo, e isso não é nenhuma queixa, apenas uma constatação, temo, algo ordinária, o senhor G.A. foi a única pessoa que esteve sempre do lado do senhor A.M., e que o amou de maneira absolutamente incondicional.

Ainda a favor da grandeza do senhor G.A., devo admitir — e essa afirmação teria o beneplácito do meu-querido-amigo, que sabia o quão era complexa criatura — que o senhor A.M. foi uma das pessoas mais desconcertantes que conheci, tanto na grandeza, quanto na pequenez, que lhe marcaram indelevelmente, e equanimemente.

Esculpido a golpes de rústico facão por época inclementemente atroz com pessoas que tinham a natureza dual do nosso herói trágico, o senhor Antonio Martiniano era desajeitada e caótica mistura de Hamlet e Dom Quixote — sem, claro, a grandeza épico-literária que marcaram a inimitável verve literária dos mestres William Shakespeare e Miguel de Cervantes, que os legaram ao mundo.

Nesses dois personagens, quando os dissecamos intelectual e psicologicamente, encontramos a paternidade marcante de dois dos maiores gênios literários da história do homem — e essa paternidade marcante foi fundamental no grau de grandeza das criaturas que, genialmente, conceberam.

No senhor A.M, se alguém se dispuser a dissecá-lo intelectual e psicologicamente algum dia, não se encontrará nenhuma paternidade marcante a gerá-lo. Ao contrário, haverá nele um construir e um desconstruir-se, um fazer-se e um desfazer-se, um acusar e um acusar-se, um ferir e um ferir-se que só algum deus bêbado, e sem os talentos literários de um Shakespeare e de um Cervantes, seria capaz de criar.

(Ou algum deus bêbado, que lera Hamlet e Dom Quixote, mas, incapaz de criar ser que reproduzisse essas duas notáveis personagens, lavou as mãos, e jogou-o às feras, do jeito que estava, após dizer-lhe: — *Estou cansado de tentar transformá-lo numa obra-prima. Agora se vire!*)

Ao nosso herói trágico, portanto, não restaria outro destino a não ser se perder pelas estradas da vida, e se deixar esculpir por quem fosse lhe surgindo pelo caminho. Devo dizer, palavra de Ravic: no resultado final dessa escultura, algo disforme, algo caótica, mas cheia de vida, pessoas como o senhor G.A. foram fundamentais.

Em célebre palestra proferida pelo notável escritor russo Ivan Turguêniev (*Pais e filhos*, de autoria dele, é um dos melhores livros do mundo; não deixem de lê-lo, se ainda não o fizeram) em Paris, em 1860, o autor dissecou, de maneira quase cirúrgica, os caracteres e as forças vitais que engendraram dois dos mais sublimes personagens da grande aventura humana que a literatura e o teatro nos legaram: os já citados Dom Quixote e Hamlet.

Ivan Turguêniev divide, a partir de profundo mergulho nesses dois sublimes personagens, o mundo em duas partes, que seriam regidas por duas forças: as da estagnação e do conservantismo; as do movimento e do progresso.

De um lado, ficavam os Hamlet: "*pensativos, reflexivos, não raro universais, mas também não raro inúteis e condenados à inércia.*"

Do outro, os Dom-Quixote: "*semiloucos, que só são úteis e põem as pessoas em movimento porque conhecem e enxergam apenas um ponto, o qual muitas vezes até nem existe na forma como eles o veem.*"

Entre essas duas forças viveu (e naufragou?) o senhor Antonio Martiniano, o nosso-herói-possível numa época em que os-Shakespeares e os-Cervantes escassearam e Deus, ou quem de direito, parece incapaz de criar algo, ou alguém, à imagem e semelhança dos sublimes Hamlet e Dom Quixote.

Deliremos menos, pedirá encarecidamente o leitor menos rebuscado, e menos digressivo. Atendamos-lhe, e voltemos, imediatamente, ao dia a dia do nosso-herói-possível: o senhor A.M., a bordo daquela recorrente dificuldade de navegar entre corpos e pessoas, acabou sem saber o que fazer com o grande amor, inclusive sexual, que o senhor G.A. lhe nutria — ok, acabaram se tornando os melhores amigos; mas o casamento deles, por absoluta "incompetência" do senhor A.M. em administrá-lo, acabou.

À medida que o senhor G.A. foi se apossando da vida do senhor A.M., tornando-se mais **pessoa** e menos **corpo**, o interesse sexual do senhor A.M. pelo senhor G.A., inicialmente intenso e com alta voltagem erótica, foi aos poucos se volatilizando, perdendo força — até extinguir-se totalmente.

O senhor A.M., incapaz de ter a menor ereção que fosse pelo senhor G.A. (— *Meu querido, você virou irmão muito amado. Como posso ter tesão por um irmão muito amado?*; perguntava, mas não queria saber a resposta; pior: talvez nunca pudesse obter tal resposta), era capaz, no entanto, de, após périplo de meia hora pelas imediações da Esplanada dos Ministérios, em Brasília, voltar para casa com três boas fodas e dois bons *blow jobs* no currículo.

A gênese dessa divisão algo esquizofrênica na cabecinha do pobre senhor A.M.? Não tenho a menor ideia. Sou apenas um gato.

(Após a leitura das aventuras do nosso-herói-possível nas páginas deste livro, o caro leitor talvez chegue às suas próprias conclusões. Ou não.)

VIDA EM COMUM
(momentos marcantes da relação A.M.-G.A.)

conhecimento

O senhor Antonio Martiniano e o senhor Graciliano de Assis, em prova cabal de que não existe lugar certo para encontrar-aquele-alguém-que-mude-nossas-vidas, conheceram-se em inconsequente e nada transcendental boate gay de Brasília: a Garagem.

(O senhor A.M., depois de monótono e embolorado casamento de muitos anos com o senhor Ramon Torregrossa, chegara havia pouco a Brasília, sem plano de voo definido, sem ideia fixa alguma, apenas com a intenção expressa de se deixar levar pela vida.)

Sufocado por uma São Paulo atolada por gays execráveis que só pareciam interessados em discutir se a roupinha da bichinha ao lado era ou não o último grito da moda, e em adivinhar o tamanho do pênis do "bofe" em torno do qual gralhavam; e sufocado também pelo absoluto fracasso de crítica e de público que o tornava invisível nas poucas vezes que ia às boates ou aos barzinhos da moda, o senhor A.M. pensou até mesmo em se *dessexualizar* radicalmente, como se isso fosse possível.

Aos amigos que procuravam saber o motivo daquele interregno afetivo-sexual, dizia, em tom de brincadeira, que queria (desesperadamente, afinal de contas sexo era coisa que, dizia, lhe dava muito trabalho) acreditar: — *Estou fora, não quero mais saber disso. É muito chata essa história de ter de satisfazer sexualmente alguém. Não quero mais satisfazer sexualmente ninguém. Amarrei o facão!*

(Esta última frase era alusão assumida a frase muito ouvida na infância passada no agreste pernambucano; quando algum velho senhor ou velha senhora abandonavam, mais por leis da física do que por vontade própria, as práticas sexuais em vigor, dizia-se: *Fulano, ou fulana, amarrou o facão.*)

Naquela quase desconhecida Brasília de 1998, trataram logo de lhe provar que o facão do senhor A.M. não se amarraria tão cedo. Surpreso com a voracidade com que era consumido, embora quisesse, até mesmo desejasse, repetir algum parceiro, isso se lhe configurava impossível. Homens o assediavam fosse onde fosse: boates; cinemas; supermercados; shoppings; vias públicas; igrejas; enfim, estivesse onde estivesse.

Foi com esse indômito espírito de quarentão inseguro que se descobre, de repente, não mais que de repente, que, ao contrário do que imaginava, ainda sobrava-lhe inquebrantável sexy appeal, que o senhor A.M. adentrou a Garagem, numa fervida — para usar gíria da época — noite de sexta-feira. Devidamente alcoolizado por quatro ou cinco copos de uísque com água e gelo, adentrou a pista, nada **pessoa**, completamente **corpo**. (Sentia-se a própria Rainha de Sabá.)

(Pensou naquele momento, com o pedacinho de cérebro que lhe restava: — *Esse é o tipo do lugar no qual saber quem é*

Henry James *ou* Gustave Flaubert *não importa absolutamente nada! Nada! Oba! Quero viver o resto dos meus dias num lugar assim!*)

Ato contínuo, deixou que a orelha fosse lambida por espadaúdo rapaz de hálito infame, mas bunda altamente penetrável, com imensa tatuagem de Popeye no braço, que lhe sussurrou à queima-roupa: — *Tiozão gostoso, quero que você me enrabe ainda essa noite no* dark room. *Não vou perder você de vista!*

Mas, como dizia a frenética canção tocada por algum dêjêi saudosista, já *démodé* à época, mas que ainda causava enorme, digamos, comoção quando era executada, chovia homem na pista de dança — e, em menos de dez minutos de pista e de mais dois copos de uísque com gelo e água, o senhor A.M. já tivera o pênis apalpado trocentas vezes e no buraco de suas orelhas já se acumulavam caudalosos decilitros de cuspes alheios.

Só duas horas depois, quando os copos de uísque com gelo e água já não faziam mais efeito algum e quando, de tanto ir lá para enrabar desconhecidos, o *dark room* já parecia luminosa manhã de junho no Parque da Cidade, o senhor A.M. começou a, de fato, ver os **corpos** frenéticos que batiam estaca por todo o salão. Era a hora de "pegar" alguém, sabia-se.

Era agora ou nunca, antes que, no bimbalhar das cinco da madrugada, obedecendo-se a sinal nada evidenciado, mas absolutamente evidente, tivesse curso o que se chamava vulgarmente de "a hora da xepa" — e, naqueles dez meses de Brasília, o senhor A.M. se orgulhava (sim, àquela época, o senhor A.M. se orgulhava de merdas desse calibre!) de nunca ter precisado recorrer àquela xepa ordinária que procurava desesperadamente quem a comesse.

Não, não seria nessa noite que o senhor A.M. teria de recorrer, humilhantemente, ao chamado patético da "hora da xepa": a menos de dois metros dele, um a leste, outro a oeste, dois negros (ne-gros!, lambia os beiços, cheio de gula) olhavam para ele com certa cara-de-quem-queria-foder-já — a expressão poderá parecer chula, caro leitor, mas essa era exatamente a expressão que se usava para designar situações assim e, portanto, supernecessária para se dar, digamos, cor local a esta narrativa.

O negro 1, mais tímido e, claramente, mais interessado em encontrar **pessoa** do que **corpo**, emitiu cálidos sinais de fumaça — piscava-lhe discretamente; brindava-lhe com o copo que carregava na mão; encarava-lhe no fundo do olho; coisas assim. Mas, coitado do negro 1, a altíssima dose alcoólica do senhor A.M. àquele momento não lhe permitia decodificar nenhuma mensagem, digamos, assim tão singela.

Enquanto isso, o negro 2, mais escolado a respeito dos códigos em vigor àquela altura do simba-safári, exibia-lhe o pênis armadíssimo sob o jeans *stoneado* superjusto. Mais performático ainda, em rápido movimento de corpo, colocava-lhe também a bem esculpida bunda em completa posição de tiro.

Como se não bastasse, o negro 2 se aproximou lascivamente do senhor A.M. e adotou as seguintes atitudes: 1) Lambeu-lhe as orelhas; 2) Apalpou-lhe o caralho, e gritou, água na boca, "*hum, que delíicia*"; 3) Enfiou-lhe a língua colossal na boca.

Literalmente abduzido, o senhor A.M. mergulhou, com toda a fúria possível, naquele polvo cor de ébano que, parecendo ter mil e um tentáculos, fazia tudo ao mesmo tempo: enfiava-lhe a mão nas calças, chupava-lhe os mamilos e lhe sussurrava petardos eróticos de alto poder de fogo.

Com o olho desocupado, talvez fosse aquela a única parte do corpo do senhor A.M. que aquele polvo cor de ébano não tivesse ainda ocupado, viu o negro 1. Olhava-o com certo amargor, e com imensa compaixão.

Era como se aquele negro 1 lhe dissesse, pensou: "*Pegou o cara errado, pegou o cara errado, se fodeu, se fodeu!*"

Mas já era tarde demais para mudanças de rotas, e o senhor Antonio Martiniano se deixou levar — não fora para se deixar levar que, entre outros motivos, viera morar em Brasília?

Ao final da madrugada, altamente amarrotados, o negro 2 (que não tinha automóvel) e o senhor A.M. (que odiava dirigir automóveis), eram vistos em deplorável fila que aguardava táxi — a ideia era que prosseguissem a farra no apartamento onde o senhor A.M. então morava na SQN 316.

Foi quando o negro 1, nada amarrotado, ainda impecável, passou a bordo de reluzente automóvel, buzinou, e, gentilmente, ofereceu: — *Querem carona? Estou indo para o final da Asa Norte.*

O senhor A.M. aceitou a carona, mas continuou, deselegantemente, se atracando com o negro 2 no carro do negro 1, que, sem achaques, continuava bem-humorado — como se levasse casal de namorados que conhecia havia muito para casa.

Na porta de prédio do final da Asa Norte, depois dos agradecimentos de praxe, o negro 1 enfiou, sutilmente, cartão com o telefone dele na mão do senhor A.M., que, displicentemente, o enfiou no bolso da calça.

Algum tempo depois, em noite vazia, coisa rara na vida do senhor A.M. àquela época, na qual ninguém lhe telefonava, lembrou-se, meio assim do nada, da elegância daquele negro 1, que o havia trazido para casa alguns meses antes — mesmo ele tendo ficado com outro cara.

(O negro 2 escafedera-se, nunca mais o vira; aliás, viu sim, mas o negro 2 fez, coisas da vida, charme absurdo e não quis mais nada com o senhor A.M.)

Achou o cartão, ligou, mas ninguém atendeu — e nunca atenderia nas outras vezes que ligou.
Mas o telefone do senhor A.M. voltou a tocar, o mundo voltou a girar, e o senhor A.M. esqueceu completamente do negro 1.
Até que, seis meses depois, folheando livro de Philip Roth que acabou comprando (*A marca humana*) em livraria da Asa Sul, o senhor A.M. olhou para a frente e deparou com, pasmem, ninguém mais ninguém menos do que com o negro 1.
O senhor A.M. caminhou na direção dele — e o resto, bem, o resto é história.
Para o leitor que ainda não percebeu, aviso: o negro 1 e o senhor Graciliano de Assis eram, e são, a mesma pessoa.

revelação

O senhor Antonio Martiniano e o senhor Graciliano de Assis já namoravam havia alguns meses, mas podia-se perceber, a olho nu: muitas coisas ainda não haviam sido ditas e reveladas, algo absolutamente normal em relações que começam.
Além do mais, o senhor G.A., mesmo sendo um dos colunistas e jornalistas políticos mais conceituados do país, não era alguém descomplicado — e sentia necessidade algo compulsiva

de revelar tudo a respeito dele para o senhor A.M., que, começava a achar, se tornaria personagem fundamental da vida dele — e gostou dessa ideia, de algum personagem fundamental cruzar-lhe o caminho num momento em que a vida dele estava, indisfarçavelmente, precisando caminhar trilha não exatamente linear e não exatamente retilínea. (Em outras palavras, e aqui para nós, a vida do senhor G.A. estava colossal merda, embora ganhasse bem, tivesse vencido vários prêmios jornalísticos, tivesse acesso amplo e irrestrito aos políticos mais influentes da corte brasiliense, e fosse muito paparicado por seus pares.)

O senhor G.A., homem profundamente religioso, temia que o senhor A.M., homem profundamente sem fé, tivesse dificuldade em aceitá-lo do jeito que era e, pior, se afastasse dele por causa de alguma coisa de que não gostasse. Foi para falar basicamente desses assuntos que marcou jantar em restaurante da SQS 210.

Conversa vai, conversa vem, o senhor A.M. percebeu, meio nervosamente: o senhor G.A. queria lhe contar algo que parecia incomodá-lo. Experiente, três perguntas básicas a respeito do que o senhor G.A. estava querendo contar lhe invadiram a mente, enquanto o senhor G.A., em típica conversa mole para boi dormir, falava da qualidade do vinho, da comida, e dava palpites sobre a arquitetura do lugar, assunto que o fascinava (o senhor G.A. era formado em jornalismo pela Universidade de Brasília, mas se considerava "arquiteto frustrado").

As três perguntas básicas a respeito do que o senhor G.A. estaria querendo lhe contar eram as seguintes: 1) O senhor G.A. estaria querendo lhe contar que era casado com mulher, com quem tinha dois filhos, Pedro e Paulo? 2) O senhor G.A. estaria querendo lhe contar que era soropositivo? 3) O senhor G.A. queria pedi-lo em casamento?

Enquanto a terceira pergunta ainda lhe pipocava no cérebro, o senhor A.M. ouviu da boca, nervosa, insegura, quase balbuciante, do senhor G.A: — *Eu pratico o espiritismo!* O senhor A.M. continuou impassível, e retrucou, com segurança e bom-humor: — *E daí? Eu pratico dança do ventre!* Nos momentos seguintes, o senhor A.M., emocionado e tocado com a franqueza compulsiva do senhor G.A. e com a preocupação dele de que aquela revelação pudesse afastá-los, tentou convencê-lo de que o fato de ele ser ou não espírita não influiria em absolutamente nada na relação de amor e afeto que poderiam vir a ter — e que, de fato, tiveram.

Resumo do discurso exaltado do senhor A.M para o senhor G.A. naquela noite distante.: — *Meu caro, o fato de você ser espírita me faz invejá-lo. Não acredito em nada, não tenho religião definida, mas não creio que isso me põe em alguma vantagem em relação a você, nem a ninguém. Ao contrário: me sinto desamparado e só. Adoraria ter uma religião, como você tem, mas sou demasiadamente cético, demasiadamente niilista, talvez demasiadamente frívolo. Já fui católico; já fui comunista; já acreditei que, se agisse corretamente, conquistaria o paraíso; já cri que homens poderiam mudar o destino de outros homens por meio da prática política. Hoje não acredito em nada, em nada, meu querido G.A. Nem em mim mesmo, aliás, principalmente em mim mesmo. Acho que, por isso, devo ser digno de pena. Como tenho saudades de quando tinha 20 anos e acreditava que o futuro do mundo poderia ser mudado, que a miséria do mundo poderia algum dia ser banida, e os pobres se tornariam menos pobres e os famintos e os desvalidos desapareceriam do mapa. Acordava de manhã, cheio de sonhos, cheio de reuniões, cheio de conversas marcadas que, acreditava, mudariam o destino do mundo. Acreditava até mesmo que o teatro poderia modificar o destino do mundo, até mesmo o teatro. Hoje não acredito em nada, absolutamente nada. Sou um Bazárov perdido no espaço e no tempo, um Bazárov sem a grandeza com que o Turguêniev o criou! A que me leva essa descrença total em tudo? A nada, a nada! Mas não é algo que queira ou não acreditar. É como se fosse algo genético, como se estivesse escrito nos meus cromossomos algum mantra do tipo: "Desconfie, desconfie, desconfie, não creia em nada, não creia em nada!" Nem nessas coisas de merda, fáceis de crer, fáceis de engolir, em que algumas pessoas acreditam piamente, eu acredito, tipo horóscopo, tarô, essas merdas todas que tentam enganar os incautos que querem descobrir o que vai lhes acontecer amanhã, e ninguém jamais saberá o que vai lhes acontecer amanhã, o que vai lhes acontecer daqui a quinze minutos, o que vai lhes acontecer daqui a um minuto que seja! E acredite, sinceramente, acredite: não tenho pena de quem acredita nessas coisas, tenho inveja, tenho admiração, até mesmo certa cobiça insana diante das coisas que essas pessoas acreditam. Creio que, nesse mundo terrível no qual vivemos hoje, ter uma religião é um plus, é uma vantagem, torna você menos vulnerável do que eu; faz com que você, por exemplo, seja mais incapaz de se matar do que eu. Você pensa que é fácil viver sem acreditar em nada, sem acreditar em ninguém, sem acreditar em alguma explicação transcendental para a gente viver neste mundo? É difícil pra caralho! Acredite, meu caro, ser religioso, ter uma religião, é uma bênção hoje em dia. Pelo amor de Deus, nunca deixe de ser religioso, pelo amor de Deus, acredite em algo, e me ajude, me ajude a continuar vivo.*

O senhor A.M. voltaria a falar sobre esse assunto com o senhor G.A. muito tempo depois. No auge da crise profissional e existencial que o senhor A.M. viveria nos anos seguintes, e que o levou várias vezes a pensar em suicídio, o senhor G.A. teve a fé seriamente abalada por algum tempo. Tinha dificuldade em entender por que, apesar de todas as orações e súplicas que fazia em prol do senhor A.M., a vida dele parecia não sair do lugar — e nada parecia mudar. Deixou mesmo de ir durante alguns domingos aos encontros espíritas que frequentava durante a manhã e à noite. O senhor A.M. percebeu essa quase-crise, e lhe disse: — *Poderia até ficar egoisticamente lisonjeado com o fato de a minha desgraça aparentemente imutável, apesar de suas orações e súplicas, estar abalando a sua fé. Mas não ficarei. Volte, por favor, a frequentar o seu centro espírita. Alguém aqui em casa precisa acreditar em alguma coisa. Por favor, não pare de acreditar em algo. Se você parar de acreditar em algo, aí então é que vou me afundar de vez. Não, meu querido, não faça isso!*

queda

Foi nesta noite que voltei a tocar, e tocar de maneira desesperada, a minha desafinada-orquestra-de-violinos-malucos. Ao ouvir os gritos do senhor A.M. e, em seguida, as súplicas do senhor G.A. para que o senhor A.M. se acalmasse, pus-me de plantão à porta do quarto, e unhei aquela madeira velha com todas as forças que podia. Unhei em vão.

Nem a minha desafinada-orquestra-de-violinos-malucos seria capaz de abafar (e, muito menos, de ser ouvida, como queria) os terríveis gritos e urros do senhor A.M. Usava tom de voz que nunca o tinha visto emitir e um jeito de falar tão absolutamente desesperador que até eu, pobre gato vira-lata, senti vontade de gritar junto — ou de fazer algo que pudesse acalmá-lo. Aliás, essa era a minha ideia: derrubar aquela porta e, ao lado do senhor G.A., fazer com que o senhor A.M. parasse de gritar tão alto, parasse de dizer coisas tão duras — tão desesperadas —, tão sem esperança-nenhuma. Foi mais ou menos assim o que ouvi — entre unhada e outra que dava na porta e o meu próprio desespero de não poder — pelo menos naquele momento — fazer nada que pudesse ajudar o homem que mais amei em toda a minha vida:

(Ok, sempre fui estoico quanto a mim e ao meu futuro, nunca quis nada além do que me fora dado, mas nunca seria estoico em relação ao meu querido e adorado amigo; queria muito que conquistasse o mundo, que saísse daquela crise abissal que o imobilizava.)

Foi mais ou menos assim o que ouvi, repito, entre unhada e outra naquela velha porta daquele amplo quarto do apartamento da SQS 304:

A.M.: — *Por que Deus está fazendo isso comigo? Por que as coisas não dão certo para mim, caralho, por quê, por quê? Nunca fiz sacanagem com ninguém, nunca matei ninguém, nunca roubei ninguém, por que estão me castigando dessa forma, por quê? Eu quero morrer, eu quero morrer, eu quero morrer!*
G.A.: — *Calma, calma, meu querido. Tente pensar que isso vai passar logo, e vai passar logo; não há mal que sempre dure; não há bem que nunca se acabe; tudo muda; o rio corre o seu curso;*

hoje chove, amanhã faz sol; hoje faz frio, amanhã faz calor; tudo vai mudar, você vai ver — e estou aqui ao seu lado — e eu o amo muito — e eu rezo muito por você — e eu sei que Deus em algum momento vai ouvir minhas súplicas...

A.M. (Interrompendo bruscamente): — *Deus está cagando e andando pra mim! Deus está pouco se lixando para o fato de eu me foder, ou que deixe de me foder. Ele parece ter coisas mais importantes pra pensar! Eu estou só, completamente só. Se for esperar que Deus me ajude, eu estou fodido, fo-di-do!*

G.A. (Sussurrando-lhe no ouvido; tão baixinho que tenho de parar por um segundo de unhar a porta para ouvir o que transcreverei a seguir): — *Tenha paciência, tenha paciência, tenha paciência. Nada muda assim de uma hora para outra.*

A.M.: — *Como de uma hora para outra? Estou nessa merda há anos, há anos, e ninguém me acode, ninguém me salva. Por que isso está acontecendo comigo, caralho? Por quê?*

G.A.: — *Essa dor que você está enfrentando, meu querido, não é dor só sua. Tem muita gente sofrendo muito neste momento, no mundo inteiro. Não é só você que sofre! Na verdade, a maior parte das pessoas é infeliz. Pense na parte boa de sua vida, pense que você está com boa saúde, pense na família que o adora, que faz qualquer coisa para vê-lo feliz, pense em mim que o amo como nunca amei ninguém antes. Pense nisso...*

A.M.: — *E os meus amigos que sumiram?*

G.A.: — *Que amigos? Se sumiram é porque não eram seus amigos. Os seus amigos, os que o amam verdadeiramente, estão aí amando-o como sempre, o............, o ....*

(Neste momento unhei a porta com convicção maior ainda; e eu, porra, que estava aqui fora tentando desesperadamente entrar e, de alguma maneira, levar algum consolo para o senhor A.M., e eu, ninguém reconhece a minha importância, porra? Como se adivinhasse o meu pensamento, o senhor G.A., meu querido senhor G.A., disse quase sorrindo, ao mesmo tempo que cobria de beijos o rosto banhado em lágrimas do senhor A.M., e voltava a voz em direção a mim.)

G.A.: — *E não podemos esquecer o Ravic, essa criatura bisonha que está aí unhando a porta, não é, Ravic?*

(Isso relaxou um pouco o senhor A.M., que, aos poucos, foi se tranquilizando, se refazendo, se descontraindo. Em poucos minutos a única coisa que se ouvia do outro lado da porta que eu continuava a unhar desesperadamente era a bela voz do senhor G.A., que repetia em voz alta, mas calma e tranquilizadora: — *Senhor, não me castigues na tua ira — nem me disciplines no teu furor — misericórdia, senhor, pois vou desfalecendo!* — *Cura-me, senhor, pois os meus ossos tremem: todo o meu ser estremece — até quando senhor, até quando?* — *Volta-te, Senhor, e livra-me;* — *Salva-me por causa do teu amor leal.* — *Quem morreu não se lembra de ti. Entre os mortos, quem te louvará?* — *Estou exausto de tanto gemer.* — *De tanto chorar inundo de noite a minha cama; — de lágrimas encharco o meu leito.* — *Os meus olhos se consomem de tristeza;* — *fraquejam por causa de todos os meus adversários...*)

A voz do senhor G.A. era tão docemente envolvente que minhas patas dianteiras pararam de se agitar, e eu, exausto, desabei sobre o chão frio, e dormi — dormi como um anjo.

Godofredo Tupinambá

A felicidade, para o senhor Godofredo Tupinambá, era bíblica tempestade tropical se abatendo sobre a Terra. Claro, temperada com relâmpagos raivosos e trovões a rugir, absolutamente tonitruantes. Em fim de tarde às margens da baía de Guanabara, na varanda ampla do apartamento onde vivia período de exílio, sentei-me sobre a barriga deliciosamente flácida do senhor G.T. Olhei-lhe, então, para o rosto vincado: flagrei, com algum espanto, que, em lugar do ponto de interrogação que invariavelmente lhe cobria nariz, olhos e boca, surgia certo esgar de satisfação e, diria, de quase gozo.

A boca do senhor Godofredo Tupinambá, geralmente comprimida e rigidamente marcada como se fosse cicatriz que nunca se abrirá, mas também nunca se fechará de novo, esboçou certo sorriso. Certo sorriso que certamente evocava alguma inesquecível lembrança da infância — onde, sabemos, para o bem e para o mal, tudo começa —, que não tenho a mínima ideia qual seja.

A sensação de que alguma felicidade (a felicidade possível naquele homem de 75 anos vergado pela solidão e pela perplexidade diante de ocorrências que a simplória cabeça de homem nascido no interior do Acre não conseguirá jamais decifrar) pairava sobre o senhor G.T., naquele antes-crepúsculo-ameaçador que agora faz desabar sobre a cidade do Rio de Janeiro bíblica tempestade tropical, se transformou em certeza de absoluta felicidade exatamente quando me olhou nos olhos com olhos de criança satisfeita com o bombom que acabara de ganhar da mãe, e disse, enfim, risonho e franco: — *Ei, Ravic, vai chover, vai chover até canivete!*

Dizia aquilo como se dissesse algo que pudesse lhe transformar a vida, que fosse dar algum sentido e alento àquela vida mergulhada em tédio profundo. Homem experiente, sabia: bíblicas tempestades tropicais não duravam para sempre — portanto queria usufruir cada momento daquela tempestade que lhe trazia aprazível e bem-vinda sensação de bem-estar. Não queria perder um momento sequer daquele que achava ser o mais belo espetáculo da Terra — o que significava: passaria ali a noite inteira, ou enquanto durasse a borrasca.

Se dependesse do senhor G.T., bíblicas tempestades tropicais temperadas com cinematográficos raios e trovões durariam para todo o sempre: — *Haverá coisa mais bonita sob o sol, Ravic, do que esse céu se desmanchando em chuvas e trovoadas que vemos e ouvimos agora?*

Tinha de concordar com o senhor G.T., de quem, a bem da verdade, discordava sobre milhares de outros assuntos, e pensei com os meus bastos bigodes: "*Não, não haverá, senhor Godofredo Tupinambá, não haverá nada sobre a Terra que possa se comparar a isso!*"

Sabendo dessa paixão do cunhado por bíblicas tempestades tropicais, o senhor A.M., a quem o senhor G.T. venerava como se fosse o filho varão que nunca tivera, contou história que o encantou. Falou de Macondo, a mítica cidade criada por Gabriel García Márquez, em *Cem anos de solidão*, na qual choveu por quase quatro anos seguidos.

O senhor G.T. maravilhou-se — e vez em quando, emburrado e afogado nas suas perplexidades, chamava o senhor A.M. e lhe cochichava: — *Como é mesmo o nome daquela cidade na qual choveu por quase quatro anos?*
O senhor A.M. repetia-lhe o nome da cidade pela milésima vez, mas fazia isso sempre com imenso prazer, sabia como essa lembrança mítica o fazia se sentir melhor, e menos entediado, e menos sorumbático: — *É Macondo. O nome da cidade é Macondo!*
Riso de orelha a orelha se espalhava pela máscara enrijecida em que o rosto do senhor G.T. se transformara com o tempo, e ele gemia, mergulhado em profunda nostalgia: — *Quero ser enterrado lá, quero ser enterrado lá!*

(Cansei do vento quase vendaval que zunia forte na varanda e dos grossos pingos de chuva que começavam a despencar como balas perdidas em fúria, pulei da barriga gostosamente flácida do senhor G.T. — e fui me aquecer na cama quente que agora ocupava sobre a geladeira da cozinha da senhora Vitória Tupinambá.
Absorto, e arrebatado, pelo espetáculo que mais amava sobre a Terra, o senhor Godofredo Tupinambá nem chegou a perceber a minha saída. Desconfio: deve ter ficado assistindo ao temporal por tempo indeterminado, ou enquanto tivesse durado o vendaval.)

Recorrentes pensamentos funestos e macabros faziam a delícia do senhor G.T., que cultuava, com mórbido prazer, o trágico, o macabro, o inusitado, e, paradoxalmente, o encruado medo de morrer. Era com certo ar lascivo que ouvia nos telejornais, ou no pequeno e antiquíssimo rádio, com o qual costumava dividir a rede todas as tardes, os grandes assassinatos, os grandes roubos, os grandes pecados que eram cometidos no país. Diante dessas notícias nada alvissareiras, costumava deleitar-se. Imaginava-os como se fossem presságios de que o tédio que se abatia inexoravelmente sobre a vida dele poderia, em algum momento, volatilizar-se, escafeder-se.

Ao ouvir essas notícias, desesperadoras para a maioria dos mortais, experimentava certo sentimento de alívio — afinal, essas notícias desesperadoras pareciam atestar para os devidos fins: a vida tediosa e imobilizadora que levava não seria afinal o pior dos mundos.

O raciocínio, inegavelmente impregnado das doses generosas de masoquismo explícito que norteavam o coração e a mente do senhor G.T., era bem próximo da seguinte, e insana, equação: quanto mais souber do quanto o mundo está na merda, mais conformado poderei ficar com a merda de vida que levo.

Conformar-se com a vida de merda que levava, e se possível descobrir até mesmo algum tipo de felicidade naquele inexorável tédio com que passava os dias, as noites, as tempestades, os estios, era tudo que parecia interessar ao senhor G.T. Não por acaso, tinha absoluto pavor de mudar, fosse do que fosse, de casa, de parentes, de animais de estimação, de objetos de uso pessoal.

Jogar algo fora, mesmo que não lhe tivesse mais utilidade nenhuma, era como se alguém lhe enfiasse punhal enferrujado no peito. Diante de certo pincel de barba cujos pelos, de tão secos, seriam capazes de ferir alguém, o senhor G.T. pensava uma, duas, três vezes, e se decidia finalmente por guardá-lo nas dezenas de gavetas nas quais enfiava sua memória corporificada.

Desfazer-se de cada uma dessas memórias, que incluíam ex-dentaduras, contas de luz já pagas nas últimas quatro décadas, coleção infindável de documentos em desuso tipo velhas carteiras da Ordem dos Advogados do Brasil (o senhor G.T. é advogado), era como se desfazer de pedaço de carne, de pedaço de pele. Sabia onde cada uma dessas memórias, aparentemente deletérias, estavam guardadas e não permitia que ninguém mexesse no pequeno quarto onde essas quinquilharias se empilhavam, e faziam as delícias de baratas, cupins e traças.

Quando ficava sozinho em casa, nunca por muito tempo (quando a senhora Vitória Tupinambá saía e se demorava mais do que o senhor Godofredo Tupinambá gostaria que demorasse, ligava, colérico, a cada cinco minutos para o celular dela, e urrava: — *Estou aqui sozinho e você batendo perna por aí. Volte, volte logo!*), o senhor Godofredo Tupinambá costumava protagonizar estranho — não para ele — ritual.

Ei-lo: totalmente nu, tirava até mesmo o relógio que tinha quase a idade dele e do qual não se separava nem para tomar banho, depois de contemplar aquela montanha de entulhos que continham todas as pregas e entranhas do seu passado, como se contemplasse as pirâmides do Egito, mergulhava naquele-monumento-ao-que-se-foi — essa expressão fora criada por ele mesmo, e a achei adequadíssima — com tamanha voracidade e tamanho desejo, que sutil, mas absolutamente perceptível, ereção arrebatava-lhe o membro viril, absolutamente imóvel diante de outras finalidades e eventos.

Cumpria, às escondidas, esse ritual com o mesmo fervor de devoto beato de igreja. Era, poder-se-ia dizer, esse culto ao passado que se foi, a única religião que o senhor Godofredo

Tupinambá praticava. Embora tivesse medo de admitir, não acreditava em Deus.

Mais: embora frequentasse com aparente devoção missas dominicais, achava, lá bem no íntimo, nunca teria coragem de revelar isso abertamente: a igreja católica, e congêneres, era colossal balela para engambelar otários.

O senhor G.T. (sobre quem a senhora V.T. costumava comentar para o senhor A.M., algo desolada: — *O senhor G.T., ah, o senhor G.T. não acredita em nada, em nada!*) eventualmente se traía, e deixava escapar, com alguma culpa, certamente, algo revelador desse ceticismo nunca totalmente assumido.

Certo início de tarde, fui acordado de sono profundo, espreguiçando-me e alongando-me no amado sofá cor de abóbora da ampla sala do apartamento do senhor G.T. e da senhora V.T. O que me acordava era barulho de ambulância que, a galope, parecia tentar salvar alguma vida.

Ao meu lado, olhos vidrados no aparelho de tevê, o senhor Godofredo Tupinambá cochichou-me a respeito da ambulância que gemia lá fora: — *Êta diacho, ali está indo mais um para o inferno, mais um indo para o inferno, meu caro Ravic!*

Logo em seguida, sintonizados em algum telejornal, enquanto almoçavam (em cena o senhor A.M, com cenho tristonho decorrente de mais uma manhã sem que lhe surgisse nenhuma oferta de trabalho por mais tacanha que fosse; o senhor G.T., com aquele eterno ar de que, a qualquer momento, poderia dizer alguma bobagem abissal; e a senhora V.T., com aquele olhar de profunda compaixão que costumava ostentar diante desses dois senhores), o apresentador do telejornal anunciou o seguinte crime passional: em Niterói, homem, mergulhado no mais abjeto ciúme, assassinou a tiros a namorada;

desconfiava que o traía com outro. Local do crime: sacristia de igreja católica.

Os olhos do senhor Godofredo Tupinambá brilharam e, totalmente consciente de que estava praticando a mais nefanda das peraltices, arriscou (evidentemente percebia-se certo temor de que, no plano micro, a senhora V.T. o recriminasse pelo questionamento blasfemo, e, no plano macro, que o próprio Deus se materializasse na frente dele e lhe passasse edificante e moralista sermão): — *Como é que pode? Dentro da própria sacristia, teoricamente tão perto de Deus! E onde estava Deus que não mexeu uma palha sequer para salvar a moça? Se Deus existe por que Ele não fez nada para impedir que o namorado a matasse?*

(A pergunta, admitamos, procedia. Tanto que, talvez intimidados, nem Deus nem a senhora V.T. emitiram quaisquer comentários sobre o que o senhor G.T. acabara de dizer.)

O senhor A.M., que não tinha a menor ideia sobre o que responder, fez cara de paisagem, e continuou devorando, com convicção, a deliciosa iguaria preparada pela senhora Vitória Tupinambá naquele dia: purê de abóbora com carne-seca.

O silêncio que se seguiu à pergunta do senhor Godofredo Tupinambá era tão retumbante que nada me restou a não ser voltar a dormir.

Boa-tarde!

Na circularidade do que escreverei a seguir, parecerá ciranda, e é: o amor sem cobranças que nutro pela senhorita Beatriz Tupinambá — neta do senhor G.T. — comprova o imenso afeto que sinto pelas crianças, e, por tabela, pelo senhor G.T., que —

apesar dos 75 anos que o contemplam — é tão criança quanto a senhorita Beatriz Tupinambá.

As crianças e os animais amam o senhor G.T. como se vissem nele um semelhante. Eu inclusive. É difícil de explicar, talvez seja difícil de o leitor entender, mas, apesar de não ser um homem, consigo me relacionar com o senhor G.T. de igual para igual, como se eu fosse o homem e ele o gato; e vice-versa.

É diferente da maneira como me relaciono com o senhor A.M., a quem sempre vejo como homem e, por mais que o ame, nunca consigo vê-lo como um igual a mim, como um gato.

A senhorita Beatriz também não parece ver o avô como adulto, como parece ver as demais pessoas com quem contracena. Tanto que, desde que começou a falar, alcunhou-o com epíteto revelador: Vovô-neném. Trata-o, carinhosamente, como se fosse alguém da mesma idade, ou um brinquedo querido que fala, que a ouve e que a compreende.

Sobre isso, o senhor A.M. eventualmente diz à senhora Vitória Tupinambá a seguinte frase: — *Minha irmã, às vezes acho que o seu marido nunca chegou, nem chegará, à idade adulta. Vai ser essa eterna criança, sempre incapaz de andar com suas próprias pernas, sempre incapaz de assumir suas próprias responsabilidades, sempre a imaginar que não será ele quem vai salvá-lo do inferno, mas sim que outra pessoa o fará. Como, aliás, todas as crianças pensam.*

Ao que a senhora V.T., extremamente cansada de conviver com essa criança mimada por décadas e décadas, retruca: — *Pode até ser. Mas se for uma criança é daquelas crianças que magoam, que machucam, que destroem.*

Senhor A.M.: — *Mas por acaso as crianças não agem assim, até que alguém impõe-lhes limites e as educa? O seu marido,*

minha querida irmã, é criança a quem ninguém nunca se dispôs a educar. E agora, como se vê, é tarde demais para educá-la.
Senhora V.T.: — *É verdade, é tarde demais.*

Não entendo muito esse diálogo que os dois irmãos sempre se repetem — estão numa idade na qual costuma-se contar uma história mais de uma vez —, sempre os flagro a se perguntarem, antes de começarem a contar alguma nova-velha história: — *Já não lhe contei isso antes?*

Para mim é bacana que o senhor Godofredo Tupinambá seja assim, tão próximo de mim a ponto de eventualmente imaginar que o senhor Godofredo Tupinambá possa ser um gato, digamos, enrustido. Mas a senhora V.T. e o senhor A.M. devem ter seus motivos para fazer tais ponderações a respeito do caráter do senhor G.T.

Prova cabal de que o senhor G.T. pretende tratar os animais com quem convive como se fosse gente é a estranha mania de alimentar o papagaio que cria há mais de dez anos com alimentos humanos. Sob a gaiola em que vive esse animalzinho encantador de quem me afeiçoei muitíssimo e a quem chamarei de Marquês-de-Carabás (nunca calçarei botas, mas terei o meu Marquês-de-Carabás) daqui por diante, misturam-se pedaços de melancia, nacos de camarão, fiapos de macarrão, tortas de banana, o diabo a quatro.

Se dependesse apenas do desejo do Marquês-de-Carabás, a sua dieta alimentar constaria apenas de sementes de girassol e água. *— Mas como resistir às tentações que o senhor G.T. tenta me enfiar goela abaixo dia após dia?* — perguntou-me, inesperadamente, certa tarde de muito sol. Não soube o que lhe responder, mas soube o que lhe perguntar: — *Mas você gosta dessas coisas que o senhor G.T. tenta lhe enfiar goela abaixo quase todos os dias?*

Marquês-de-Carabás: — *Para dizer a verdade não gosto não! Os enormes camarões que me oferece de vez em quando, e que também de vez em quando provo um pedaço, me embrulham o estômago, e geralmente me fazem vomitar.*
Eu: — *E então por que você continua a comer essas coisas que o senhor G.T. lhe oferece?*
Marquês-de-Carabás: — *Sabe de uma coisa? Ele me dá essas coisas com tanta boa vontade, com tanto carinho, que sinto pena dele, e bico um pouquinho. Quer saber? Na verdade, como tudo que ele me dá porque tenho pena dele, tenho medo de magoá-lo.*

Nos oito meses e meio em que morei na casa do senhor G.T. e da senhora V.T., o senhor G.T. tentou mudar várias vezes minha dieta — que constava basicamente de ração que custava 50 dinheiros o pacote de dois quilos; demasiadamente cara, mas, mesmo assim, mesmo no auge da crise, o senhor A.M. jamais me obrigou a comer alguma comida vagabunda que lhe custasse bem menos.

Às escondidas da senhora V.T., que sabia que comida de gente é uma coisa e comida de bicho é outra coisa, o senhor G.T. tentou me fazer comer várias iguarias, às quais eu cheirava com ar de tédio, e caía fora.

Mas o Marquês-de-Carabás tinha razão: o fato de recusar os quindins que o senhor G.T. me oferecia o deixava profundamente triste, com cara amuada, com jeito de criança que tem, inesperadamente, o brinquedo roubado por outro. Em outras palavras: o senhor G.T. era tremendo chantagista emocional. Mas nunca capitulei.

Submeteram-se ao meu olfato apurado: 1) pedaços de gorgonzola ensopados em azeite de oliva; 2) nacos de bacalhau, regiamente cozidos pela senhora V.T., cozinheira de mão cheia;

3) filé *mignon au poivre*, que cheirei e espirrei bastante em seguida; 4) galinha ao molho pardo; 5) cuscuz marroquino; 6) bolo de aipim; 7) abacaxi fatiado; 8) & outras comidinhas as quais não lembro mais.

A cada vez que recusava uma dessas iguarias, o coração do senhor G.T. parecia rachar-se ao meio, e me olhava com olhar tão decepcionado que lhe sentia enorme compaixão. Um dia, enquanto a senhora V.T. saíra para fazer hidroginástica e o senhor A.M. caminhava sem parar (acho que o senhor A.M. caminhava sem parar para não enlouquecer), resolveu me fazer tomar certa beberagem: — *Ravic, hoje você não vai me decepcionar. Você vai tomar esse copinho de cerveja gelada. Você vai ver como é gostoso!*

Fingi-me de surdo, mas insistiu, melífluo, como só ele conseguia ser: — *Tome, Ravic, tome! Talvez você fique meio zonzo, mas depois passa, e você vai ficar muito alegre.*

Pensei com meus bastos bigodes: — *Já sou alegre quando preciso ser alegre e quando a situação que vivo me proporciona algum motivo para demonstrar alegria. Não preciso de droga de cerveja nenhuma!*

O senhor G.T., diabolicamente sedutor, insistia: — *O que é a vida!!! Eu louco de vontade de beber, e não posso por causa da merda da minha diabete — e você, seu gato ingrato, me vê oferecendo um manjar desse e se finge de surdo! A vida não é justa, a vida não é justa, a vida não é justa!*

Talvez por achar aquela cena algo patética, talvez por se apiedar de mim que, talvez com pena do senhor G.T., tomasse algum gole daquela bebida, o Marquês-de-Carabás salvou-me a vida. Do alto de sua gaiola prateada, palrou, com toda a força que tinha nos pequenos pulmões — e como o amei quando percebi a desabrida intenção de me livrar de algo ruim, muito ruim: — *Não beba, não, Ravic, não beba, não, Ravic! Já bebi essa porra e achei uma merda! Não beba!*

O senhor Godofredo Tupinambá olhou o Marquês-de-Carabás com raiva de menino do qual lhe tomam o brinquedo no exato instante em que vai usufruir dele o melhor momento, e murmurou: — *Papagaio de merda, papagaio de merda!* Sobrou também para mim, olhou-me com igual raiva, e disparou: — *Gato de merda, gato de merda!*

Não lhe restou outra saída, e talvez fosse isso mesmo que desejasse fazer desde o início: pegou o copo, que antes me oferecera, e o bebeu de um gole só — e a esse copo se seguiram outros, muitos outros.

O senhor G.T. tinha o que se poderia chamar de nostalgia da caserna, que se caracterizava por certa saudade daquele mundo masculino de acampamento militar que recendia a botinas impregnadas de chulé, a cuecas mal lavadas, a meias imundas, a flatos de diversos calibres, a lençóis sujos de esperma velho.

Foi nesse ambiente, que depois, anos depois, passou a sacralizar, que passara a juventude. Ali desacostumara-se, alienara-se, displicentemente, da presença feminina. Não que a soldadesca evitasse a presença feminina. Ao contrário, aqueles garotos todos cultivavam e cultuavam os flácidos corpos femininos de antanho com fervor religioso quase divinal, como se fossem algo inatingível, distante, etéreo e irreal — espécie de anjos caídos aos quais no máximo podiam ver, até mesmo desejar, mas nunca tocar.

Havia em todo o quartel apenas única gravura de mulher, não exatamente nua, mas mulher volumosa e voluptuosa que se derramava por lençóis diáfanos, excitando mais por esconder do que por revelar — e o senhor G.T. lembrava até hoje dessa gravura, com riqueza de detalhes; e, se tivesse podido guardá-la, essa imagem certamente estaria ocupando o altar central daquele monumento-ao-que-se-foi que faz a delícia das baratas, das traças e dos cupins no quarto dos fundos do apartamento dos Tupinambá.

Em amanheceres abarrotados de libidos ávidas pela luz do sol, aquela gravura circulava de cama em cama, enquanto, sob o calor dos lençóis sujos de esperma velho, mãos gulosas amassavam caralhos em riste num epopeico frenesi coletivo. O clímax se dava quando todos os homens daquela tropa se levantavam da cama, livravam-se dos lençóis sujos de esperma velho, e expunham os caralhos em riste uns aos outros — como se fossem os fuzis com os quais se exercitariam depois.

Àquela altura a gravura feminina que havia deflagrado aquela onda libidinosa que os arrebatava, que os possuía, que fazia com que entrassem em transe, pouco importava. Jazia, abandonada, pelo menos até a eclosão do próximo frenesi epopeico, no corredor, largada entre as camas.

Olhavam os caralhos uns dos outros com grande avidez, mas, também, com assumida fugacidade, como se temessem desejar aquilo que não poderiam, ou não ousariam, desejar.

Mas o gozo vinha tão rápido e tão depressa e tão brutal que alguns gozavam exatamente no momento em que fixavam o olhar no caralho do colega.

Aquela explosão de gozo, de mundo masculino em evidente autocelebração, explodia em uivos lancinantes de prazer e em velocíssimos jatos de esperma que chegavam a atingir o lençol da cama do soldado que ficava a dois, três metros de distância.

Tudo temperado por aquele acre, terrivelmente acre, cheiro de esperma que se espalhava como fogo-fátuo zonzo e malcheiroso por todos os narizes e por todos os poros — e esse seria cheiro que o senhor Godofredo Tupinambá jamais esqueceria —, e era esse cheiro masculino, de chulé, de lençol sujo de esperma velho, de cueca mal lavada, de meias imundas que o senhor Godofredo Tupinambá jamais voltaria a encontrar — por isso essa nostalgia da caserna que o marcaria para todo o sempre — e que o consumiria até o fim dos dias.

Não que alguma "mácula homossexual" — para repetir expressão homofóbica típica usada por alguns setores militares das mais variadas latitudes e longitudes do planeta — trespassasse a libido do senhor G.T. e de seus companheiros de caserna de antanho, e, será sensato incluir, pósteros. A palavra adequada, para definir o senhor Godofredo Tupinambá *et caterva* seria misoginia. Pura, puríssima misoginia. Sem gelo.

Essa refinada misoginia-quartelista, chamemos assim, teria no senhor G.T. representante-padrão, herói sem bandeira, anônimo, sempre a agir na calada da noite, mas sempre alerta, sempre agindo. Sempre procurando mulher para aplacar-lhes as libidos — mais como buracos impessoais nos quais precisavam penetrar para procriar (*"foi para isso que viemos ao mundo, para procriar!"*), do que como seres que pensam, andam, sofrem e, para pasmo deles, também terão direito a orgasmos.

Essa misoginia-quartelista não deixou de tornar o senhor G.T. a doce figura que é. Provavelmente nem terá tido consciência do que seria ser ou não ser misógino. Possivelmente nunca quis colocar a mulher abaixo do que achava que deveria estar. Mas colocou. Por isso, chamaremos o nosso querido senhor Godofredo Tupinambá de misógino-não-esclarecido — o que, de fato, o é.

O senhor G.T. tratou, ecos dessa nostalgia da caserna que o arrebatou muito jovem, todos os homens que lhe cruzaram o caminho com a elegância de um lorde inglês — fossem cunhados desempregados; genros probos e não-probos; parentes larápios e não-larápios.

Via-os todos — e enxergava-os todos — como aqueles solidários colegas de quartel que esporraram juntos, pecaram juntos, e aos quais, após aquele pacto coletivo de esperma e esperma, estaria ligado para sempre.

Possuído desse pacto que tornaria dignos e impolutos e confiáveis todos os homens do mundo, o senhor G.T. — pobre senhor G.T.! — jamais ousaria pensar que algum homem sobre a terra fosse capaz de causar algum opróbrio ao próximo. Não, a alma masculina lhe seria sempre basicamente nobre, basicamente magnânima, basicamente destinada a semear o bem pelo planeta.

À mulher — materializada na gênese sexual do senhor G.T. naquela gravura algo difusa que servira apenas para dar o pontapé inicial naquelas libidos juvenis e depois jazera abandonada entre as camas, enquanto os homens gozavam olhando os caralhos dos outros — estaria reservado o papel de coadjuvante, o papel daquele personagem que sempre aparece em cena quando o macho provedor quer que algo lhe faça detonar a libido.

Afora isso, a mulher fora feita — ainda segundo o raciocínio que o tempo sacralizara naquele ex-soldado raso que o senhor G.T. um dia fora — para: 1) satisfazer sexualmente o homem em todos os momentos, chovesse ou fizesse sol, na alegria e na tristeza, enfim, sempre que precisasse; 2) resolver-lhe problemas domésticos; 3) cozinhar-lhe sempre a melhor comida possível e depois tirar os pratos da mesa, e lavá-los; 4) lavar-lhe as cuecas, as meias, até as partes pudendas, se lhes fosse pedido; 5) aceitar os gritos, os berros, os impropérios, a halitose, a indelicadeza do amo e senhor; 6) estar-lhe sempre ao alcance dos olhos e dos ouvidos, para que pudesse cumprir tudo o que o amo e o senhor quisesse e pedisse, na hora em que bem quisesse e entendesse; 7) não se cuidar "*para que se cuidar?*" — e não se tratar; ou seja, não caminhar para melhorar a saúde "*você caminha para quê, para nada, não melhorou em nada, continua gorda como sempre*" —, não ir à manicura, não ir ao cabeleireiro; ou seja, deixar-se enfear; 8) não ficar vendo televisão até tarde ou lendo livros que não levam a nada; 9) atender ao telefone até, impreterivelmente, a quinta chamada; após isso o marido poderá berrar: — *Porra, por que ainda não atendeu a essa merda?*; 10) anular-se totalmente, totalmente, totalmente.

O senhor G.T. é, meio sem querer, o mais misógino dos misóginos-não-esclarecidos que campeiam mundo afora. Exerce a missão à qual se legou desde aquele mítico libidinoso amanhecer da caserna, no qual todos os homens se irmanaram num gozo único e viril, de maneira absolutamente exemplar.

Por causa do senhor Godofredo Tupinambá, no futuro, quando se falar de síndrome-do-senhor-Godofredo-Tupinambá todos saberão do que se está falando, do tipo de homem ao qual estaremos nos referindo, do tipo de aleivosia malévola que estará se cometendo.

Ok, poderão querer dizer (inclusive reforçado por mim, por este gato-ora-narrador que vos escreve, que, como já disse antes, gosta muito do senhor G.T.), ok, poderão querer dizer que no peito daquele pobre misógino-não-esclarecido também baterá um coração. Bate sim. Ninguém é um lado só, uma coisa só, somos todos algozes e santos, vilões e heróis, ravics e godofredos-tupinambás.

O senhor A.M. também pensa assim, e também mantém com o senhor G.T. dilacerante relação de amor e ódio.

Às vezes o vê como um-pai — e a maneira elegante com que o trata lhe reforça esse pensar.

Às vezes o vê como um-canalha, um canalha que trata a irmã que tanto ama com incompreensível abjeção.

Em dúvida, talvez prefira repetir o que me disse — a olhar fixamente para o mar da baía de Guanabara que, abençoada por luar colossal, não parava de brilhar — em noite insone na qual nem tomando seis comprimidos de Rivotril conseguira dormir (e que, sem lhe pedir autorização, repito aqui o que então me disse naquela noite insone): — *Se fosse aquele Deus, designado pelo chefe Dele para ficar na porta do céu selecionando quem entraria ou não, não o deixaria entrar de jeito nenhum. Claro, pensaria duas, três, mil vezes, mas o mandaria diretamente para o inferno! Sem escalas!*

Eu, Ravic, este gato-narrador, que o conheço tão profundamente e sei o quanto tem dificuldade em anunciar sentenças definitivas, preferiria acrescentar a seguinte frase a essa aparentemente sentença definitiva proferida pelo senhor A.M.:
— *Ou não.*

2 b. corpo-pessoa

Ernesto Escobar

Era assim, eternamente tristonho, o senhor Antonio Martiniano naquela noite estrelada de 30 de dezembro de 1996 (na verdade, o senhor Antonio Martiniano seria assim basicamente tristonho pelo menos durante os quatro anos e meio nos quais convivi com ele): a) extremamente inseguro em relação à possibilidade de atrair alguém; b) eternamente carente de elementos que comprovassem que seria capaz de atrair alguém; c) pateticamente obcecado com o que o próximo pensava a respeitos de seus dotes físicos e culturais.

Agravando tal quadro de maneira dramática, os últimos anos em que o senhor A.M. vivera em São Paulo foram, de fato, absolutamente magros. Na verdade, magérrimos, em fatos que eventualmente atestassem para os devidos fins que aquele homem de cabelos castanhos e olhos estupidamente verdes ainda poderia atrair alguém.

(Embora cheiroso, elegante, bonito, pulava em pistas de boates gays e atravessava maratonas de tediosas mostras cinematográficas pelos quatro cantos da cidade como se invisível fosse.)

Tão certo dessa invisibilidade estava que, em noite de pré-estreia de filme iraniano, na época o último grito em matéria de cinematografia contemporânea, num complexo de cinemas de arte da rua Augusta, em São Paulo, beliscou colega de trabalho que, ao lado, entregava-se ao heroico esporte de se tornar visível em ambiente no qual todos pareciam praticar o mesmo, e heroico, esporte, e lhe perguntou: — *Eu estou visível? Você está me vendo aqui? Você consegue me ver?*

A colega de trabalho, irritadíssima com a quebra do pathos de diabolicamente-sedutora, no qual procurava submergir, com aquela pergunta evidentemente imbecil, sibilou, cheia de raiva e absolutamente nenhum, absolutamente nenhum sentimento de compaixão: — *Qual é, cara? Pirou, é?*

Possuído desse, digamos, background nada alvissareiro a pipocar-lhe no cérebro como fogos de artifício, o senhor Antonio Martiniano sentou-se naquela mesa de bar daquela encantadora cidade do interior da Bahia (Lençóis), naquela espetacularmente enluarada noite de quase-réveillon.

(Estava então acompanhado pelo senhor Rogerio Menezes, então amigo muito querido que, sabe-se lá por que diabos, escafeder-se-ia nos tempos terríveis que o senhor Antonio Martiniano vivenciaria depois.)

Foi com esse estado d'alma que o senhor Antonio Martiniano começou a perceber, num misto de incredulidade e pavor: o mais belo e o mais guapo entre os belíssimos e guapíssimos rapazes que ocupavam mesa ao lado olhava-lhe com assumida cobiça e gula. Embora notasse logo aquele inesperado interesse, fingiu que não via.

Perguntou-se cheio de modéstia e medo — mais medo do que modéstia, como veremos a seguir: 1) Não seria ilusão de ótica, efeito retardado daquela maconha maravilhosa que havia fumado com o então-amigo-muito-querido antes de sair do hotel? 2) Não estaria aquele guapo rapagão que lembrava

O-Messala/StephenBoyd-de-Ben-Hur olhando para alguma pantera cinematográfica que estaria localizada atrás dele? Segunda pergunta disparada, o senhor A.M. olhou para trás: queria ver se havia alguma pantera cinematográfica localizada atrás dele, e, apavorado, percebeu: não havia pantera cinematográfica alguma localizada atrás dele. Gelou — e gelou mais ainda quando O-Messala/StephenBoyd-de-Ben-Hur insistiu no olhar cada vez mais penetrante, cada vez mais assumidamente sensual.

Refugiou-se então na persecutória fantasia seguinte: a de que aquele guapo rapagão, mancomunado com aquele grupo de amigos, todos muito viris, como fazia questão de observar, todos falando com carregado sotaque do interior de São Paulo, como também fazia questão de observar, estaria querendo atraí-lo para armadilha, fatal e perigosa armadilha.

Essa perigosa armadilha, cuidadosamente urdida em questão de segundos na cabeça do senhor A.M., consistiria em fazê-lo acreditar que estava interessado em ter-lhe como amante, levá-lo para algum canto escuro das proximidades da igreja e lhe triturar o pescoço como se triturasse o pescoço de um gato.

(Nota deste gato-redator: *não o meu, bien sûr!*)

O senhor A.M. foi salvo de ter o pescoço triturado como se fosse o pescoço de um gato *(não o meu, bien sûr, repito!)* por simpático garçom, que lhe perguntava, com garrafa de cerveja na mão: — *Com ou sem colarinho, senhor?*

Como o senhor A.M. insistisse em não ouvi-lo, o então-amigo-querido senhor Rogerio Menezes entrou em cena, em tom ironicamente didático: — *O garçom está querendo saber,*

meu caro, se você quer a cerveja com ou sem espuma. Só isso. Não é difícil de responder!
O senhor A.M. acordou meio zonzo daquele pesadelo com que se autoimolou, e, como se voltasse ao mundo real, finalmente disse, cheio de afetada convicção: — *Sem espuma, claro, sem espuma sempre!*
Compreensivelmente nervoso, bebeu aquele copo de cerveja sem espuma num gole só, começou a falar, com convicção estudada, de generalidades sem nenhuma importância e, isso era o que realmente importava naquele momento, evitava olhar na direção de onde aquele olhar que o desestruturara totalmente viera anteriormente.
Mas esse desejo de olhar era, não duvidemos (seria pedir demais que o senhor A.M. não agisse assim), mais forte que ele — e ele olhou na direção de onde aquele olhar que o desestruturara totalmente viera anteriormente — e o que viu deixou-lhe ainda mais aterrorizado; melhor, "petrificado", como autoadjetivou-se para mim depois.
O olhar de cobiça e gula colado no rosto daquele homem que lembrava O-Messala-StephenBoyd-em-Ben-Hur estava lá de novo. Pior: piscava descaradamente para o senhor A.M. Era demais para a cabecinha insegura e indefesa do senhor A.M. — que passou a achar: aquela tropa de homens belíssimos partiria para a mesa deles num átimo, e quebraria a cara de ambos aos gritos de "veados, veados, veados"!
Creu tanto naquela fantasia persecutória que implorou para o então-amigo-querido, o senhor Rogerio Menezes: — *Vamos embora daqui; não estou me sentindo bem aqui!*
O então-amigo-querido, o senhor Rogerio Menezes, que sempre sabia muito bem o que queria, retrucou: — *Se você*

quiser ir, vá! Eu fico. Não é todo o dia que sento num lugar e posso ver assim tão de perto homens tão espetaculares!

O senhor A.M. deu de ombros, demonstrou que relaxava, bebendo com volúpia cada vez maior mais e mais copos de cerveja com ou sem espuma; mas, no fundo d'alma, afundava-se em caraminholas barrocas que ficariam melhores em seculares igrejas mineiras do que no cérebro daquele experiente jornalista quarentão.

Duas ou três dessas caraminholas me contaria depois. Ei-las: a) o guapo rapagão que remetia a O-Messala-StephenBoyd-de-Ben-Hur estava cobiçando o então-amigo-querido; não ele; b) o então-amigo-querido, bem mais descolado que ele, já teria percebido esse interesse, e correspondia a esse interesse de maneira eficaz; c) o amigo, bem menos paranoico do que ele, não teria percebido o perigo que corriam, o que faria com que os belos rapazes da mesa ao lado pudessem partir para espancá-los a qualquer momento.

Enquanto afundava-se nessas caraminholas barrocas, não pôde ver o que realmente importava: o guapo rapagão, de maneira algo discreta para que os outros amigos não vissem o que fazia, emitia-lhe insistentes sinais com a cabeça, que, em linguagem universal, significava exatamente o seguinte: — *Vamos nos encontrar naquela pracinha ao lado para trocarmos uns amassos?*

O senhor A.M. não viu logo os nítidos sinais de fumaça emitidos por Messala-StephenBoyd, mas o senhor R.M., que não era bobo nem nada, longe disso, percebeu, e cochichou-lhe, assumidamente alcoviteiro: — *Acorda, cara! O que há com você? Ouça bem o que vou lhe dizer, seu tonto: aquele homem lindíssimo que está ali naquela mesa não para de fazer sinais para você.*

O senhor A.M. — querendo crer, hipocritamente, claro, que aquilo não estaria acontecendo e que não teria de se sacrificar e ter aquele homem nos braços naquela enluarada noite de verão — disparou a penúltima bala: — *Você tem certeza que ele está olhando para mim, e não para você?*

O senhor Rogerio Menezes foi rápido no gatilho: — *Você acha que eu, aos 40 anos de idade, não sei quando um homem está olhando ou não para mim, criatura?*

Ainda restava uma última bala ao senhor A.M., e ele a disparou: — *Ele é muito bonito, cara. Será que não estará tentando me atrair para uma armadilha?*

O então-amigo-querido, emanado do fervor cívico de ajudar o senhor A.M. a mergulhar naquela inesperada situação, com vigor e destemor, porque se não o fizesse se arrependeria daquilo para o resto dos seus dias, atirou para matar — e para isso teve de usar de linguajar que até então não usara, mas que mantenho aqui, pois essas palavras expressavam exatamente a aflição daquela hora: — *Acorda, porra. Hoje deve ser o seu dia de sorte. O cara está escancaradamente a fim de você — e é um dos caras mais bonitos que já vi na vida. Vai lá, cara! Pegue aqui a chave do meu carro, vá até meu carro, finja que vai pegar alguma coisa que esqueceu, e pronto, se beijem, se abracem, se fodam, sejam felizes para sempre, façam tudo a que têm direito!*

Para evitar que o senhor A.M. recuasse, o então-amigo-querido enfiou a chave na mão do senhor A.M. e sibilou, como mãe despótica disposta a tirar o filho da cama que, fingindo doença, não quer ir para a escola: — *Vai logo. Chispa!*

O senhor A.M. não teve saída, e foi, e chispou.

Vemo-lo agora, num estado de nervos absurdo, no banco do motorista do carro do então-amigo-querido, na terrível e angustiante espera daquele Messala-StephenBoyd-de-Ben-Hur. Desejos antagônicos sacudiam-lhe os neurônios: — *Tomara que não apareça! E se aparecer com a turma dele e me encher de porrada? Meu Deus, meu Deus, eu não acredito, será que aquele cara está mesmo a fim de mim?* Quando ameaçava responder, negativamente, claro, a essa última pergunta, eis que, para agonia e êxtase do senhor A.M., O-Messala-StephenBoyd-de-Ben-Hur, sozinho, mais belo do que nunca, desponta na esquina da rua e vai, resoluto, na direção dele. O senhor A.M. ainda pensa em fugir, mas — Deus é gay, podemos presumir, pelo menos nesta cena — não consegue abrir a porta.

O guapo rapagão, percebendo o gesto do senhor A.M., diz ao chegar à porta do carro e enfiar a cabeça, deixando-a perigosamente próxima da cabeça do senhor A.M.: — *Onde pensa que vai, cara? Você sabe que é o homem mais bonito que já vi na vida?* O senhor A.M. tenta processar as duas perguntas que acabou de ouvir ao mesmo tempo (a primeira seria velada ameaça de morte? A segunda, mentira diabolicamente sedutora?), mas não há tempo para processá-las. O-Messala-StephenBoyd-de-Ben-Hur entra em seguida, com a ligeireza de uma lebre, pela janela do passageiro e sapeca-lhe o mais cinematográfico beijo na boca que terá existido sobre a Terra.

A cabeça do senhor A.M., enquanto recebe esse beijo que jamais esquecerá, mesmo que viva e morra quinhentas vezes, é absoluto nó. Mas, ninguém é de ferro, nem o senhor A.M, desiste de desatá-lo, e se entrega — pelo menos nos cinco minutos seguintes — à língua voraz do Messala-StephenBoyd-de-Ben-Hur, que percorre dentes, gengivas, palato e língua do senhor A.M. com a sofreguidão de famélica criatura do deserto que, de repente, encontra oásis salvador.

(Embora totalmente entregue, o leitor mais atento poderá perceber, em algum canto obscuro do cérebro do senhor A.M., neurônio desocupado perguntando a outro: — *Será que o senhor A.M. escovou bem os dentes? Será que o senhor A.M. escovou bem os dentes?*)

O que poderá acontecer depois de beijo cinematográfico como aquele? Na cabecinha romântica do quarentão senhor A.M., aquele era o happy end, o juntos-para-sempre-até-que-a-morte-nos-separe, o enfim-sós. Na cabeça recém-entrada nos vinte anos do senhor Ernesto Escobar — assim se chamava o rapaz — aquilo era apenas o começo, o portão de entrada para outros gozos e para outras delícias.

Querendo mais, numa afoiteza juvenil encantadora, que faria o senhor A.M. mergulhar num mix de excitação e enlevo sempre que se lembrasse dessa cena, o senhor Ernesto Escobar, mix de súplica e prazer absoluto, murmura: — *Quero foder com você, cara. Nunca um cara me deixou tão aceso e tão louco para foder como você, cara! Quero foder você todinho!*

Os cinco minutos de entrega do senhor A.M. foram exatamente encerrados naquele momento. Sentia enorme necessidade de desacelerar a cena; de fazer com que aquele momento se arrastasse em *slow motion* pelo resto da noite, de preferência, pelo resto da vida; de transformar aquele corpo, aquele delicioso **corpo**, em **pessoa**, talvez por saber que, transformando-o em pessoa, não o desejaria mais, e o senhor A.M. se sentia vulnerável demais quando desejava ardentemente alguém como começava a desejar ardentemente aquele rapaz que tinha metade da idade dele (e quando o senhor A.M. contou isso ao senhor E.E. — *"Você sabe que tenho o dobro de sua idade?* — foi obrigado a ouvir: — *Por isso que o desejo tanto. Se tivesse a mesma idade que eu nunca o desejaria!).*

Enquanto as mãos do senhor Ernesto Escobar, multiplicadas em mil, afagavam todos os ângulos possíveis e impossíveis do senhor A.M., o senhor A.M. repetia como se fosse mantra salvador: — *Calma, vamos conversar, vamos conversar, calma!*

O senhor Ernesto Escobar, cheio de sábia convicção juvenil, esbravejava: — *Depois a gente conversa, agora eu quero foder, foder!*

O senhor A.M., fugindo, desesperadamente, da raia: — *Não há como foder aqui, Ernesto; estamos dentro de um carro que não é meu, no meio de uma rua que não é minha...*

E.E. (Insistindo): — *Vai me dizer que nunca fodeu dentro de um carro!?*

A.M. (Aplicando golpe assumidamente baixo, mas achando que aquilo valia a pena, e faria o senhor E.E. desistir de foder ali e agora, dentro daquele carro do qual queria escapulir imediatamente, e talvez fazer com que tivesse o senhor E.E. por mais tempo, muito além do fim de todas as fodas): — *E se seus amigos perceberem a sua ausência e vierem atrás de você? O bar onde nós estávamos e onde eles continuam a estar agora fica ali logo depois do final dessa rua!*

Visivelmente contrariado — queria certamente que essa lógica empata-foda do senhor A.M. fosse à puta que o pariu! —, mas novamente içado de volta ao mundo da razão, o senhor E.E. foi aos poucos diminuindo a pulsão sexual que o devorava, descontraindo-se, relaxando-se e, para deleite do senhor A.M., ficando mais belo do que nunca.

Inebriado com o que via (rosto de rapaz belíssimo que vez em quando abria a boca e lhe dizia: — *Você sabe que é um dos homens mais bonitos que já vi na vida?* — *Você já disse isso antes.* — *Sei que já disse isso antes, mas vou repetir isso sempre, porra!*), inebriado com o que via e ouvia, e previsivelmente mergulhado na ideia de ter aquele jovem rapaz para sempre, o senhor A.M. sentiu inexorável vontade de conversar — sabia havia muito que era bem melhor conversando do que fodendo. Então, aliviando-se de algo que lhe pesava muito, propôs: — *Vamos sentar ali um pouquinho, e conversar?*
O senhor Ernesto Escobar acatou a ideia, e foram conversar. Falaram de signos (o senhor A.M. era de Capricórnio; o senhor E.E., de Sagitário), de diferenças etárias, de cidades, da possibilidade de se encontrarem novamente (*"Para que essa pressa toda? Podemos nos encontrar mais mil vezes, em São Paulo, ou onde quisermos"*, pregava o senhor A.M.; e o senhor E.E. contra-atacava: — *Porra, cara, quero muito ver você muitas outras vezes, mas acho que não devemos adiar nada, cara, acho que a gente deve viver como se fosse morrer amanhã!*), do quanto um havia impressionado o outro (— *Odeio gente de minha idade. Meus amigos são de minha idade, como aquele pessoal do bar; mas isso basta. Só quero amar e foder com gente mais velha do que eu, e só amo e só fodo com gente mais velha do que eu; vocês me fascinam mais!* — *Gosto de gente de qualquer idade, mas não nego que me aproximar de alguém que tem metade da minha idade me fascina também, muito!*), dos filmes que gostavam, do quanto amavam aquela região do interior da Bahia (— *Conhecer uma pessoa como você aqui nesse lugar só comprova o quanto este lugar é mágico!* — *Faço de suas palavras minhas, meu querido Ernesto, nenhum lugar do mundo me daria*

um presente como este lugar está me dando agora: você!), do que ambos faziam na vida (— *Sou formado em Administração de Empresas, mas odeio!* — *Sou jornalista, mas odeio!*) Quando o senhor A.M. estava absolutamente convicto de que aquela longa e romântica conversa já teria feito com que o senhor E.E. fosse dele para todo o sempre (*"ao contrário de uma trivial foda, que o senhor E.E. poderia ter com qualquer um"*) e quando o senhor E.E. estava também absolutamente convicto de que aquela longa e romântica conversa lhe fizera bem (*"embora devêssemos ter fodido também!"*), tiveram de se despedir (*"os seus colegas devem estar loucos querendo saber onde você se meteu!"*; *"nossa, e aquele seu amigo já deve estar cansado de esperar!"*).

Após novo beijo cinematográfico, o senhor Antonio Martiniano e o senhor Ernesto Escobar travaram o seguinte diálogo:

A.M.: — *Vamos nos encontrar em São Paulo. Meu aniversário é semana que vem e vou comemorar com uns amigos.*

E.E.: — *Vamos sim. Estou voltando para São Paulo logo depois do réveillon.*

A.M.: — *E quem sabe a gente ainda não se encontre por aqui mesmo, antes de viajarmos? Vou passar o réveillon aqui mesmo. E você?*

E.E.: — *Também.*

A.M.: — *Você sabe que é o homem mais belo que já encontrei na vida?*

E.E.: — *Esse texto é meu. Você está me plagiando. Você é que é o homem mais belo que encontrei na vida.*

A.M. (Mantendo o bom nível da conversa, e novamente atestando para os devidos fins: era melhor de conversa do que de foda): — *Digamos que ambos tenhamos razão.*
E.E. (Sorrindo um sorriso tão espetacularmente belo que fez o senhor A.M. rezar para que aquele sorriso tão espetacularmente belo nunca se desgrudasse dele; nunca!): — *Digamos que sim.*
A.M.: — *Ok, já trocamos números de telefone; já sabemos onde moramos. Acho que não conseguiremos mais fugir um do outro, mesmo se quisermos.*
E.E.: — *Eu não vou querer, eu não vou querer nunca fugir de você. Nunca!*
A.M.: — *Então tá!*
E.E.: — *Então tá!*

Despediram-se em seguida num novo beijo cinematográfico. E.E. combinou: — *Eu vou primeiro, depois você vai. Não quero que os meus amigos nos vejam saindo juntos dessa rua escura.*

Antes de ir embora, o senhor Ernesto Escobar, inesperadamente, afirmou: — *Mas, antes de ir embora, quero que você perceba o quanto me deixou alucinado. Pegue aqui, pegue aqui!* (apontando para o formidável volume que se configurava na altura da braguilha da bermuda).

O senhor A.M. obedeceu, pegou, foi ao céu e voltou, e novamente se beijaram cinematograficamente.

Finalmente o senhor E.E. serpenteou pela rua torta e mal-iluminada, sempre olhando para trás e dizendo "*a-gente-se-vê, a-gente-se-vê*".

Ao contrário do que o senhor A.M., o senhor E.E. e — talvez — o caro leitor pudessem imaginar, o senhor Antonio Martiniano e o senhor Ernesto Escobar nunca mais voltariam a se encontrar.

post-scriptum

31 de dezembro de 1996/1º de janeiro de 1997.

O senhor Antonio Martiniano e o então-amigo-querido, o senhor Rogerio Menezes, completamente bêbados, ocupam automóvel que ziguezagueia por estrada deserta do interior da Bahia. Bebem vodca no gargalo. Fumam maconha. Cheiram cocaína. Acendem e apagam o farol do carro. Comemoram. Há felicidade ali e naquela hora, com certeza.

O senhor A.M. deixa-se possuir pelo êxtase com que vive desde que conhecera o senhor E.E. dois dias antes.

O então-amigo-querido-senhor-R.M. dá-lhe esbregue paternal, em tom de brincadeira, pelo fato de o senhor A.M. não ter cedido aos apelos do senhor E.E. e não ter lhe aplicado uma boa foda ali e naquela hora, e lhe repetiu inúmeras vezes: — *Só você mesmo. Como é que você adia uma possibilidade de prazer como essa, meu amigo?*

Ao que um otimista senhor A.M. retrucou:

— *Eu e Ernesto vamos ter dezenas de oportunidades de foder, meu querido!*

O então-amigo-querido augura-lhe: — *Deus te ouça, Deus te ouça!*

O automóvel do então-amigo-querido-R.M. continua a ziguezaguear pela pista, e o senhor A.M., espichando o pescoço

para o lado de fora da janela do carona, uiva para a lua cheia:
— *Ernestooooooo! Ernestoooooo! Eu te amo, Ernestooooooo! Quero que você seja o homem de minha vida! Eu te amo!*

6 de janeiro de 1997
18 horas. O telefone do apartamento do senhor A.M, na rua Conselheiro Brotero, Higienópolis, São Paulo, toca. O senhor A.M., afoitíssimo, larga o copo de cerveja sem espuma, e corre para atender. Tem certeza que é o senhor E.E. E é.
— *Alô, aqui é Ernesto...*
— *Oi, Ernesto, que bom ouvir sua voz. Você está vindo?*
— *Estou saindo de casa agora. Daqui a São Paulo é uma hora, uma hora e quinze. Seus amigos já chegaram?*
— *Ainda não. Mas devem chegar daqui a pouco.*
— *Não conheço tão bem São Paulo. Você disse que mora perto da avenida Pacaembu, é isso?*
— *São Paulo é razoavelmente bem sinalizada. Você chega na Marginal Tietê, segue as placas e, quando menos pensar, estará na avenida Pacaembu; moro bem ao lado. Se você se perder, me liga de onde você estiver, que vou te pegar. Estou morrendo de saudade.*
— *Eu também. A gente se vê então.*
— *A gente se vê.*
— *Feliz aniversário!*

(Meia-noite/1 da madrugada: Os amigos se despedem. O senhor A.M., desesperadamente bêbado, despenca na cama e dorme, sem sequer ter tempo de se perguntar, pelo menos naquela noite, por que diabos o senhor E.E. não apareceu.)

7 de abril de 1998

Antes de se mudar para Brasília, o senhor A.M. tentou falar várias vezes com o senhor E.E. Em vão. Ligava para o telefone que o senhor E.E. havia lhe passado, deixava recado, mas nada. Embora sempre lhe atendessem com carinho e prometessem passar o recado para o senhor Ernesto, "*assim que ele chegasse*".

Ou ele nunca chegava. Ou ele não queria mais falar com o senhor A.M. Foi a traumática conclusão a que o senhor A.M. chegou, depois de ligar muitas e muitas vezes para o senhor E.E., sem que nunca houvesse retorno.

Até buscou ajuda daquela amiga que achava que todo capricorniano tinha pau grande — a senhora Samanta Mariotti, personagem, aliás, já citado neste livro — e que, o senhor A.M. descobriu, nascera na mesma cidade que o senhor E.E.

Não gostava muito de falar com a senhora Samanta Mariotti, que, uma vez generalista sempre generalista, sempre sugeria, nada sutilmente, que adoraria ver de perto o "*seu grande caralho capricorniano*" — a expressão é dela, literalmente. Mas a causa era justa, considerava. O senhor A.M. sentia vontade cada vez mais imperiosa de rever o senhor Ernesto Escobar.

Mas a amiga generalista nunca lhe ajudou em nada, e sempre voltava ao tema: — *Você devia desencanar desse cara, porra! Esse cara já deve ter morrido. Pense em mim, que estou aqui louca para ter o seu imenso-caralho-capricorniano no meio das minhas pernas!*

O que obrigava o senhor A.M. a repetir à senhora S.M. pela enésima vez, imitando-a nervosamente: — *Hello! Hello! Quantas vezes, minha querida, terei de lhe dizer que não trabalho com esse produto, que não costumo ter relações sexuais com mulheres?*

Do outro lado da linha a amiga-generalista não desistia, e ameaçava: — *Mas um dia vai ter, um dia vai ter, e vai ser comigo, me aguarde!*

O tempo passou, e o senhor A.M. mergulhou em profunda ressaca e em profunda melancolia, que se refletiam no mais absoluto tédio — o que o fazia odiar mortalmente a São Paulo que tanto amava. O convite para morar em Brasília surgira em boa hora.

Pois é exatamente, caro leitor, nesta cidade do Planalto Central do Brasil que os caminhos do senhor A.M. e do senhor E.E. tentarão se cruzar de novo — mas, sabe-se lá por que diabos, nunca mais se cruzarão.

Ao chegar em casa, na SQN 316, naquele início de noite, o senhor A.M. percebeu: luzinha vermelha da secretária eletrônica piscava. O senhor A.M. ficava espetacularmente feliz quando a luzinha vermelha da secretária eletrônica piscava.

Ligou a tevê, olhou a paisagem vista da janela (da igreja seicho-no-iê, que ficava ao lado, subia o som de suave cântico que o alentou) — adorava adiar um pouquinho que fosse o ato de ouvir as mensagens deixadas na secretária eletrônica, da mesma forma como prolongava o prazeroso ato de comer pedaço de gorgonzola molhado em azeite de oliva, mas finalmente apertou tecla, e escutou: — *Martiniano, aqui é Ernesto. Minha mãe avisou que você ligou, e deixou este número de Brasília. Tudo bem com você? Quero muito voltar a "conversar"* (essas aspas foram colocadas pelo senhor E.E. ao, descaradamente, pronunciar o verbo com certo tom de cumplicidade), *quero muito voltar a te ver. Me ligue quando chegar!*

A vontade imperiosa — abissalmente imperiosa — do senhor A.M. foi ligar para o senhor E.E. imediatamente. Mas, como o leitor já deve ter percebido, o senhor A.M. tem enorme dificuldade de obedecer às necessidades abissalmente imperiosas que o acometem. E, para pasmo meu e do caro leitor que ora me lê, pegou o aparelho telefônico e ligou para número de Recife, mais exatamente para o número da casa do então-querido-amigo Rogerio Menezes.

Exatamente naquele dia, e o senhor A.M. achou que essa notável coincidência fosse de bom augúrio no sentido de voltar a se aproximar do senhor E.E., aquele então-grande-amigo com quem o senhor A.M. dividiu aquela inesquecível noite de 30 de dezembro de 1996, o senhor Rogerio Menezes, fazia aniversário.

Ligou mais para falar do recado que acabara de ouvir na secretária eletrônica do que para parabenizá-lo, mas fingiu bem: o assunto senhor-E.E. só surgiu depois de vinte minutos do mais inexorável papo-furado.

Enfim, o senhor A.M. soltou a informação que tanto desejava informar, e travou com o então-grande-amigo R.M. o seguinte diálogo:

— *O Ernesto me ligou hoje. Deixou recado que me fez crer que a nossa história ainda não acabou.*

— *Como assim?*

— *Sei lá. Tive assim um feeling, sabe? Acho que Ernesto gostaria de voltar a se encontrar comigo.*

— *De onde você tirou isso?*

— *Sei lá, a gente sente quando a pessoa está interessada...*

— *Posso lhe ser franco?*

— *E quando você, Rogerio Menezes, não é franco comigo?*

— *Pois bem, tire esse cara de sua cabeça. Passou. Acabou. Foi um delírio de uma noite de verão.*
— *Por que você está dizendo isso? Você sempre me estimula nesses momentos... Naquela noite, por exemplo, se não fosse aquele empurrão seu, provavelmente eu não teria ido ao encontro do Ernesto.*
— *Mas ali era algo real, real. Agora acho que aquela coisa real virou fantasia que você quer, custe o que custar, fazer com que volte a ser real outra vez.*
— *Não tenho esse direito?*
— *Ter, tem. Como também, como seu amigo, tenho o direito de lhe dizer que essa fantasia foi para o espaço, acabou, meu querido, acabou!*

O senhor A.M., a quem importava muito, de maneira patológica, a opinião dos outros, pôs o rabo entre as pernas, embebedou-se, e dormiu sem ligar de volta para o senhor E.E. Mas, claro, não dormiria para sempre, não ainda, e passou os dias seguintes querendo desobedecer aos conselhos do então-grande-amigo R.M.

A bem da verdade desobedeceu várias vezes ao conselho do então-amigo-querido — e você, no lugar dele, faria o mesmo, caro leitor! —, mas no número que discava ninguém atendeu, por muitos e muitos dias.

Finalmente, e o senhor A.M. quase colocou de novo o telefone no gancho quando isso ocorreu, simpática voz senhorial despontou do outro lado da linha:
— *Alô!*
— *É da casa de Ernesto Escobar? Ele está?*
(Depois de curta hesitação) — *Quem está falando?*

— É o Antonio Martiniano, amigo dele de São Paulo que se mudou recentemente para Brasília.
— Não lembro do senhor, o senhor é muito amigo dele? (Pensou duas vezes antes de responder, mas resolveu dizer.)
— Sim, sou muito amigo dele. Houve algum problema?
— Você não fala com o Ernesto há muito tempo?
— Há algum tempo. Há duas semanas deixou recado aqui em casa na secretária eletrônica e desde então tenho ligado de volta, mas não consigo falar com ninguém. Algum problema?
— Sim, algum problema.
— Qual?
— Aqui quem está falando é a avó dele. Ernesto sofreu acidente terrível; gravíssimo. Bateu a moto que dirigia num caminhão em alta velocidade, fraturou a espinha, e há muitos dias está internado. A situação dele era complicadíssima, mas agora estamos com um pouco mais de esperança.
— Como assim?
— Depois que saiu do coma, ele ficou em coma durante vários dias, os médicos disseram que a possibilidade de o Ernesto ficar paraplégico era de 95%.
(Como se estivessem falando com o senhor A.M. sobre assunto absolutamente distante, tipo as cotações da bolsa de Kuala Lumpur, na Malásia.) — E agora?
— Agora essas chances diminuíram para 80%!
(O senhor A.M., finalmente se dando conta, ainda que não totalmente, do rude golpe, demorou a voltar a falar.)
— O senhor ainda está aí?
— Sim, estou. E ele está bem? Quer dizer, como está reagindo a essas coisas?

— Às vezes bem, às vezes mal. Não é fácil para um belo jovem como ele, cheio de vida, saber que talvez não possa voltar a andar. O senhor quer deixar algum recado para ele?
— Não, não precisa, muito obrigado. Volto a ligar.

Mas o senhor Antonio Martiniano não voltaria a ligar nunca mais para o senhor Ernesto Escobar.

— *Embora sinta enorme vontade de fazê-lo, enorme vontade de fazê-lo* — revelou-me em certo amanhecer, na varanda da casa do senhor Godofredo Tupinambá e da senhora Vitória Tupinambá, na Ilha do Governador, no Rio de Janeiro. Como se lesse o meu pensamento — "*E por que não o faz? E por que não o faz?*" —, o senhor A.M. acrescentou: — *Não há mais como fazê-lo, meu querido Ravic, desgraçadamente, perdi as agendas que continham os telefones dele. Pior: quando as achei, de novo desgraçadamente, os números não serviam mais, sempre caía em alguma oficina ou em alguma agência bancária.*

Olhei-o com profunda compaixão, e vi: olhava o mar da baía de Guanabara, que começava a receber os primeiros raios de sol da manhã, e repetia com os olhos vidrados fixados em algum ponto entre a ponte Rio-Niterói e o Cristo Redentor, bem ao longe: — *Desgraçadamente, desgraçadamente, desgraçadamente, meu querido Ravic!*

2 c. corpos

(Depois de adiar por várias vezes o depoimento que me daria sobre os corpos que lhe marcaram a vida, o senhor Antonio Martiniano nunca cumpriria o prometido. Depois de longa e fria madrugada de setembro na varanda no apartamento da família Tupinambá, na Ilha do Governador, no Rio de Janeiro, olhou para mim e simplesmente disse — para minha decepção; esperava que, ao abordar esse tema, me fizesse muitas revelações picantes: — *Ravic, não quero me estender sobre esse assunto. Foram muitos os corpos, mas poucas foram as lembranças que ficaram deles. Nada a declarar, portanto.*)

3. exercícios de livre pensar

3 a. cachorros-vivos e
cachorros-mortos
(modo de usar)

No auge da crise profissional abissal que o atormentava, no pleno exercício do pessimismo galopante que o dilacerava, que o acabrunhava, que o destruía, o senhor Antonio Martiniano autodecretou: — *Agora vou arriscar tudo. Não tenho mais nada a perder!*

Desempregado, vilipendiado por falsos amigos, amargando a cruel solidão daqueles que já estiveram na crista da onda, mas já não estão mais, o senhor A.M. incorporava, cheio de convicção, aquele soldado raso capaz de se preciso fosse atear fogo às vestes para chamar a atenção do mundo a respeito do triste destino que o assolava.

Talvez seja cruel, mas necessário, dizer: ao autoproclamar-se cidadão que não tinha mais nada a perder, o senhor A.M. era, sem querer, otimista: ainda tinha muito mais a perder, ainda estava na antessala das muitas salas do inferno que visitaria posteriormente.

Por enquanto, atenhamo-nos àquele setembro/outubro de 2005, quando tudo parecia perdido na vida do jornalista fracassado e do escritor-que-nunca-desabrochava Antonio Martiniano. Tudo parecia tão perdido que nem as cigarras brasilienses a explodirem de tanto cantar, que, em outras épocas, faziam o senhor A.M. mergulhar num torpor de relaxamento absoluto, o tranquilizavam.

Não era para menos: o cheque especial estava estourado, o cartão de crédito idem, precisava entregar o apartamento de três quartos na SQS 304 porque não tinha mais como pagá-lo; enfim, o caos. O único luxo (e por esse e outros motivos este gato Ravic que vos fala ser-lhe-á eternamente grato) a que se permitia era continuar comprando a cara ração balanceada — 50 dinheiros o pacote de dois quilos — que me servia de repasto diariamente.

(Claro, se decidisse comprar-me iguarias menos caras, não me importaria — mas o importante era perceber nisso, nessa prioridade com que me tratava, o quanto aquele homem mergulhado em crise abissal me amava.)

Fazia questão de deixar claro esse amor por mim quase diariamente. Ao chegar das longas caminhadas pelo Parque da Cidade — visivelmente drogado pela endorfina que autoproduzia nessas longas travessias, o que o fazia mergulhar em lisérgicos rasgos de otimismo, me colocava nos braços, e dizia, num jeito tão absolutamente sincero que sempre me fazia chorar: — *Ravic, você é, sem contar, claro, a minha família e o senhor Graciliano de Assis, o melhor amigo do mundo! Com pequena vantagem em relação a eles, você nunca fala!*

Exatamente neste final de manhã de setembro/outubro em que as cigarras explodiam por todas as árvores de Brasília, o senhor A.M. teve "luminosa" ideia, e contou-me essa "luminosa" ideia: — *Ravic, preciso fazer alguma coisa. Não posso ficar em casa, sem fazer nada, esperando a morte chegar. Agora há pouco, caminhando pelo Parque da Cidade, decidi: vou fazer palestras sobre toda essa perplexidade que ora me envolve inteiro de viver neste mundo cada vez mais abjeto.*

Como se lesse meu pensamento ("*Quem diabos vai se interessar em ouvir palestras sobre a perplexidade de viver neste mundo cada vez mais abjeto?*"), o senhor A.M. esclareceu: — *Não, não, não, ninguém vai ficar entediado com minhas palestras. Serei espécie de clown niilista sempre disposto a jogar merda no ventilador. Falarei coisas que as pessoas pensam, mas nunca têm coragem de dizer. Melhor: falarei coisas que as pessoas nem ousam pensar. Serei espécie de porta-voz dos excluídos, dos desiludidos, dos Bazárovs da vida. Serei mix de Glauber Rocha e Dercy Gonçalves. Não terei papas na língua e ninguém escapará da minha metralhadora giratória!*

Como se lesse meu pensamento de novo ("*Isso não vai deixá-lo ainda mais fodido do que está?*"), retrucou: — *Entre ser homem e saco-de-pipoca, a maioria dos meus pares está preferindo ser saco-de-pipoca. Não quero ser saco-de-pipoca, Ravic, não quero! A essa altura da minha vida é matar ou morrer, é pegar ou largar, meu querido!*

Pensei que, em seguida a essa retumbante declaração de guerra ao mundo, me usasse à guisa de espada e gritasse independência-ou-morte, mas não. Depositou-me carinhosamente na minha confortável cama às margens da tevê, e gritou: — *Vou para o computador, meu querido, desovar minhas ideias. Não me espere para o jantar!*

Essas ideias desovadas resultariam no que chamou de **Exercícios de Livre Pensar**, duas sessões de palestras que teriam os seguintes títulos: 1) **Cachorros-Vivos e Cachorros-Mortos (Modo de Usar)**; 2) **Sexo, Política & Deus (Santíssima Trindade ou Ménage-à-trois?**).

Poucos, muito poucos, ainda davam crédito ao senhor A.M. àquela altura de sua indigitada vida. Entre esses poucos, estava certa professora de semiótica da Universidade Progressista do Distrito Federal (UPDF), a senhora Violeta Requião, consumidora, voraz, de Walter Benjamim, Truman Capote, Honoré de Balzac, e de drogas pesadas dos mais variados calibres. Foi para ela que o senhor A.M. ligou logo que teve a ideia: — *Minha querida, você é a única pessoa que poderá salvar a minha vida neste momento*.

Contou-lhe as ideias que teve e, para meu espanto — minha convivência com a série de tragédias profissionais do senhor A.M. me tornou algo pessimista, o que não era exatamente do meu feitio —, a senhora Violeta Requião topou: — *Faça um projeto e me mande. Quero mesmo agitar aquilo ali. Está tudo muito "família" pro meu gosto! Mas devo lhe adiantar: tudo deverá ter custo zero. Não temos um níquel sequer para pagar coisas que estejam fora do nosso orçamento*.

Projeto elaborado, encaminhado, agendado, custo absolutamente zero para a universidade, vamos diretamente ao ponto: nos dias 3 e 10 de outubro de 2005, às 19h, o senhor Antonio Martiniano sentou-se à frente de eclética plateia e proferiu as duas seguintes palestras (falava sempre de improviso; cabelos loiros propositalmente despenteados; fones de ouvido tocando Brahms, Beethoven, Bach e Mozart, a cargo do magistral violino da senhora Anne-Sophie Mutter).

(A transcrição das fitas e a edição de texto das duas conferências ficaram a cargo do senhor Graciliano de Assis, a quem agora, de público, quero agradecer pelo belo trabalho que realizou.)

Muito obrigado por estarem aqui. Antes de qualquer coisa, quero alertar-lhes: o que vão ouvir a partir de agora é exercício de livre pensar, no qual em nenhum momento me autocensurarei, ou deixarei de falar seja o que for, por medo de ofender seja lá quem for. Peço, portanto, aos que não estiverem dispostos a ouvir e, depois de minha preleção inicial que durará pouco mais de uma hora, a participar desse exercício de livre pensar que se retirem agora. Não estarei disposto a ouvir, durante a minha palestra, comentários maldosos tipo "esse cara é louco" e derivações de idêntico porte. Fui claro?

(Necessário dizer que, enquanto o senhor A.M. proferia essas primeiras palavras, eu estava bem ao lado dele, encaixotado em minha casinha-de-viagem, e prestava grande atenção ao que via e ouvia. Quando me pôs sobre a mesa, bem ao lado do microfone, apresentou-me à plateia da seguinte forma: — *Para quem não conhece, este é Ravic, o gato vira-lata da Vila Planalto que se tornou o meu melhor amigo. Digamos que ele seja o meu Sancho Pança! Cada Dom Quixote tem o Sancho Pança que merece!*)

(Ao **fui claro?** perguntado pelo senhor A.M. ninguém ousou responder absolutamente nada; senhora obesa da quinta fila pigarreou; rapaz com cara de fuinha tossiu logo atrás dela, e só.)

Imagino que alguns dos senhores e das senhoras se perguntem por que esse nome meio estapafúrdio dado a esta minha primeira palestra. Pensando nisso, precisarei fazer digressão algo, digamos, proustiana. Meu pai, frasista de mão cheia, tinha, entre os muitos provérbios que proferia com avidez, um ditado, como preferia chamar tais provérbios, que, no início, estranhei muito quando ouvia.

Os amigos, sabedores de que meu pai tinha sempre frase maldosa em relação a algum político então em vigor, o arguiam com certa regularidade: — E aí, senhor Teodoro Martiniano, o que o senhor tem a declarar do político tal? Ao que o senhor Teodoro Martiano eventualmente disparava: — Mas esse político tal que vocês estão falando é cachorro-morto, e não chuto em cachorro-morto!

(A bordo da minha casinha-de-viagem, confesso não ter tido muita simpatia por essa expressão usada pelo pai do senhor A.M.; achei-a eivada de preconceitos em relação aos cachorros, criaturas que, apesar de meio débeis mentais e chegadas a comer as próprias fezes, também seriam criaturas de Deus — se é que alguém é criatura de Deus neste mundo de merda.)

Certo dia, cheio de curiosidade, perguntei ao meu pai o motivo daquela dificuldade, aparentemente incompreensível para aquele garoto do agreste pernambucano, que ele tinha de chutar cachorros-mortos: — Por que não chutá-los, painho?

Meu pai: — Com tantos cachorros-vivos para chutarmos, meu querido filho, por que diabos chutaria cachorros-mortos? Seria pura perda de tempo. Tenho mais o que fazer!

Nada mais lhe foi dito, nem lhe foi perguntado.

Cerca de quarenta anos depois, ouso me apropriar dessa aparentemente chucra decisão filosófica de meu pai para refletir sobre a nossa literatura e sobre o nosso jornalismo. Quero ressaltar-lhes *de antemão: não serei, digamos, regionalista no sentido de afirmar que só no jornalismo e na literatura brasileiros se chutam cachorros-mortos — a praga, essa maléfica praga de chutar cachorros que já morreram há muito tempo, se espalha pelo mundo inteiro.*

(Respirei aliviado com o tom universalista do discurso do senhor A.M; temia que ele, já amaldiçoado pelos seus pares, ficasse ainda mais visado pelo mercado ao atirar pedras em alvos muito visíveis.)

Quero deixar claro: cada qual pode, e deve, ter sua própria lista de cachorros-mortos e de cachorros-vivos. Para que os senhores possam fazer suas listinhas pessoais do que e de quem é cachorro-morto ou cachorro-vivo na vida de cada um, acho melhor conceituar exatamente o que seria uma coisa e o que seria exatamente outra coisa.

Defino como **cachorro-morto** *aquela ideia, aquele sistema de valores, aquele juízo de valor, aquela pessoa, aquela prática social, aquela noção de existir, de ser e de pensar que já morreram, mas, como dizem os gaúchos, se esqueceram de deitar — e, tal e qual aquele fantasma que aparece a Hamlet na peça homônima de William Shakespeare, ainda será capaz de provocar algum estrago em alguns corações e em algumas mentes.*

Defino como **cachorro-vivo** *aquela ideia, aquele sistema de valores, aquele juízo de valor, aquela pessoa, aquela prática social, aquela noção de existir, de ser e de pensar que, apesar dos pesares, das marchas e das contramarchas da história, ainda continuam pujantes, pulsantes, varonis, intrépidos e altaneiros.*

Quero alertar-lhes também para o seguinte: saber o que é ou o que não é cachorro-morto é, como sabiamente repetia o meu pai, vital para se determinar o modus operandi que deveremos adotar em relação ao rumo que queremos dar às nossas vidas.

Nesse mundo fugaz no qual vivemos, em que tempo é dinheiro, é fundamental sabermos, com absoluta precisão, os cachorros-vivos que precisaremos abater, ou afagar. É também igualmente fundamental sabermos com absoluta precisão os cachorros-mortos que precisaremos ignorar, para não perdermos tempo com eles. Ou, noblesse oblige, provar que estão mortos, embora muita gente ainda ache que aqueles cachorros-mortos, alguns putrefatos, e insuportavelmente malcheirosos, ainda estejam vivos.

Essas diferenças, eventualmente de cunhos absolutamente filigranáticos, são decisivas na definição do nosso jeito de pensar, de viver, e de agir. Quando, pensando erradamente que algo ou alguém é cachorro-morto, ignoramos algo ou alguém, e esse algo ou alguém está cheio de vigor e anima, a chance de (perdão pela expressão chula) nos fodermos, de quebrarmos a cara, é colossal.

Ao contrário, quando tratamos cachorro-morto como se estivesse vivo (embora exale o mais acre dos fedores), podemos atrasar o bonde da história, nos preocupando com assuntos e temas que não têm mais cabimento. Enfim, estaremos fadados a mergulhar num anacronismo brutal e inócuo.

Moral da história: definir os cachorros-vivos e os cachorros-mortos que vislumbraremos nos nossos horizontes pessoais, e definir as exatas estratégias e táticas para enfrentá-los, é, posso lhes garantir enfaticamente, o mapa da mina.

(O senhor A.M dizia essas frases de maneira tão segura e tão altaneira que imaginei vendo-o enfiar goela abaixo cartelinha inteira de Rivotril; mas o que dizer da plateia, que parecia embevecida com o raciocínio absolutamente lógico e absolutamente dedutivo do meu-querido-amigo? Que também enfiara goela abaixo cartelinhas inteiras de Rivotril? Verdade que, aqui e ali, uns e outros bocejavam e, na segunda fila, mulher obesa estava mergulhada no mais profundo sono, mas, no geral, até então a palestra do senhor A.M. se revelava um sucesso — o que me fez parar de pensar, pessimistamente, fruto da convivência com o senhor A.M., devo admitir, sobre a possibilidade de ter a minha ração de excelente qualidade substituída por gororoba qualquer de qualidade duvidosa nos tempos por virem.)

O mapa da mina, meus senhores e minhas senhoras, no sentido mesmo de definirmos realmente o sentido de nossa existência, e de tentarmos descobrir que merda estamos fazendo neste planeta de merda nesta galáxia de merda. Parodiando meu pai, qual o sentido de passarmos nossa existência perdendo tempo em chutar cachorros-mortos? Que merda não deve ser chegar-se ao fim da vida e percebermos que nunca matamos ou afagamos um cachorro-vivo sequer!

Dito isso, falemos da natureza intrínseca do jornalismo e da literatura em relação à maneira como lidam, ou devem lidar, com os cachorros-vivos e com os cachorros-mortos que cruzam nossos caminhos.

(Indisfarçavelmente enfeitiçado pelo frenético som de Anne-Sophie Mutter que continuava a ouvir, e pela aparentemente catártica reação da plateia, o senhor A.M. parecia entrar em certo transe, o que o fazia falar certas frases com os olhos semicerrados, como se estivesse pensando em voz alta, e a demonstrar, lenta, mas seguramente, que não demoraria a incorporar um certo pathos, digamos, glauberiano.)

Tudo bem com vocês?

(Em situações assim, como sabemos, plateias de qualquer parte do mundo costumam sorrir amarelo, e silenciar; foi o que novamente aconteceu aqui neste confortável auditório pertencente à Universidade Progressista do Distrito Federal (UPDF). Talvez, se não me engano, sujeito com jeito de palerma de uma das últimas filas tenha respondido "*tudo*" — não tenho certeza. Mas pude ver na última fila o senhor Graciliano de Assis, nervosíssimo, roendo as unhas, preocupado com o rumo que aquela palestra poderia tomar.)

A literatura, e quando falamos aqui em literatura queremos falar da grande literatura e da grande arte, tem a espetacular vocação de afagar (se for o caso) e de chutar (se for o caso, também) cachorros-absolutamente-vivos. Claro, aqui e ali, escritores menores, escritores medíocres, teimaram, teimam e teimarão em chutar cachorros-mortos.

(E aqui, eu e o senhor G.A. começamos a perceber, cheios de preocupação, que o pathos glauberiano começava finalmente a rugir mais forte no peito e na mente do senhor A.M.)

Em algum momento de minha vida mais recente cheguei a ler certo opúsculo abjeto escrito por certo autor nacional, no qual esse autor nacional, quadradíssima besta, se dava ao despautério de usar o nobre espaço da literatura para esculhambar coitadíssima apresentadora de tevê, cachorra-morta e sepultadíssima há séculos!

(Entusiasmando-se, levantando-se da cadeira e passando a andar sem rumo certo pelas imediações da grande mesa, sobre a qual eu me aboletava e assistia a tudo de camarote.)

Cachorra-morta e sepultadíssima há séculos, meus caros! Agora me respondam sinceramente: há algum sentido em usar a nobreza e a grandeza da literatura para atirar em cachorros-mortos e sepultados como essa coitadíssima apresentadora de tevê? Não, não há nenhum sentido.

Mas esqueçamos a plebe rude e ignara desses escritores de bosta, e falemos dos grandiosos autores que usaram e usam o poder de fogo da grande literatura para colocar um pouco mais de grandeza neste mundo de merda em que vivemos!

(Percebemos, eu e o senhor G.A, com certo temor, que duas ou três pessoas da plateia se incomodavam com a quantidade de, digamos, palavras de baixo calão, com que o senhor A.M. pontuava o discurso.)

Falemos, por exemplo, do escritor russo Ivan Turguêniev, o genial autor de, entre outras obras inesquecíveis, Pais e filhos. *Alguém aqui leu* Pais e filhos?

(Em momentos assim, no geral, poucos se manifestam; e os que se manifestam se manifestam com certo temor, principalmente os que estão mentindo — e muitos mentem para demonstrar erudição —, com certo temor de que o palestrante os obrigue a falar algo sobre a obra. Aqui também poucos se manifestaram: jovem e grávida senhora da primeira fila e guapo quarentão que assistia à palestra de pé — sim, tinha gente assistindo à palestra do senhor A.M. de pé — disseram que sim, que tinham lido sim *Pais e filhos*, de Ivan Turguêniev; nem tudo estava perdido, portanto.)

Então o senhor e a senhora sabem, e os que não sabem saberão agora, a maneira magistral como Ivan Turguêniev chuta e afaga cachorros-mortos e cachorros-vivos nos geniais livros que escreveu. Bazárov, o herói niilista do livro, não acredita em absolutamente nada: nem em Deus, nem no diabo e, sabiamente, nem nele mesmo! Ao retratá-lo, o autor expõe o cachorro-vivíssimo da necessidade do ser humano em crer em alguma coisa, até mesmo em palavras. Precisamos crer em ALGO!

(O senhor A.M. diz esse ALGO com voz tonitruante, completamente glauberiana.)

Mas Bazárov se recusa a crer seja em que diabo for, seja em que palavra for. É ele quem diz essa pérola magistral: "É de espantar como as pessoas ainda acreditam em palavras. Por exemplo, chamem uma pessoa de imbecil e, mesmo que ninguém bata nela, vai sentir-se arrasada; chamem-na de inteligente e, mesmo sem lhe dar dinheiro nenhum, vai ficar satisfeita."

(A essa altura, sem pejo e sem temor, o senhor A.M. chorava, e chorava espetacularmente; a mulher grávida da primeira fila, também.)

E por isso Bazárov morre, e por isso Bazárov se deixa inocular pelo sangue de um homem que sofria de... de...

(Aqui o senhor A.M. vacila. Seria falha de memória, ou truque para perceber se as duas pessoas que disseram ter lido *Pais e filhos*, de Ivan Turguêniev, realmente tinham lido *Pais e filhos*, de Ivan Turguêniev?)

— *De... de quê mesmo, Martiniano?*
— *De tifo* — *disse enfim a mulher grávida da primeira fila.*

De tifo, bem disse aqui a nossa bela grávida da primeira fila! Aproveitemos essa deixa e falemos de outra marca da grande literatura: o fato de o grande autor escrever também pelos claros que a obra deixa entrever. Não interessa a Ivan Turguêniev revelar-nos tudo, contar-nos tudo. Talvez o grande autor não saiba tudo o que se passa na cabeça de seus personagens. Talvez o grande autor queira preservar de nós, leitores, alguns segredos de seus personagens.

Ao final do livro, não sabemos, e, pensando bem, interessa que saibamos isso?, se Bazárov se contaminou acidentalmente com o sangue do doente que tratava, ou, niilista como era, se deixou contaminar propositalmente, o que seria claro caso de suicídio?

(O senhor A.M. demonstra cada vez mais entusiasmo — e a plateia, ainda bem, também —, a ponto de dispensar a ajuda épica de Anne-Sophie Mutter e retirar os fones dos ouvidos.)

Será que, se perguntássemos a William Shakespeare, ele saberia dizer se Ofélia, a mulher loucamente apaixonada por Hamlet, realmente se afogou acidentalmente ou, desiludida com a torpe vida que levamos desde sempre, se atirou, conscientemente, no lago? Perdoem-me pela digressão, e voltemos aos nossos cachorros vivos e aos nossos cachorros-mortos.

Ainda em Pais e filhos, Ivan Turguêniev afaga e apedreja magistralmente cachorro-vivíssimo que quase sempre queremos que esteja morto, mas não está: a família. Queimaram-se sutiãs mundo afora, os gays ocuparam cada vez maior lugar no espaço, casais se desestruturam com a velocidade dos raios, mas a família sobrevive, às vezes de maneira sublime, às vezes de maneira abjeta, mas sobrevive.

A família talvez seja o mais chutado dos cachorros-vivos, mas Turguêniev e, modestamente, também eu achamos: a família deve ser chutada sim, mas também deve ser afagada sim. Por que os senhores e as senhoras acham que ainda estou vivo, falando com vocês agora? Por causa de minha família, respondo-lhes.

Famílias provocam agonias da mesma maneira que provocam êxtases. Bazárov foge da família o tempo inteiro, acha que os belíssimos pai e mãe que tem lhe são absurdo e incompreensível estorvo. Mas eram eles, o pai e a mãe de Bazárov, as pessoas que mais o amavam no mundo.

Mas como o niilista Bazárov, que em nada acreditava, poderia acreditar no incondicional amor dos pais?

(A essa altura, palestrante e palestrados irmanavam-se em grande emoção.)

Se os senhores me permitem, vou ler um trecho belíssimo do livro de Turguêniev; normalmente o sei de cor, mas, emocionado como estou, prefiro ler.

(Pega um livro que estava enfiado na sacola, e lê.)

"Acordar já não fazia parte do destino de Bazárov. Ao entardecer, caiu numa inconsciência total e, no dia seguinte, morreu. O padre Alexei cumpriu os ritos da religião. Quando lhe ministraram a extrema-unção, quando os santos óleos tocaram o seu peito, um dos olhos se abriu e, ao que parece, ante a visão do sacerdote com seus paramentos, do incenso fumegante, das velas diante dos ícones, algo como um estremecimento de horror refletiu-se por um instante no rosto lívido. Quando, por fim, exalou o último suspiro e, na casa, ergueu-se um lamento geral, um furor repentino apoderou-se de Vassíli Ivánovicth."

"— Eu disse que ia protestar — gritou com voz rouca, o rosto afogueado e contraído, brandindo o punho no ar, como se ameaçasse alguém —, e vou protestar, vou protestar!

(Completamente emocionado, mas mesmo arrebatado pela emoção, o senhor A.M. prosseguiu.)

Contra quem os senhores e as senhoras acham que o pai de Bazárov, nesta que é uma das mais belas cenas de toda a literatura mundial, estava querendo protestar: contra Deus, o mais vivo de todos os cachorros-vivos de todas as galáxias!

(Retomando o fôlego, bebendo gole de água que emocionada funcionária da Universidade Progressista do Distrito Federal (UPDF) lhe trouxera, o senhor A.M. prosseguiu.)

Deus, esse cachorro vivíssimo que nos persegue há milênios e que certamente nos perseguirá por outros tantos milênios, mere-

ce de Honoré de Balzac o tratamento que a grande literatura sempre deu e sempre dará aos grandes cachorros-vivos com os quais nos confrontamos. Em Ilusões perdidas, *um dos mais sublimes livros do mundo, o herói trágico Lucien Chardon de Rubempré, jornalista mergulhado na dor profunda de ser e de existir, ouve de certo arcebispo:* "Os eleitos de Deus são poucos."

A amizade, eis outro cachorro-vivíssimo que a grande literatura e a grande arte sempre sobrevoam, sempre chutam ou sempre afagam. Exatamente como esse cachorro-vivíssimo deve ser tratado na vida real. Há amizades que a tudo sublimam, como a amizade que une, a ponto de quase tornar um só corpus, David Séchard e Lucien Chardon de Rubempré, personagens de Ilusões perdidas. *Trata-se, e os invejo por isso, de amizade absoluta, total, incondicional.*

Mas o próprio Balzac, no mesmo romance, coloca na boca de certo personagem o seguinte, e lapidar, conselho: "E, principalmente, desconfie dos amigos."

O anglo-americano Henry James, outro grande e notabilíssimo escritor, fala pela boca de outro personagem fascinante da nossa grande literatura, o marcado-para-morrer senhor Ralph Touchett, um homem que flutua entre a vida e a morte com a leveza dos pardais: "Deus me proteja dos meus amigos!"

Nessa frase terrível, Henry James ataca, ao mesmo tempo, dois cachorros-muito-vivos: Deus — que, como se sabe, nunca nos protege dos amigos — e a amizade.

(O senhor A.M. volta a sentar; tenta, assim, se livrar da forte emoção que o domina.)

Pois bem, meus caros amigos, voltemos agora o nosso foco para o jornalismo.

(Eu e o senhor G.A., sempre atentíssimo na última fila, começamos a suar frio e a nos perguntar: "*Seria o senhor A.M. tão camicaze assim e se afundaria ainda mais na lama de ter se tornado um quase-execrado pelos seus pares?* Como os leitores verão, até que o senhor A.M. pegou leve. Graças a Deus — ou ao diabo?)

Até pelo universo que devem atingir (a grande literatura busca a transcendência; o jornalismo, a sobrevivência; a grande literatura quer provocar cisões e conflitos; o jornalismo, manter o status quo), escritores e jornalistas agem de maneira quase sempre diametralmente oposta. Há casos muito raros, raríssimos, de, digamos, interface entre o jornalismo e a literatura.

Honoré de Balzac, jornalista profissional, esse grande Midas literário, transformou a mais absoluta merda — o fato de ser jornalista imerso em disputas profissionais abjetas, mas que, pelo caráter da profissão (pelo menos àquela época), estava sempre em contato com a realidade profunda das ruas e dos seres que as habitavam — em profundíssimo ouro. Será, talvez em todos os tempos, o mais profícuo e o mais contundente cronista da vida humana desde que nos entendemos por seres humanos — se é que somos realmente seres humanos.

Balzac explorou à exaustão comportamento em desuso no jornalismo tatibitate de hoje: a vivência profunda, visceral, do dia a dia dos seus contemporâneos, tornando-se porta-voz dos horrores e das misérias de sua época. Ao beber vinhos vagabundos, comer gororobas ordinárias em restaurantes de quinta e bater pernas pelas ruas de Paris, indo aonde o povo estava, o autor francês tornou-se capaz, como nenhum outro autor de seu tempo, de registrar a vida como de fato a vida era.

Noblesse oblige, entrou para a história não como grande jornalista (ai do jornalismo!), mas sim como grande escritor que realmente foi, e é.

Esse calor das ruas fez com que Balzac fosse capaz de distinguir cachorros-mortos de cachorros-vivos, e de saber exatamente como agir diante desses cachorros-vivos e desses cachorros-mortos.

Tão intensamente fora essa vivência com a realidade de sua época, que acabou por descobrir: a própria profissão que abraçara era vivíssimo cachorro-vivo — e chutou, sem dó nem piedade, esse cachorro-vivíssimo numa de sua obras mais primas: a já citada Ilusões perdidas. Nesse livro faz caudalosas imprecações contra a nefanda prática jornalística da Paris do século XIX — que, pelo visto, se disseminaria como praga letal pelos diversos países do mundo nos séculos seguintes.

Das muitas sentenças lapidares mortais contra a prática jornalística que sua gloriosa pena nos legou, prefiro citar apenas uma, algo pueril, mas de contundência e precisão exemplares. Ao contrário da citação do livro do grande Turguêniev, não precisarei colar.

Uma das frases magistrais que o senhor Honoré de Balzac escreveu em Ilusões perdidas é a seguinte: "Durante toda aquela manhã, saboreou um dos prazeres mais vívidos dos jornalistas, o de aguçar o sarcasmo, afiar a lâmina fria que se embainha no coração da vítima e esculpir seu cabo aos leitores."

Falar mal do jornalismo, como podemos perceber, não é (do ponto de vista do jornalista mais radicalmente identificado com os horrores da profissão, no sentido inclusive de atacá-los publi-

camente) exatamente algo típico do século XXI. Essa convivência do jornalista com essa crítica acerba aos poderes quase divinos que exerce nos transformou em cínicos.

Agimos como aquele escorpião da fábula: após ser transportado, com extrema bondade, mas com igualmente extrema burrice por diligente rã, picou-a mortalmente dizendo-lhe: "Fazer o quê, minha querida rã, fazer o quê, é da minha natureza."

Jornalista de renome nacional costuma repetir certa boutade, bem típica desse nosso cinismo nada edificante, em mesas de bar e até mesmo em palestras para estudantes de universidades: "Os médicos pensam que são Deus; nós temos certeza!"

Não duvidemos: ao flagrarmos nossa incrível capacidade de criar fatos, pessoas e necessidades, estamos exercendo, sem queixas (alguém poderá se queixar do fato de ser Deus?), essa cínica sensação de que somos deuses e que, portanto, estamos acima do bem e do mal.

Aqui devo abrir parênteses que julgo procedente: incluo-me ainda, não orgulhosamente, claro, entre esses chamados jornalistas. Afinal de contas, exerci a profissão durante muitos anos e, mea culpa, devo ter cometido muitos pecadilhos, alguns veniais, alguns originais e, provavelmente, alguns mortais também.

Ao ainda me incluir entre os chamados jornalistas, cuja maioria absoluta execro assumidamente, demonstro, assumo, certa dose de cinismo. Agindo assim, ninguém poderá me acusar com aquela frase-padrão ele-está-cuspindo-no-prato-em-que-comeu.

Evidentemente não estarei livre daquela outra pecha, igualmente fatídica, de que estou assim tão crítico com a minha profissão porque estou fora do jogo, porque sou um já-fui — *o que, novamente numa prova deslavada e desabrida de cinismo, me obrigo a dizer: trata-se da mais absoluta das verdades.*

Digo mais, trata-se do mais ululante dos óbvios: nós jornalistas só percebemos que somos mortais quando perdemos a imortalidade. Pergunta que não quer calar: Honoré de Balzac teria escrito a obra-prima que escreveu se tivesse sido jornalista bem-sucedido na sua época? Evidentemente que não.

A vingança de todos os candidatos a Balzac que tentam não se deixar abater mundo afora, mesmo que estejam com a mesma saúde mental e física de desvalidas almas penadas, será: nenhum desses barões da mídia que se aboletam como deuses será conhecido ou invejado pelos nossos pósteros.

Morrerão exatamente no momento em que mergulharem seus corpos infames em covas rasas ou profundas, em caros mausoléus ou em tumbas sem luxo de classe média. Nunca mergulharão na imortalidade.

Ainda cinicamente, direi: acho prudente não tecer comentários mais jocosos aos meus colegas de profissão. Ainda estou vivo, pelo menos teoricamente, e desempregado — e sei o quanto nós jornalistas somos vingativos — e o quanto detestamos jornalistas que depreciam a nossa profissão.

Seremos capazes de — irados com o fato de o senhor Honoré de Balzac ("Aquele gordo bêbado!", até mesmo poderão dizer alguns) — escrever ácida e letal crítica do livro lançado há mais de duzentos anos e unanimemente considerado um dos mais importantes romances do mundo. Nela provaremos por a + b que se trata de obra desqualificada escrita por algum sacripanta ressentido.

Evidentemente esse artigo difamatório terá a devida guarida nos nossos cadernos culturais e, como o autor está morto e sepultado, não poderá mais escrever nenhuma carta à redação, queixando-se dessa infâmia. Portanto, não se falará mais nisso, e Balzac poderá ser conhecido pelas novas gerações como ressentido sacripanta e, ponto final, não se falará mais nisso.

Devo declarar, até para retomar o fio da meada original de nossa palestra, que o jornalismo, ao contrário da grande literatura, sempre chutará cachorros-mortos. Também, turbinado por interesses inconfessáveis, eventualmente, chutará alguns cachorros-vivos, ou até mesmo afagá-los-á.

Essa inenarrável capacidade de chutarmos cachorros-mortos se reflete e se revela naquela pretensamente iluminista mania que assola alguns de nossos jornalistas mais, digamos, de ponta. Estão — e estarão — sempre dispostos a disparar tacapes envenenados contra esses políticos-de-merda, perdão pela redundância desta expressão, que nos sufocam, e nos sufocarão, para todo o sempre.

Falar mal de presidentes da República (como falar bem de jacaré de mau hálito que teima em nos devorar o rabo?) é tão inócuo quanto dizer que o céu é azul pontuado com nuvens brancas ou, em tempos de seca brasiliense, apenas azul. Não nos levará a lugar algum.

Também me causam certa ânsia de vômito as máscaras de castas vestais que eventualmente usamos quando descobrimos que algum dos nossos "mais impolutos políticos", como se impoluto e político pudessem algum dia ocupar o mesmo lugar no espaço, são flagrados roubando, prevaricando ou fornicando com a leveza daqueles gansos, patos e marrecos que flanam pelo Parque da Cidade.

Como se não cometêssemos os nossos próprios pecados!

Como não costumo colocar em questão apenas um ponto de vista sobre determinado assunto, colocar-me-ei como meu-próprio-advogado, e me perguntarei: — Mas, ao dar tanta impor-

tância ao jornalismo, não estaria cometendo o crime que eu próprio condeno? Não estaria, desobedecendo aos conselhos de meu pai, chutando um cachorro que o senhor Honoré de Balzac já se encarregou de matar, e sepultar, dois séculos atrás?
Que estas duas perguntem fiquem soltas no ar.

Antes de concluir, no entanto, quero fazer-lhes confissão, aue alguns dos senhores e das senhoras talvez já saibam — afinal de contas, Brasília é aldeia onde todo mundo sabe a vida de todo mundo. Não faço essa confissão com o intuito de, digamos, fofocar. Mas sim com o intuito de atestar para os devidos fins: posso amar alguns jornalistas sim. Amo, por exemplo, o meu marido, o senhor Graciliano de Assis, um dos maiores colunistas políticos do país, que, por sinal, está aqui presente, bem ali na última fila!

(Da comodidade de minha casinha-de-viagem pude perceber. Diante desse inesperado jogo de cena, que não estava previsto no roteiro original, o senhor G.A., negro como Denzel Washington, ficou, em questão de microssegundos, branco como Doris Day. Em seguida deu uma daquelas risadas nervosas que lhe são típicas em situações de desespero e, como se impulsionado por mola da cadeira que sentava, levantou-se, e jactou-se: — Com muito orgulho! Com muito orgulho! A turba entrou em frenesi: aplausos, fius-fius e uhs-uhs pipocaram por todo o auditório. O senhor A.M. aproveitou esse clímax para dominar ainda mais o interesse da plateia — e provocou ainda mais o agora mais calmo senhor G.A.)

A.M.: — Meu querido Graciliano de Assis, o senhor diz estar com muito orgulho, orgulho do quê mesmo? De ser meu marido, ou de ser jornalista?

G.A. (De novo negro como Denzel Washington e tentando surfar honrosamente naquela rasa comédia de bulevar que fora obrigado a coprotagonizar): — *De ambas as coisas, de ambas as coisas. Digamos que o jornalismo seja um mal necessário!*
A.M. (Ainda mais provocante): — *É possível que o senhor me ache também um mal necessário?*
G.A. (Completamente Denzel Washington, mas ainda ostentando aquelas risadas nervosas que lhe são típicas em situações de desespero): — *Pode ser, pode ser!*

(A turba, absolutamente possuída, e encantada, por aquele diálogo inusitado e sem nenhuma pitada de culpa, explodiu em espetacular saraivada de palmas; até mesmo aquela mocetona-manequim-52, que logo depois se indignaria com as espetaculares afirmações do senhor A.M. a respeito do papa, aplaudiu. Como um maestro, o senhor A.M. levantou a mão, pedindo silêncio, e foi atendido. Assim, pôde encerrar a sua palestra com, digamos, chave de ouro.)

A.M.: — *Minhas senhoras, meus senhores, então fica combinado assim: eu e o jornalismo somos um mal necessário.*
Muito obrigado — está aberto o debate!

(Seguiram-se aplausos exaltados, uhs-uhs e fius-fius; algumas pessoas saíram apressadas; o senhor A.M. aproveitou o pequeno intervalo para enfiar mão na minha casinha e me perguntar: — *E aí, saí-me bem?*
Bebeu alguns goles de água, e abriu-se o debate.)

Selecionamos algumas perguntas. Ei-las:

Pergunta 1. O papa é cachorro-morto?

A.M.: — O papa, qualquer papa, é cachorro-mortíssimo. Admito, no entanto, que foi muito mal enterrado. A isso se deve provavelmente o fato de ainda atrair o interesse de alguns otários, apesar do execrável cheiro de carniça que emana do lugar onde foi sepultado.

(A mocetona-manequim-52 da penúltima fila fuzila o senhor A.M. com profundo olhar de ódio e dispara-lhe a pergunta a seguir.)

O senhor acha então que todos que acreditam na estreita ligação que há entre Deus e o papa são otários?

A.M.: — Mais do que acho, tenho absoluta certeza. Todos os que creem no poder divino dos papas são estrondosos otários. Há mais presença de Deus no tampão daquela senhora simpática de vestido vermelho da segunda fila do que em qualquer fio de cabelo dessas falsas santidades!

(Espanto geral. A senhora simpática de vermelho da segunda fila sorri constrangida, parecendo se perguntar: "*Como ele pôde adivinhar que eu estava menstruada?*" Os uhs-uhs e fius-fius retumbam. A mocetona-manequim-52 da penúltima fila sai do auditório e leva junto a penúltima fila inteira. O senhor G.A. e eu nos olhamos com cumplicidade; não sei quanto a ele, sei quanto a mim, e comecei a rezar para que o Deus existente no tampão daquela senhora de vermelho da segunda fila nos protegesse de algum desastre nos minutos a seguir.)

Pergunta 2. O senhor, com essa cabeleira despenteada e esses vorazes olhares azuis, me faz imaginar que talvez pretenda se tornar um, digamos, Antonio Conselheiro pop, ávido por ganhar espaço na mídia com suas afirmações desconcertantes e peremptórias. O senhor não estaria querendo, espertamente, fundar alguma seita, a qual poder-se-ia chamar de, digamos, martinianismo?

A.M.: — Obrigado pelos vorazes olhos azuis que, na verdade, são verdes. Quanto à sua pergunta, devo lhe dizer o seguinte. Olha, meu caro, não tenho a menor dúvida de que, se eu vestir algum camisolão branco e aparecer na Esplanada dos Ministérios dizendo alguma incomensurável bobagem, pelo menos duas ou três pessoas me seguirão. E não serão o meu pai e a minha mãe, como ironicamente pensou aquele senhor de terno azul e gravata verde de bolinhas brancas da sexta fila, que estão mortos e enterrados — e não acredito em vida após a morte. Serão alguéns que, de fato, acharão que as merdas que direi responderão, de alguma forma, a algumas questões que os infernizam. Mas não farei isso, não colocarei camisolão branco e irei para a Esplanada dos Ministérios dizer sandices. Odeio modismos e tendências. Abomino qualquer tentativa de tentar resolver a vida do próximo. Cada um sabe da merda em que vive atolado — e deve saber como sair dessa merda em que anda atolado. Estarei cagando e andando, como os cavalos das paradas militares, para o idiota que me considerar modelo de qualquer tipo de coisa.

Meu caro, eu não compraria um carro usado de mim mesmo. Além disso, tenho o péssimo vício de aspirar meus próprios peidos. Morro de medo de alma penada. Quando cruzo na rua com alguém rotundamente paquidérmico, rosno, entre dentes: "*Baleia!*" Mais grave ainda, quando era criança, roubava dinheiro de meu pai para comprar a revista *Realidade*. Por que diabos algum maluco me levaria a sério?

(Urros, gritos, uhs-uhs e fius-fius retumbam, de maneira tonitruante, pelo auditório inflamado. O senhor A.M. volta a ficar de pé. Eu e o senhor G.A. voltamos a entrar em pânico, e a nos perguntar: — *Que porra será que o senhor A.M. vai aprontar agora?*)

Pergunta 3. Acho o senhor muito arrogante, a arrotar verdades e convicções. Se o senhor me permite, vou me apropriar desses conceitos hilários de cachorro-vivo e cachorro-morto — de onde o senhor tirou essa bobagem? — e dizer, sem dó nem piedade, o senhor é tremendo cachorro-morto a quem teria pena de chutar!

(A turba indócil se divide; a maioria vaia a garota sardenta com roupa de brechó e olhar atrevido que acabou de fazer essa afirmação desafiadora; alguém grita meio histericamente, mas não tenho jeito de ver quem gritou, nem o que gritou.)

A.M.: — Minha cara, pode me chamar de cachorro-morto sem nenhuma culpa. Pode me chutar à vontade. Concordo com você, sou um tremendo dum cachorro-morto. Morri há tanto tempo, acho que até já ressuscitei.

(O senhor A.M. diz essas últimas frases com certa exasperação na voz que nos preocupa; parece — para nós que o conhecemos bem — corda de violino prestes a arrebentar, o que, de fato, acontecerá logo no parágrafo a seguir quando a corda de violino finalmente se arrebentará.)

A.M.: — Deixe eu lhe dizer uma coisa... Como é mesmo o seu nome?

A moça sardenta que veste roupa de brechó: — *Anita. Anita Limonta.*

A.M.: — Pois então deixe lhe dizer uma coisa, querida Anita Limonta. Você tem todo o direito de dizer que sou um tremendo cachorro-morto, em querer chutar esse cachorro-morto que você acha que sou, mas eu tenho também o direito de lhe dizer o seguinte, com todas as forças do meu coração arrebentado e amargurado: *Vá a merda, senhorita Anita Limonta! Vá se foder, senhorita Anita Limonta!*

Muito obrigado.

(O debate se encerra. Pululam discussões acirradas entre os diversos grupos que se formam no calor da hora. Uhs-uhs, fius-fius e aplausos nervosos pipocam por toda a sala. A Anita, atingida de maneira fulminante pela agressão verbal do senhor A.M., retruca: — *Vá você à merda, seu jornalistazinho de merda! Vá se foder você, seu jornalistazinha de merda! Eu vou lhe processar, seu jornalistazinho de merda!* Mas tem voz abafada pela turba que se afoga em efusiva troca de impropérios. O senhor A.M., aflito e desnorteado, puxa a casinha-de-viagem na qual me hospedo, e me leva para longe dali.)

No carro, de volta para casa, ouço o seguinte diálogo:
G.A.: — *Porra, Martiniano, você perdeu totalmente o controle, cara!*
A.M.: — *Nada, meu querido. Adorei. Precisava fazer aquela catarse, precisava mandar alguém à merda, e adorei mandar alguém à merda! Na verdade, pensei que você tivesse ficado mais puto com o fato de eu ter anunciado publicamente que somos casados!*
G.A.: — *Na verdade, fiquei meio surpreso, você não me avisou nada a respeito. Mas quer saber? Você não disse novidade nenhuma. Até os azulejos de Athos Bulcão que enfeitam muitas paredes de Brasília sabem que tenho um caso com você! Quer saber? A essa altura do campeonato, até o Bin Laden sabe que eu sou homossexual. Você sabe muito bem que essa é questão totalmente resolvida para mim.*
A.M.: — *Ainda bem!*
G.A.: — *Vamos para casa então?*
A.M.: — *Que casa que nada, meu querido! Vamos encher o cara de cerveja no Flicoteaux.*

O senhor A.M. então se vira para mim, que vomitava desesperadamente na minha casinha-de-viagem no banco traseiro do automóvel, sempre vomito quando viajo de carro, e pergunta, cheio de charme: — *Vamos beber até cair, não é, Ravic?*

Já estava caído, nem precisava mais beber — mas, mesmo assim, fomos.

3 b. sexo, política & Deus (Santíssima Trindade ou Ménage-à-Trois?)

Uma semana depois, quinta-feira, 19h, estávamos lá naquele mesmo auditório. Eu instalado na minha casinha-de-viagem colocada sobre a mesa. O senhor A.M. voltava a espetar fones nos ouvidos para escutar Brahms, Bach e Mozart, executados no sublime violino de Anne-Sophie Mutter. Os olhos verdes do meu-querido-amigo continuavam espetacularmente vidrados. Os cabelos, propositalmente despenteados. Enfim, mantínhamos os mesmos personagens da récita anterior.

Dessa vez, no entanto, o senhor Graciliano de Assis não estava sentado na última fila. De folga no jornal, aproveitou tarde e noite para visitar, com amigos do centro espírita que frequenta, doentes terminais com câncer em diversos hospitais públicos de Brasília (pelo menos foi isso que disse ao senhor A.M.).

A ausência do senhor G.A. me provocava certa insegurança. Afinal de contas, nunca se poderia ter certeza absoluta do que o senhor A.M. poderia aprontar. Na plateia, havia menos público que na palestra da semana anterior.

Talvez o tom algo escandaloso adotado pelo senhor A.M. na palestra da semana anterior tivesse assustado muita gente.

Mas reconheci várias pessoas que voltavam a assistir às explosões verbais do meu-querido-amigo — e isso me alegrou —, não estaria tão completamente só.

Para meu pânico, a senhorita Anita Limonta, a moça sardenta vestida com roupa de brechó a quem o senhor A.M. mandara à merda na semana anterior e que prometera vingança, podia ser vista na segunda fila, cercada de amigas com caras algo iradas. Vestia as mesmas sardas, o mesmo vestido estampado de brechó e o mesmo ar desafiador.

O senhor A.M. percebera a presença de Anita Limonta, mas parecia não se preocupar muito com isso. A senhora Violeta Requião, doutora em Semiótica e Comunicação e professora de Estética da Comunicação, que, por telefone, dera alguns puxões de orelha no senhor A.M. pelo comportamento algo errático da primeira conferência, arrastava-lhe a figura rotunda, com a leveza possível a figuras rotundas de tamanho porte.

A senhora V.R. discutia, em altos brados, com pessoas mais jovens que pareciam alunos, a maneira "distorcida" como o cineasta espanhol Pedro Almodóvar retratava a mulher: — *Ele não consegue disfarçar o quanto odeia as mulheres! Ele não passa de misógino de merda que se apossou do corpo de um veado!*

(Dizia essas sandices com tamanho despudor, e com tamanho índice de decibéis, que provavelmente poder-se-ia ouvi-la no fundo lamacento do Paranoá, a mais ou menos um quilômetro de distância.)

19h07, o senhor A.M. consultou o relógio, em seguida olhou-me no fundo dos olhos e cochichou: — *Deseje-me boa sorte!*
Desejei-lhe.

Antes que o senhor A.M. iniciasse a palestra, morena sestrosa que eu não havia visto na récita anterior aproximou o mais que pôde o rosto da grade lateral da minha casinha de viagem, e sibilou: — *Coisa mais fofa, o seu gatinho, senhor A.M.!*

(Ainda não conhecia a senhorita Beatriz Tupinambá; por isso o meu deslumbramento por aquela criatura.) Ganhei a noite. Faltava agora o senhor A.M. ganhar a dele.

Boa-noite, meus senhores e minhas senhoras. Vamos todos nos acomodar, por favor.

(Tempo; esperando que as pessoas se acomodassem.)

Obrigado por terem vindo. Vejo muitos rostos novos, mas também revejo rostos vistos na semana passada, e isso me alegra. Isso significa que algumas pessoas querem ouvir de novo as minhas sandices!

Devo-lhes alertar, o que imagino possa ser boa notícia para alguns: nesta noite o meu, digamos, monólogo interior será menos caudaloso que o ocorrido na palestra anterior. Em outras palavras, falarei menos.

Hoje, como sabem, nesta palestra que tem o sugestivo nome de Sexo, Política & Deus (Santíssima Trindade ou Ménage-à-Trois?), falarei sobre esses três, digamos, fatores na minha formação pessoal. E mais: revelarei como essa intrincada equação acaba sendo equação intrincada, e decisiva, na cabeça de todos nós.

Como é do meu feitio, e os senhores sabem disso, o ponto de partida serão sempre situações que eu vivi, a partir das quais recolho, como se fossem preciosas pepitas, insights que podem me dar algumas luzes (ou algumas trevas), e que eventualmente também poderão dar algumas luzes (ou algumas trevas) para vocês.

Essa equação Sexo-Política-Deus é tão intrincada em mim, e, imagino, também em vocês, que precisarei apenas narrar duas histórias que marcaram minha vida para falar e mergulhar nesses três temas.

Voltemos no tempo. Situemo-nos nos arcaicos anos 1960 e sintonizemos ainda mais arcaica cidade do interior de Pernambuco, na qual passei a minha infância.

Era bem gorducho nessa época e, pior, ótimo aluno. Esses dois fatores — embora não fossem os únicos, como veremos a seguir — me foram letais. Transformaram minha vida de guri em terrível calvário.

Sabemos (e quem não sabe que procure ler os fundamentais A boca do inferno, *de Otto Lara Resende, e* A volta do parafuso, *de Henry James) o quanto crianças podem ser cruéis umas com as outras — e até mesmo com alguns adultos que a elas se submetam como se fossem vaquinhas de presépio.*

Esses pequenos vilões de minha infância jamais perdoaram minha quase-obesidade, que me impedia de praticar certos esportes. Perdoavam-me menos ainda o fato de eu ser melhor aluno da sala — o que os levaram a me alcunhar miseravelmente de cu de aço inoxidável (o C-D-A-I), um grau acima do cu de ferro (o CDF).

Obrigavam-me a lhes dar cola, sob pena de ter meus livros rasgados, e cabeça e corpo esmurrados. Submeti-me, nessa época, a certo jeito — digamos — estoico de ser ao qual não me submeto mais: fingia que não era comigo que acontecia aquilo e ia levando a vida da melhor maneira que podia.

Mas não podia, apesar de ter feito inicialmente longo esforço nesse sentido, fingir que não era comigo que acontecia aquilo, quando, aos 8 anos de idade, percebi: eu era, e sou, homossexual. Creio que nem sabia da existência dessa palavra naqueles distantes e ermos grotões do Nordeste, mas sabia que fazia algo que não devia fazer.

Só lembro, e como me lembro desse momento, que certa madrugada, por iniciativa própria, não fui o seduzido, fui o sedutor, saí de minha cama e pulei na cama ao lado, onde enfiei a mão no calção de certo amigo da família que então nos visitava, e que tinha o triplo de minha idade. O prazer que senti ao enfiar a mão naqueles pentelhos crespos e agarrar aquele naco de carne deliciosamente rijo ensopou a minha alma de prazer.

Não encontrei resistência às minhas carícias noturnas. Ao contrário, o amigo da família que nos visitava e que tinha o triplo de minha idade fingia que continuava dormindo, o que me permitia moldar o meu prazer a meu bel-prazer. Como esse amigo da família acabou morando conosco por algum tempo, os meus dias passaram a ser a espera ansiosa e quase insuportável da madrugada seguinte, que novamente me ensoparia de prazer.

(Diante dessa narrativa pungente, feita num tom de voz sem nenhuma noção de culpa, ou de vitimização — não mais —, a plateia mergulhou em silêncio sepulcral, e respeitoso, que me emocionou profundamente. Algumas pessoas recém-chegavam, mas, ao perceberem o clima, sentavam-se rapidamente, e rapidamente tentavam descobrir o enigma que ali se tentava decifrar.)

Esse torpor precocemente erótico me tornou ainda mais estoico. Talvez alguns prefiram a palavra covarde; não eu. Passei a deixar, de maneira absolutamente, digamos, desapegada, que meus colegas copiassem trechos inteiros dos meus exames ou que me chamassem fosse de que diabo fosse (bolo de bosta, bolo de angu, bolo fofo).

Que se fodessem! Por que me importar com aqueles bocós que me exploravam se, na calada da noite, o corpo daquele amigo da família estaria à minha disposição, como cadáver que pulsava e latejava a cada toque meu, e eu poderia lambê-lo e saboreá-lo sem rédeas e testemunhas?

Sentia-me pleno, realizado, pelo menos até o dia em que a dona Culpa — a má e velha dona Culpa — se instalasse para sempre na cabecinha daquele gordo garoto que vivia nas brenhas mais profundas do interior pernambucano.

Dona Culpa, sempre ávida por atrair novos vassalos, acabou se apossando definitivamente de meu coração e de minha mente. Isso aconteceu quando descobri na escola na qual estudava que cobiçar o corpo de alguém igual a mim era motivo do mais acerbo opróbrio público.

Aprendi essa lição infame da seguinte forma: no meio do ano escolar surgiu diante de nós, vindo sabe-se lá de onde, garoto mirrado que em tudo parecia ser menina, mas que teimava em se dizer menino. Tinha gestos delicados, revirava os olhos a toda hora como se fosse pequena e rastejante víbora, e, apesar de não ser gordo, demonstrava ser tão bom aluno quanto eu.

Inicialmente, a presença desse novo ser me provocou alívio. Os cruéis coleguinhas me esqueceram por um tempo, e partiram com toda a fúria para cima do garoto mirrado que em tudo parecia ser menina. Os epítetos com que o alcunhavam eram os mais diversos, e os lembro todos: mulherzinha; perobo; baitola; afeminado, e, claro, veado.

Na hora do recreio, os mais velhos o rodeavam e o humilhavam sem qualquer piedade. Passavam-lhe as mãos na bunda. Ameaçavam furar-lhe o ânus com seus caralhos adolescentes. Diziam-lhe que queimaria no fogo do inferno caso continuasse a tentar pegar no pau dos outros meninos.
Foi exatamente essa última frase que, digamos, me pegou, me tomou, e passei a pensar nessa possibilidade — queimar no fogo do inferno — como algo absolutamente real. Afinal de contas, eu também continuava a querer, com gula cada vez maior (aos poucos o amigo da família que tinha o triplo da minha idade foi deixando de ser cadáver que latejava e começou a demonstrar intenso desejo pelo meu corpo gorducho; quando não ia até a cama dele, vinha até à minha!), também eu continuava a querer, com gula cada vez maior, pegar no pau, não de todos os meninos, mas, pelo menos, daquele homem de 24 anos com quem dividia o quarto.

(A plateia continuava a devorar avidamente cada palavra do senhor A.M. Eu, também.)

Não há prazer que nunca se acabe — e o meu não demoraria a acabar. O amigo da família que tinha 24 anos não demoraria a partir. Partiu. Ao sentir-me só, absolutamente só, e ao perceber que o desejo que sentia então pelas pernas de Jonathan, varapau que morava na casa ao lado e que teimava em aparecer em minha casa nas horas mais inesperadas sempre a bordo de ousados calções, poderia me marcar para sempre, resolvi tomar atitude.
Foi então que me lembrei de Deus, aquele ser vago conhecido vagamente em aulas de catecismo e que me vendiam como se fosse criatura bondosa, criatura capaz de imprimir rumos certos a vidas erradas. Assim me vendiam, assim o comprei.

Minhas madrugadas mudaram de rumo. Em vez de mergulhar no corpo latejante daquele amigo da família que não veria nunca mais, afundava-me em preces, em súplicas dirigidas a Ele. Pedia-Lhe exatamente o seguinte: — Faça com que eu acorde **diferente** amanhã! *(Rezava com o vigor e com a fé possíveis a um garoto de 8 anos.)*

Essa frase — Faça com que eu acorde **diferente** amanhã! — virou mantra em companhia do qual adormeci nos dez anos seguintes. Até que desisti de rezar. Por que diabos continuar rezando se, a cada amanhecer, pensava nas pernas do vizinho Jonathan e, ato contínuo, irresistível comichão me arrebatava como efervescente turbilhão?

(A plateia continua contrita. Claro, alguém dorme na primeira fila, mais exatamente homem que, literalmente, baba na gravata e pende perigosamente em direção ao ombro da mulher sentada ao lado, que demonstra alguma aflição. Homem corpulento, alto, cabelos visivelmente pintados de preto, idade em torno dos 60 anos, perigosos olhos de pega, que, depois soube se chamar Lucien Chardon de Rubempré, acaba de entrar no auditório da Universidade Progressista do Distrito Federal (UPDF).

Parece cansado. Desaba sobre uma das muitas cadeiras vazias do lado esquerdo da plateia, e passa a ouvir com muito — e suspeito, devo acrescentar — interesse as palavras do senhor A.M.

Não gostei dele. Algo me dizia: aquele homem que nunca vira antes teria papel fundamentalmente macabro no futuro — ou não-futuro — do senhor A.M. Mas naquele momento dei de ombros para os meus pressentimentos funestos e voltei a ouvir o majestático discurso de meu-querido-amigo.)

Essa indiferença de Deus para com a minha dor me encheu de tristeza, e de raiva. Por que aquele Deus a quem implorava que me transformasse em criatura que nunca seria não ouvia as minhas preces por mais altas e sinceras que fossem? Em momentos posteriores da minha vida cheguei a pensar: talvez tivesse Lhe pedido muito. E se Lhe tivesse pedido apenas que continuasse sendo daquele jeito, mas que nunca me sentisse culpado por ser daquele jeito? De alguma forma, Deus, seja qual Deus for, atendeu a essa prece que não fiz. Hoje me aceito exatamente como sou, e não tenho nenhuma culpa por ser o tipo de cara que sou.
Sabem o que acho? Deus — seja qual Deus for — quer que eu seja exatamente como sou. Se Ele quisesse que eu deixasse de ser homossexual, ou perobo, ou afeminado, ou veado, como diziam os pequenos vilões da minha infância, Ele teria atendido às minhas preces.

(Muitas pessoas da plateia aplaudem, quase freneticamente; como se, com aquelas palmas frenéticas, tentassem arrancar a compreensível perplexidade em que se afundaram após ouvir esse emocionado depoimento do senhor A.M.)

Como veem, Deus e sexo parecem, digamos, bem urdida bricolage.
A outra história emblemática desse ménage-à-trois entre sexo, política e Deus que marcou a minha vida ocorreu alguns anos depois. Onde: Recife, Pernambuco. Quando: meados dos anos 1970.
Liberto das orações que imploravam pela minha "cura" e que me tornassem homem "normal" como outro qualquer, enveredei, aos 18 anos, pelos caminhos da luta política clandestina que asso-

lava o país àquela época. Assim do nada, meu então melhor amigo me perguntou, numa fresca tarde de domingo de quase dezembro, como se me convidasse para passar fim de semana na bucólica Olinda: — Você quer participar do Partido Comunista do Brasil? Diante da enorme interrogação que apareceu em meu rosto, explicou: — Conheci este ano na faculdade pessoal muito bacana, que pretende lutar contra a ditadura e acabar com as injustiças sociais.

A ideia me pareceu fascinante, e aceitei o convite, como se aceitasse o convite para dar um pulo até a bucólica Olinda, bem ali ao lado. Em alguns meses já discutia documentos mimeografados escritos por Karl Marx, Mao Tsé-Tung, Lenin e Stalin em praias desertas do litoral norte pernambucano; comandava assembleias estudantis com o destemor verbal de pequeno Maiakovski; e me sentia capaz de acabar com o tigre capitalista com apenas um sopro.

Foi então que começaram os questionamentos — os meus e os de meus colegas de partido. Na minha franqueza abissal, sinto compulsão incontrolável de revelar os meus segredos mais íntimos (e isso talvez explique essas palestras-depoimento que venho fazendo aqui na universidade nas duas últimas semanas), comecei a evidenciar para os meus novos "camaradas": o meu comportamento sexual não era exatamente ortodoxo.

No início fingiam que não me ouviam — numa prática que a esquerda, se é que ainda existe esquerda, teima em repetir até hoje: a de transformar determinada realidade numa realidade paralela, e mentirosa, que reforce os pontos de vista que defende. Mas eu insisti.

Principalmente diante de certo militante do partido que parecia aquele garoto mirrado que em tudo parecia ser menina, mas que teimava em se dizer menino, que marcou a minha infância.

Um dia lhe perguntei depois de duas horas de chatíssima discussão sobre "o infantilismo do reformismo": — Mas você é tão homossexual como eu, não é?
Senti que não haveriam de me aceitar exatamente como era quando, após essa minha bem-intencionada pergunta, ouvi da boca do meu companheiro de partido: — Sou soldado do povo. Não tenho tempo para sexo.
(Engoli o riso, como se engolisse comprimido contra azia e má digestão.)
Tempos depois, quando não mais militava politicamente, soube o quanto esse amigo me mentia à época. Aquele companheiro de partido não apenas adorava sexo, como era tão ou mais veado do que eu!

(É nesse momento que a plateia começa a se descontrair, e as primeiras gargalhadas explodem. O pobre-diabo engravatado que dorme na primeira fila babava cada vez mais freneticamente na gravata e despencou o pescoço para a direita com tamanha fúria, que obrigou a mulher que se sentava ao lado a fugir para lugar menos perigoso.)

Então conheci bela garota dois anos mais velha do que eu, aguerrida militante que se dizia disposta a qualquer momento trocar a vida confortável de família de classe média alta do Recife pela possibilidade de lutar contra a ditadura nos rincões mais remotos da Amazônia, mais exatamente no sul do Pará, onde então ocorria a Guerrilha do Araguaia.
Essa bela garota caiu de encantos por mim. Mesmo ao saber, com certo choque, claro, que não tinha sexualidade exatamente ortodoxa, se dispôs a "cuidar" de mim.

Com a disponibilidade dos muito jovens, deixei que a tal garota "cuidasse" de mim. Foi o meu erro. Estudante de Psicologia, com especial interesse pelos experimentos de Skinner (mais exatamente do austríaco Burhus Frederic Skinner, que criou a Caixa de Skinner, na qual manipulava as vontades e os desejos de ratinhos brancos), essa garota tentou me transformar no ratinho branco dela.

Aparentemente aceitou a minha condição de homossexual, aparentemente. Com a notável capacidade de sermos idiotas quando somos muito jovens, me submeti ao jogo dela — e o jogo dela era o seguinte: 1) Cada aventura homossexual paralela que tivesse dever-lhe-ia ser contada com a maior brevidade possível; 2) Cada aventura homossexual paralela que tivesse e que lhe fosse contada seria punida com atitudes como indiferença, abandono, ódio, rancor etc.

Poderia eventualmente mentir, mas não mentia — contava-lhe tudo e mais um pouco —, e ela me punia invariavelmente com indiferença, abandono, ódio, rancor etc. Em compensação, a cada dez ou quinze dias que ficasse sem cair em tentação e lhe contasse essa "formidável conquista", como alcunhava essa minha temporária resistência a cair em tentação, enchia-me de afagos, beijos, abraços e, eventualmente, sessões de sexo oral, anal e vaginal.

Fui ratinho branco dessa comunista de merda por quase dois anos. Acho que cheguei mesmo a me viciar nela como me viciaria em beber vodca e em cheirar cocaína algum tempo depois. Mas, aos poucos, deixei de ser tão idiota e me tornei agente duplo: mentia sobre minha vida sexual, dizia-lhe que praticamente tinha deixado de ser homossexual.

Ao perceber o quão lhe excitava essa minha falsa, digamos, des-homossexualização, usei essa falsa informação com bastante frequência — e como essa sisuda revolucionária fazia bem sexo anal quando lhe dizia que seria capaz de me "curar" completamente do homossexualismo!

Mas um dia, voluptuosamente mergulhada nessa ideia de me "curar", exagerou na dose. Segredou-me então o sonho de consumo que então acalentava: o de me transformar totalmente, de me tornar "normal".

Disse-me então essa diabólica criatura: — Meu querido, você vai ter que, por bem ou por mal, deixar de ser homossexual. Você quer ser um revolucionário como o camarada Lenin, o camarada Stalin, o camarada Mao, o camarada Enver Hodja, não quer? Então trate de deixar de ser homossexual! Você já ouviu falar de algum revolucionário que fosse homossexual? Ser homossexual, vou lhe ser franca, é como não ter uma perna, por exemplo. O cara que não tem uma perna poderá ajudar a revolução de alguma forma, mas jamais poderá assumir algum cargo de comando, jamais poderá se tornar herói da classe operária, jamais! Você quer ser herói da classe operária, não quer?

Disse-lhe na bucha, e quase morreu de susto quando me ouviu tão exaltado a lhe dizer exatamente o seguinte: — Não quero ser herói da classe operária porra nenhuma. Và à puta que a pariu!

Sumi de cena. Tempos depois, encontrei amiga comum no carnaval de Olinda. Estávamos espetacularmente bêbados e tínhamos acabado de cheirar espetacular carreira de cocaína. Essa amiga comum me contou a seguinte pérola: — Sabe com quem Heloísa Cabussu lhe traía no tempo em que lhe namorava? Comigo, comigo!

Pano rápido!

Muito obrigado — está aberto o debate.

(A bem da verdade, e sempre no intuito de não esconder nada do leitor, devo afirmar: o senhor Antonio Martiniano falou muito mais, bem mais, do que o aqui transcrito. O mesmo se dera na palestra anterior. O senhor Graciliano de Assis, que transcreveu e editou as duas conferências, em raciocínio típico daquele-jornalista-que-persegue-uma-objetividade-nunca-alcançada, assim justificou os cortes: — *O A.M. fala demais, e isso poderia cansar o leitor!*)

(Risos nervosos pipocam aqui e ali pela plateia; a senhorita Anita Limonta, assumidamente irada com o que acabara de ouvir, levanta-se, arrastando junto toda a quinta fila, e brada sem olhar para trás: — *Esse homem é um escroque, uma farsa, um palhaço, um facínora, um impostor!*

Neste momento, não sei exatamente por quê, olhei para o senhor Lucien Chardon de Rubempré, e percebi que leve sorriso de satisfação aflorava-lhe no rosto barbudo. O senhor A.M. deixou que o grupo saísse; e tentava desfazer o clima pesado que aquela senhorita funesta deixara para trás.)

Se ninguém tiver mais nenhum adjetivo desonroso para colar ao meu nome, acho que podemos começar o debate!

(A plateia então ri relaxadamente, e as perguntas começam a surgir.)

Pergunta 1. O senhor nos parece infeliz com sua opção sexual. Verdade?

A.M.: Antes de qualquer coisa devo lhe dizer o seguinte, meu caro: essa história de opção sexual, como se a gente pudesse escolher o nosso comportamento sexual como escolhemos caquis maduros em feira livre, é colossal piada.

Você acha que alguém me perguntou por volta dos 8 anos, quando comecei a me perceber homossexual, se queria isso ou se queria aquilo? Ninguém me perguntou e, se tivessem me perguntado, provavelmente teria respondido sim ou não, e hoje pudesse lhe dizer que sou homossexual por opção.

Não é o caso. Estava escrito. Maktub. Ninguém podia mudar isso — nem Deus, a quem, como já lhes contei, tanto implorei para mudar o rumo da minha vida sexual.

Dito isso, posso afinal lhe responder qual a relação que poderia haver entre ser-homossexual e entre ser-infeliz. Falo sobre o meu caso pessoal, e, neste momento, talvez seja interessante vocês perceberem que, da mesma forma que nem todo heterossexual pensará da mesma maneira, nem todo homossexual pensará da mesma forma — uma coisa não tem absolutamente nada a ver com a outra.

Sou infeliz, não nego, não por ser ou deixar de ser homossexual. Sou infeliz por viver nesse mundo de merda cada vez mais abjeto em que vivemos. Nesse mundo de merda cada vez mais abjeto em que vivemos, meus caros, ser ou não homossexual é apenas detalhe.

Claro, há homens e mulheres que se matam por se descobrirem homossexuais. Não rio deles, mas jamais me mataria por isso. Seria como se me matasse por ser canhoto em terra de destro; ou por preferir a cor azul quando a maioria preferirá o amarelo.

Um rapaz parecidíssimo com o escritor e jornalista americano Truman Capote, sentado na última fila, interfere: — O *senhor está sendo extremamente individualista. O senhor não está pensando no sofrimento pelo qual muitas pessoas passam! Não seria mais correto o senhor se filiar, ou, até mesmo, liderar algum movimento homossexual?*

(O senhor A.M. mantém a calma, senta, tira afinal os fones do ouvido, o que significa que até então ouvia Brahms — ou Mozart? — ou Bach? — tocado no violino de Anne-Sophie Mutter, e diz, com ar de professor cheio de paciência antes de começar a primeira aula de alfabetização para heterogêneo grupo de pessoas dos cafundós da Floresta Amazônica.)

— Meu caro... Como é mesmo o seu nome?
— Pedro Paulo Fontoura do Amaral Gurgel.
— Já lhe disseram, Pedro Paulo Fontoura do Amaral Gurgel, o quanto você se parece com o escritor e jornalista americano Truman Capote?
— Já, e não gosto quando me dizem isso.
— Ok, desculpe. Meu caro Pedro Paulo Fontoura do Amaral Gurgel, homossexualismo não é seita. Não é ideologia. Não é absolutamente nada. Não é porra nenhuma. É apenas o jeito com que algumas pessoas usam o próprio corpo — e usar o próprio corpo, meu querido, é algo extremamente pessoal.

Até segunda ordem, podemos fazer com o nosso próprio corpo o que bem quisermos, o que bem entendermos. A diversidade sexual é infinita. Se for assim, por que não criarmos a sociedade dos homens que gostam de bater em mulher? Ou o grupo das mulheres que gostam que lhe mijem na cara na hora de foder? Ou a associação dos homens que gostam que as mulheres lhe enfiem o dedo no cu antes de gozar? Ou o grêmio das meninas-moças que só conseguem sentir prazer depois que alguém as chama de puta, ou de mainha, ou de santinha?

(A plateia, visivelmente constrangida, não emite um ui ou um ai sequer. O sósia de Truman Capote, visivelmente projetado nas hipotéticas associações que o senhor A.M. enumerava, parecia que se volatizaria a qualquer momento.)

— "Sou humano, e nada do que é humano me é estranho." Quem já não ouviu essa hoje batidíssima frase? Foi dita por certo Terêncio, filósofo grego que viveu há milhares de anos, e, parece, ainda não aprendemos. Aliás, é para isso, para reavivar essa compaixão que devemos ter por nossos infinitos modos de agir sexualmente, que existe a literatura com sua incrível capacidade de chutar e afagar cachorros-vivos — e os que vieram à minha palestra anterior sabem a que estou me referindo.

(Pausa. O senhor A.M. toma gole d'água, a plateia continua quase sem respirar, e esbraveja, como se possuído não pelo fantasma de Hamlet, mas pelo fantasma de Glauber Rocha.)

— Vocês já deverão ter ouvido falar no escritor americano Philip Roth. Se não ouviram falar, anotem o nome dele. É o maior escritor americano vivo. Um gênio da raça. Nascido em 1933, não exatamente jovem, escreve com a lepidez e a coragem pessoal de jovens atletas olímpicos. No romance *Animal agonizante*, escreve a história de professor de literatura de Nova York, de 62 anos, que se envolve, de maneira absolutamente shakespeariana, absoluta, total, com aluna de 24.

"Philip Roth tem tanta compaixão pelo personagem que criou — ou dele mesmo; o que seria a mais sábia das compaixões —, que, lá pelas tantas, nos apresenta seu herói trágico confrontado com a seguinte história contada pela amante — história que poderia ser falsa ou verdadeira, não interessa: um ex-namorado da então namorada de 24 anos sentia inusitado prazer de vê-la menstruando — e isso a fazia menstruar na frente desse namorado para que pudesse satisfazê-lo sexualmente."

"Pois bem, ao saber dessa história, o professor de 62 anos quer ir além do ex-namorado da atual namorada, quer superar o ex-namorado da atual namorada — e o supera: não apenas exige que a namorada de 24 anos menstrue na frente dele, como lhe bebe gulosamente o caudaloso mênstruo quando o caudaloso mênstruo se derrama pelas pernas da mulher amada."

(Pausa dramática. A plateia parece eletrizada pela narrativa de Philip Roth contada pelo senhor A.M. O homem que babava na gravata na primeira fila finalmente acordara e bebe cada palavra dita pelo palestrante. É então que, *touché*, a plateia ouve a seguinte provocação.)

— Seria o caso então de fundarmos a sociedade em defesa dos sessentões que bebem o mênstruo das jovens amantes?

"Próxima pergunta, por favor."

Pergunta 2. O que o senhor tem contra as mulheres? O senhor me parece, além de homossexual, misógino. A maneira como o senhor tratou aquela moça na palestra passada foi, para mim, algo absolutamente imperdoável, e me fez pensar: o senhor só ousa mandar à merda pessoas do sexo feminino.

(Pena que Anita Limonta já tivesse se retirado da plateia; o senhor A.M. procura manter a fleuma, mas percebe-se: os efeitos do Rivotril começam a passar — revela certa tensão exasperada que me preocupa.)

— Não seja por isso, meu caro. Se o senhor fizer absoluta questão, posso mandar o senhor à merda agora, já, imediatamente. E até prova em contrário o senhor se encaixa totalmente na categoria homem.

(A plateia gela; o homem que fez a pergunta quase reage, faz cara de espanto, mas prefere fingir que o senhor A.M. não está falando com ele.)

— Temos o maldito hábito de dividir os seres humanos em grupos, em classificar-nos, e, para cada uma dessas classificações, devemos nos comportar dessa ou daquela forma. Como se isso fosse possível. Dividimo-nos em homens & mulheres; homossexuais & não-homossexuais; negros & brancos; árabes & judeus; bin ladens & reencarnações-de-Buda; bons & maus; mocinhos & bandidos — enfim, nos pulverizamos em milhares de outras falsas rivalidades.

"Na verdade essas são divisões tolas, idiotas, vazias, que nos fazem crer, e precisamos desesperadamente crer nisso, que há seres humanos melhores ou piores que outros. Lamento informar-lhes, mas devo lhes dizer, se é que ainda não sabem: somos todos feitos do mesmo barro — ou, se preferirem, da mesma merda."

"Em decorrência dessa forçada compartimentação dos seres humanos queremos crer nos seguintes postulados: 1) mulheres são mais dignas que os homens; 2) homossexuais merecem mais atenção que não homossexuais; 3) negros devem ser mais paparicados que brancos; 4) árabes sempre querem foder com judeus, e vice-versa; 5) bins ladens são demônios, e reencarnações-de-buda, anjos que acabaram de cair do céu."

"Somos todos mais binários do que gostaríamos que fôssemos. Desculpe se volto à grande literatura outra vez, mas quem, se não magistrais escritores, seria capaz de criar Iagos ou Dons Quixotes com a grandeza e a generosidade com que personagens assim, tão arrebatadoramente humanas, merecem?"

"À primeira vista, encarando-o sob um ponto de vista absolutamente jornalístico, Iago poderia ser resumido à depreciativa alcunha de escroque de marca. Dom Quixote, louco varrido que já devia ter sido retirado das ruas há muito tempo."

"Ninguém é tão simples assim. Somos grandes e pequenos; rudes e gentis; escroques e gentis-homens; pretos e brancos; homens e mulheres; árabes e judeus; bin ladens e reencarnações-de-Buda; homossexuais e não homossexuais."

(O senhor A.M. se deixa possuir completamente pelo pathos do herói messiânico, abre os braços e passa a falar com voz mais alta que a habitual.)

— Talvez precise deixar-lhes ainda mais claro o que penso a respeito dessa monstruosa balela com a qual nos acostumamos a viver desde que o mundo é mundo. Penso exatamente o seguinte, minhas senhoras e meus senhores: existem homens ordinários e homens extraordinários; existem mulheres extraordinárias e mulheres ordinárias; existem homossexuais extraordinários e homossexuais ordinários; existem não homossexuais ordinários e não homossexuais extraordinários; existem negros extraordinários e negros ordinários; existem brancos ordinários e existem brancos extraordinários; existem bin ladens ordinários e existem bin ladens extraordinários; existem reencarnações-de-Buda extraordinárias e existem reencarnações-de-Buda ordinárias. Ponto.

(Antes que a plateia possa, finalmente, respirar, o senhor A.M. crava-lhes no peito a pérola a seguir.)

— Então, minhas senhoras e meus senhores, por que não podemos mandar à merda uma mulher ordinária ou uma reencarnação-de-Buda ordinária que, como dizem os argentinos, nos "*rompam las pelotas*"?

"Próxima pergunta."

Pergunta 3. O senhor não estaria sendo ofensivo aos budistas ao dizer que pode haver reencarnações-de-Buda ordinárias?

(Voltando à calma anterior, o que leva a plateia a ter novamente alguma chance de respirar, pelo menos até que a plateia ouça o que o senhor A.M. falará a seguir.)

— Antes de responder à sua pergunta, quero abrir exceção àquela equação binária, única exceção, a bem da verdade, o que talvez possa consolar os budistas que eventualmente possam me odiar por ter dito que há imensas possibilidades de existir reencarnações-de-Buda ordinárias.

"A exceção que abro a essa equação binária que lhes propus anteriormente é a seguinte: os papas nunca são extraordinários; serão — estejamos em que época estivermos — sempre criaturas absolutamente ordinárias, pusilânimes, abjetas, vis, desprezíveis."

"Antes que o Vaticano me excomungue, devo lhes dizer: trata-se de opinião absolutamente pessoal e intransferível. Admito réplicas e não vou execrar o cabeça-de-pudim que acreditar, piamente, que o papa seja o representante de Deus aqui na Terra.

"Cada um acredita no que acha que deve crer, e esse deve ser um direito humano absolutamente axial."

(Uhs-uh e fius-fius espocam por todo o auditório; o senhor Lucien Chardon de Rubempré não esconde o entusiasmo e aplaude; e, surpresa das surpresas, a senhorita Anita Limonta volta: senta-se discretamente na última fila, isolada. O palestrante pede silêncio, é obedecido, o sermão liberticida do senhor A.M. pode então prosseguir em paz.)

— Voltando então à questão do budismo colocada por aquela belíssima moça.

"Acho o seguinte, minha cara: ou todas as religiões são formas de Deus se manifestar aos homens; ou nenhuma religião é forma de Deus se manifestar aos homens."

"Nesse ponto invejo meu querido gato e amigo Ravic, bem aqui ao lado escutando e vendo tudo com seus olhos e ouvidos de gato."

(O senhor A.M. levanta então a casinha-de-viagem onde me refestelava e me exibe como troféu de caça à plateia que, com caras imbecis de quem estivesse assistindo a algum desenho animado na tevê no meio da tarde, me aplaude de maneira entusiástica.

A morena sestrosa que me cobiçara no início da palestra voltou a uivar: — *Coisa mais fofa!*

Se pudesse falar responderia, atrevidamente, algo tipo coisa-mais-fofa-o-caralho, mas preferi continuar mergulhado na minha conveniente bonomia.

Volto ao meu ponto de observação; o senhor A.M. continua.)

O Ravic, ao contrário de mim, é devotado completa e exclusivamente a Alá & Maomé. Caiu-se de encantos pelo sagrado profeta do Islã, devo admitir, por descarado pragmatismo. Caiu-se de encantos pelo sagrado profeta do Islã quando li para ele trecho do magnífico romance *Meu nome é Vermelho*, do autor turco Orhan Pamuk.

"Nesse trecho o autor conta: Maomé preferiu cortar a manta de cetim que precisava usar a acordar o gato que sobre ela dormia."

(Gargalhadas na plateia. O senhor A.M. não estava totalmente insano ao revelar minha profissão de fé religiosa. De fato, depois de ter ouvido essa história, não nego, é a Maomé-Alá que oro, que rezo, que suplico sempre que preciso acalentar o meu desassossego em momentos de grande desespero. Mas, no geral, não rezo para porra nenhuma; sou estoico, porra!)

— Devo admitir, não nego que com certo cinismo, que, até para manter a minha saúde mental, tento crer: todas as religiões são formas legítimas de Deus se manifestar aos homens. Nessa minha saga ecumênica, jamais terei a competência de grande amiga minha, que acende vela para Deus e outra para o diabo com a tranquilidade e a convicção de monja beneditina.

(A amiga citada, como o leitor já pôde perceber, virou personagem deste livro, no capítulo "Os outros", com a alcunha de senhora Verônica de Nassau.)

— Mas, do meu jeito, com o meu jeito trôpego de ser e de existir, tento respeitar todas as religiões e nelas tento decifrar os enigmas e os mistérios da vida. Mas eventualmente sou obrigado a admitir: Deus nenhum parece me ouvir.

"No ano passado, depois de longas sessões de entrevistas com atriz-um-dia-famosa, a senhora Benedicta Flamboyant, para a realização de livro que acabou não sendo publicado, mas isso não vem ao caso, tornei-me, digamos, budista-de-ocasião.

"A estrela então absolutamente cadente, desesperada para encontrar alguma coisa que a tirasse do buraco, apegou-se ao budismo — e jurava que o budismo havia-lhe mudado a vida.

"Meus olhos brilharam quando a senhora Benedicta Flamboyant me disse que o budismo mudara-lhe a vida — afinal estava no topo do topo de crise profissional que me levava a pensar em suicídio no café da manhã, no almoço, no jantar e, principalmente, na hora de dormir.

"Deu-me revista sobre o assunto, falou-me longamente sobre o tema, revelou as transformações pelas quais havia passado desde que se aproximou dessa religião. Em outras palavras: proselitou abertamente e descaradamente para os poderes de Buda.

"Vulnerável como estava, e ainda estou, pedi-lhe algo que funcionasse mais depressa, que me tirasse mais rapidamente daquele inferno astral antes que resolvesse cortar os pulsos. Penalizada ao me ouvir chorar tantas pitangas, caiu em tentação e me receitou um mantra. Antes me alertou: — *Atenção! Quando começar a repetir o mantra, as coisas vão piorar ainda mais. Mas tenha paciência, repita com fé o maior número de vezes que puder, e você verá: a sua vida vai mudar.*

"Temi, claro, como a atriz-um-dia-famosa me garantia, que minha vida piorasse ainda mais. Piorar para onde? — perguntava-me. Então, sem saída, anotei o mantra mágico que a senhora Benedicta Flamboyant me passou e que achei que me tiraria do sufoco, e fui à luta.

"Passei os dias seguintes andando pelas ruas do Rio de Janeiro, onde então cumpria involuntário exílio, como se fosse mamulengo manipulado por titereiro bêbado. Não ouvia nada, não via nada, apenas repetia infinitas vezes *Nam-myoho-renguê-kyo. Nam-myoho-renguê-kyo. Nam-myoho-renguë-kio.*

"A primeira profecia feita pela atriz-um-dia-famosa — '*no começo tudo parece piorar*' — se materializou logo, logo, em série de trágicos acidentes de percurso que não é o caso de revelar aqui. Açodado pela ideia de que do fundo do poço onde me encontrava não poderia ir mais fundo ainda, enchi-me daquele otimismo dos desesperados, dos desesperados que precisam crer que o pior já passou e não que ainda está por vir.

"Resoluto, imerso em pensamentos positivos salvadores e na crença de que o mundo me pertenceria em questão de dias, levei uma semana dando três voltas diárias na lagoa Rodrigo de Freitas (7,6 quilômetros de extensão), e repetia a cada passada: *Nam-myoho-renguê-kyo. Nam-myoho-renguê-kyo. Nam-myoho-renguê-kyo.* "Moral da história: levo todos os deuses a sério, mas não sou correspondido — nenhum Deus me leva a sério.
"Próxima pergunta."

(A plateia já demonstrava certo cansaço. Eu e o senhor A.M., também. Algumas pessoas escapavam. Uns porque precisavam pegar o último ônibus. Outros se afogavam em certa náusea sartriana que, ameaçadora, começava a se espalhar pelo auditório. Anita Limonta, a senhorita que provocara sensação na palestra anterior, agora parecia mergulhar em tédio profundo — roía as unhas, distraída e distante. Por mim a palestra teria sido encerrada naquela hora. O senhor Lucien Chardon de Rubempré — e novamente reforcei o meu ponto de vista de não gostar dele, puro instinto; mas, foda-se, gatos são puro instinto — não concordou comigo, e fez as duas perguntas que fecharam o debate.)

Pergunta 4. Por que o senhor ainda não se matou?

— A pergunta é boa, e a respondo com prazer. Alguém já me definiu como otimista enrustido e talvez, de fato, o seja. O mais provável, no entanto, é que seja extremamente covarde, temo a dor física de maneira extraordinária e acho que o suicídio, seja de que forma for, implica obrigatoriamente insuportável dor física.

"Tinha amigo que se dispunha a me oferecer curso de imersão sobre as formas indolores de se matar, mas, não sei por que, adiei a possibilidade desse curso macabro sine die. Esse mesmo amigo me repetia recorrentemente: vários sites da Internet divulgam material de idêntico teor. Cheio de boas intenções, esse meu amigo acrescentou: quando se matasse, o que acabou fazendo, preferiria que um amigo o ajudasse a fazê-lo — e não impessoal prospecto virtual. Talvez tivesse razão."

(O amigo citado, como o leitor atento novamente terá percebido, é um dos personagens mais marcantes do capítulo "Os outros": o senhor Tiago Montezuma.)

— O psiquiatra que me receita Lexapro e Rivotril, medicação que tomo há cerca de dois anos e meio, depois de toda uma vida sem acreditar em antidepressivos, costuma dizer, quando lhe digo que não sou suicida, e que nunca me suicidarei: "*Cuidado. Isso é tremenda balela. Qualquer um será capaz de se matar. Talvez você não tenha ainda se desesperado o suficiente para fazê-lo.*"

"Há algum tempo passei a me perguntar certo sofisma barato, mas lógico, e que eventualmente me traz algum consolo: por que se apressar e ir ao encontro da morte, quando se sabe que a morte, mais cedo ou mais tarde, mas inexoravelmente, virá?"

"Talvez tenha medo do inferno, para onde todas as religiões querem levar os suicidas. Acho que é só."

"Alguma outra pergunta?"

(O mesmo senhor Lucien Chardon de Rubempré volta a perguntar, e volto a desconfiar que aquele sujeito seria capaz de pisar no pescoço da mãe para fazer algum sucesso na vida.)

Pergunta final. Por que o senhor não escreve livro sobre essas coisas todas que o senhor viveu e vive? Talvez vire best seller, e o senhor possa sair dessa, como o senhor mesmo diz, merda?

— Talvez escreva, talvez escreva, senhor Lucien Chardon de Rubempré. Sinto-me honrado com sua presença aqui, na verdade nunca passou pela minha cabeça que o senhor se dignasse a assistir a alguma palestra minha. Não deixa de ser curioso, e relevante, que o senhor me faça perguntas diretas sobre os dois assuntos mais palpitantes para mim neste momento de minha vida: 1) escrever um livro; 2) matar-me.

(O senhor Lucien Chardon de Rubempré o interrompe, com certa dose de humor macabro: — *Espero que, por favor, o senhor não se confunda e se mate antes de escrever um livro.*)

— Não, não vou me confundir. Mas se me confundir, o bravo Ravic escreverá esse livro por mim, não é, Ravic?
"Obrigado, e boa noite."

(Aplausos.)

(Sem o senhor Graciliano de Assis para nos dar carona, o senhor Antonio Martiniano ligou para o 3321-3030, que dá trinta por cento de desconto nas corridas de táxi em Brasília, e fomos para casa.)

No caminho de casa, o senhor A.M. estava mais triste do que o normal. Diante de taxista efusivo que conversava pelos cotovelos, fechou-se em copas.

Ao chegarmos em casa, na SQS 304, o senhor A.M. me retirou da casinha-de-viagem e se trancou no banheiro.

Em seguida, estalou várias vezes a cartelinha de Rivotril, o que me fez crer: deve ter tomado quatro ou cinco comprimidos de uma vez.

É possível: talvez tenha tomado mais que isso. Afinal dormiu nas 24 horas seguintes, nas quais os telefones (o fixo e o celular) tocaram muitas vezes. Devia ser (e era) o senhor G.A. querendo saber como fora a palestra.

Fiquei de vigília enquanto esse sono do senhor A.M. durou. Eventualmente pulei da cama para satisfazer minhas necessidades fisiológicas, comer e beber água — principalmente, já que o meu-querido-amigo dormia, a água tomada diretamente da torneira da pia da cozinha, o que tanto amava fazer.

Nesse ínterim, o senhor G.A., embora tivesse a chave da casa, não apareceu: devia estar na cola de algum político redundantemente corrupto.

Quando acordou, o senhor A.M. ligou a tevê em canal de desenho animado e ficamos vendo Tom & Jerry durante muito tempo — eu e o senhor A.M. adorávamos Tom & Jerry.

Depois tentou voltar a dormir, mas não conseguiu. Talvez tentasse adivinhar o que lhe aconteceria nos dias e meses seguintes. Lá pelas tantas, abraçou-me, e perguntou: — *O que vai ser de nós, meu querido Ravic?*

(Ainda bem, o senhor A.M. não adivinhou o que nos aconteceria nos dias e meses seguintes. Afinal de contas, adivinhar o que nos aconteceria nos dias e meses seguintes talvez o fizesse tomar todas as caixas de comprimidos que estavam guardadas na gaveta do criado-mudo.)

A seguir o que nos aconteceu nos dias e meses seguintes:

1) A senhora Violeta Requião, amiga do senhor A.M., doutora em Comunicação e Semiótica e professora de Estética da Comunicação no Curso de Comunicação e Jornalismo da Universidade Progressista do Distrito Federal (UPDF), ligou dois dias depois da segunda palestra. Travaram o seguinte diálogo:

V.R. — *Caralho! Ligo pra você há dois dias e você não atende! Onde porra você se meteu?*

A.M.: — *Acho que o telefone aqui de casa está com problema, e estou sem dinheiro para mandar consertar. Fala logo, pelo seu tom de voz alguma merda deve ter acontecido.*

V.R.: — *Ocorreu mesmo. Fui chamada pela direção da Universidade Progressista do Distrito Federal e ameaçada de suspensão. Disseram que eu havia levado um "maluco" para fazer palestra na instituição, e que esse "maluco" havia agredido, de "maneira torpe", a filha de certo ministro de não me lembro mais agora o quê, enfim de certo-ministro-da-puta-que-o-pariu!*

A.M.: — *Esse maluco era eu?*

V.R.: — *Era sim, porra!*

2) Jornal de circulação nacional publicou editorial iluminista, no qual protestava contra a "pusilanimidade" que "uma das maiores universidades do país" demonstrara ao promover série de palestras com um "louco, sacrílego e nefando intelectual de segunda linha".

3) A imobiliária nos ligou ameaçando de despejo. Voz feminina melíflua dizia, caprichando no gerúndio: — *Se o senhor não sair por bem, sairá por mal. Se o senhor não estiver saindo do imóvel em uma semana, seremos obrigados a despejá-lo por vias judiciais!*

4) Antes que nos despejassem, nos mudamos para a casa da senhora Verônica de Nassau, amiga do senhor A.M., onde poderíamos nos hospedar por um mês. Os móveis do senhor A.M., inclusive o amado sofá vermelho, tiveram que ser levados para guarda-móveis que custava a bagatela de 300 dinheiros mensais, pagos, evidentemente, pela irmã querida do senhor A.M, a senhora Vitória Tupinambá.

5) Depois dos sérios problemas de saúde que sofrera nos últimos tempos (secreção purulenta do ouvido; sangramento anal; vômitos; e dores de cabeça que me faziam uivar como os lobos famintos uivam), a doutora Edeltrudes Jatobá disse ao senhor A.M., à sorrelfa, tentando me poupar: — *Lamento informar-lhe, mas, como sabe, o Ravic tem câncer e não tenho a menor ideia de quanto tempo mais viverá; se dois meses ou se dois anos!*

6) Mudamo-nos, às pressas, depois de curta temporada na casa da senhora Verônica de Nassau, para o Rio de Janeiro. Passamos a morar na casa dos queridos senhor Godofredo Tupinambá e senhora Vitória Tupinambá, onde, em varanda cinematográfica da Ilha do Governador, ficamos por vários meses a, literalmente, ver navios.

Para não tomar mais do seu tempo, meu caro leitor, sejamos objetivos, e resumamos — e o resumo é o seguinte: quebramos ainda mais a cara depois daquelas duas palestras liberticidas proferidas na Universidade Progressista do Distrito Federal (UPDF).

4. lugares, refúgios

4 a. ilha

Se não bastasse a espetacular paisagem, a mais espetacular paisagem que pude ver nos meus quatro anos e meio de vida, a Ilha do Governador me trouxe a senhorita Beatriz Tupinambá, a mais espetacular criaturinha que pude conhecer nos meus quatros anos e meio de vida. Donde o leitor poderá deduzir, sem errar, a importância que esse belíssimo — mas algo desprezado e vilipendiado pela predatória ação humana — lugar do Rio de Janeiro ocupa na minha geografia afetiva.

Cada um tem a Elba que merece, a minha foi a Ilha do Governador, onde me exilei durante oito meses e meio. Enquanto isso, o senhor A.M. batia perna por Recife, Brasília, São Paulo e Rio de Janeiro, tentando desesperadamente, e sempre em vão, voltar a ocupar lugar no espaço.

Em gigantesca varanda com vista para a baía de Guanabara, com direito a pontes rio-niteróis, cristos redentores e pães de açúcares, fiquei, literalmente, meses a ver navios: e eles eram grandes e pequenos, dos mais variados calibres e cores, e eu dormia e acordava em almofada sobre velha e querida cadeira de balanço contando navios e mais navios.

2005-2006: Era naquela varanda que a família Tupinambá assistia à queima de fogos de artifício em Copacabana. Havia aquele clima de alegria forçada que marca festejos de final de ano. Para mim a festa não parecia ser das mais felizes até aquele momento. A senhorita Beatriz Tupinambá já havia dormido, o que deixava tudo absolutamente mergulhado no mais inexorável tédio.

O senhor A.M. e a crise-retumbante-que-o-arrebatava-havia-tempos já tentavam dormir, embora mantivessem aberta a janela do quarto — por causa do calor e, também, por causa da esperança de que aquele pipocar de luzes que aconteceria a qualquer momento pudesse lhes trazer alguns bons augúrios.

De repente o céu explode colorido: todos correm para a varanda e olham em direção a Copacabana. Até mesmo o senhor A.M., que, da janela do quarto que dava para a varanda, espicha o pescoço na tentativa (vã) de que aquelas luzes lhe tirassem todas as máculas, infinitas máculas, que as mazelas da crise profissional e pessoal que vive lhe trouxeram.

Da minha pequenez abissal, da qual só posso ver, com muito esforço, os fogos de artifício que se refletem, em trôpegos e quase mortiços lusco-fuscos, nos corpos e nos rostos da família Tupinambá, tomo a seguinte resolução: estico-me na vertical o máximo que posso, seguro com firmeza um dos muitos gradis de ferro da varanda, e vejo cores e formas que nunca havia visto antes.

Não consegui ficar naquela posição mais do que um minuto, mas certamente foi um dos mais belos minutos da minha vida. O meu gesto, puramente espontâneo, mas, admito, encantador aos olhos humanos, provocou espanto entre todos.

O senhor Godofredo Tupinambá, o primeiro a me ver naquela postura que tentava imitá-los, balbuciou, emocionado, rosto de 75 anos que, naquele momento, parecia ter a mesma idade do rosto da senhorita Beatriz: — *Minha gente, olhem o Ravic imitando a gente direitinho e também querendo ver os fogos de artifício!!!*
Daquele momento em diante, a família Tupinambá teve que dividir os olhares entre o céu de Copacabana e minha contrita posição de contemplação dos céus iluminados de Copacabana. Até mesmo o senhor A.M. emergiu do torpor que mergulhara, e esboçou quase sorriso. Devo admitir: mesmo sem a companhia da senhorita Beatriz, aquele foi o mais belo réveillon de minha vida.

Cheguei à Ilha do Governador num início de novembro — ou seria outubro? Era mais uma mudança de rota do senhor A.M., esta, pelo menos para mim, mais dramática que todas as outras. Antes de embarcar, fui levado à doutora Edeltrudes Jatobá: injetou-me substância que me deixou inicialmente meio bêbado e, logo em seguida, absolutamente prostrado. Fora, percebi, a mesma droga que a doutora Edeltrudes Jatobá me dera quando me castrara logo no meu quinto ou sexto mês de vida; ou ainda quando tentaram tirar radiografia do meu cérebro e eu, absolutamente enfurecido, não permiti.

Mantive-me sonolento, mas ainda acordado, até pelo menos o momento em que alguém pôs a minha casinha-de-viagem dentro do que me parecia ser o ventre escuro de grande baleia branca, e que depois soube se chamar avião. Foi naquele gigantesco ancoradouro de baleias brancas, e que depois soube se chamar aeroporto, que o senhor A.M. se despediu de mim. Tirou-me da casinha-de-viagem, acariciou-me o cocuruto, disse algo parecido com a-gente-se-vê-no-Rio-de-Janeiro, me pôs de volta na casinha de viagem, e ordenou: — *Pronto, podem levá-lo!*

Entre o pânico e o pavor passei a meia hora seguinte, até desmaiar, e não perceber mais nada. Antes, imerso nesse inferno de pânico e pavor, vi: 1) pernas que corriam agitadas; 2) malas, muitas malas; 3) rostos desconhecidos; 4) pacotes variados; 5) casinha de viagem ocupada por cachorro malcheiroso; 6) objetos e coisas que nunca saberia exatamente o que seriam — como saber o que eram se nunca havia visto aqueles objetos e coisas antes?

Também os cheiros eram os mais despropositados e os mais estranhos possíveis, quase todos absolutamente desconhecidos. Só voltaria a senti-los quando voltasse do Rio de Janeiro para Brasília oito meses e meio depois e quando novamente me enfiariam no ventre escuro daquela enorme baleia branca chamada avião.

Só voltei a ver, de fato, algo, ou alguma coisa, horas depois, quando, já no colo do senhor A.M. e mergulhado naquela varanda colossal à qual me apegaria como náufrago se apega a ilha deserta, eu ouvi: — *Ravic, estamos no Rio de Janeiro, e aqui ficaremos por não sei bem quanto tempo.*

Não cheguei a conhecer o Rio de Janeiro, digamos, propriamente dito — só pude avistá-lo a distância de cartão-postal na qual pontes-rio-niteróis, cristos redentores e pães de açúcares me arrancavam a tristeza, quando, por motivo ou outro, e sempre haveria motivos, certa vontade de chorar, fosse por saudades do senhor A.M. e da senhorita Beatriz Tupinambá, que nem sempre podiam estar por perto, me arrebatava.

(Mas devo ser justo com todos os familiares do senhor A.M. — principalmente o senhor Godofredo Tupinambá e a senhora Vitória Tupinambá — que sempre foram de notável delicadeza comigo.)

Mantive-me, e fui feliz, o feliz-possível, na comodidade daquele confortável apartamento: fosse flanando por aquela varanda colossal; conversando divertidamente com o Marquês-de-Carabás, o papagaio; dormindo profundamente sobre a geladeira da cozinha; ronronando no sofá cor de abóbora da sala; tentando escapar das gororobas ordinárias que o senhor G.T., o querido senhor G.T., tentava, escondido da senhora V.T., me enfiar goela baixo; admirando, platonicamente, a beleza espetacular da senhorita Beatriz Tupinambá.

Com as muitas viagens do senhor A.M., acostumei-me a colocar-me, contrito, triste e impotente, num canto do quarto ao perceber que arrumava as malas. Aquilo significava, sem nenhuma margem de erro: em seguida, inevitavelmente, o senhor A.M. sumiria de cena e só reapareceria algum tempo depois — e eu sempre me perguntava, perplexo e sorumbático: — *Será que ele reaparecerá?* — mas ele, embora eventualmente demorasse, sempre reaparecia.

Nesses momentos, invadia-me tristeza assombrosa e apossava-se de mim terrível sensação de abandono que ia das pontas dos bastos bigodes até à parte mais meridional do meu rabo. Quase me acostumei às minhas mudanças de casa e, até mesmo, de cidade, mas jamais me acostumei às constantes viagens do senhor A.M.

Com o tempo, o senhor A.M. percebeu: deixava-me com o coração partido ao arrumar as malas na minha frente. Resolveu então se preparar para suas viagens de maneira discreta, às escondidas, em (vã) tentativa de fazer com que eu não percebesse que sumiria de cena por alguns dias. Mas não adiantava: sempre percebia, e, ai de mim, sempre sofria.

Foi apenas na Ilha do Governador que o senhor A.M., depois, imagino, de algum tempo de treino, conseguiu me ludibriar. Enfim, preparou viagem sem que, de fato, eu tivesse percebido que faria.

Em tranquila tarde de novembro — ou seria de outubro? —, flanei por alguns minutos pela casa vazia (o casal Tupinambá tinha ido de barca até o centro do Rio de Janeiro); contei dez ou onze navios na baía de Guanabara; certifiquei-me de que o senhor A.M. estava em casa (deitado na cama, lia jornais; àquela época ainda lia jornais); e, finalmente, aboletei-me no teto do meu grande mundo: o alto da geladeira da cozinha da senhora V.T. Questão de segundos, adormeci em sono profundo, tranquilo e reparador.

Acordei, sobressaltado, algum tempo depois. Fiquei mais sobressaltado ainda ao perceber: o senhor A.M. não estava em casa. Mas meu coração disparou mesmo foi quando, ao enfiar a cabeça embaixo da cama onde o senhor A.M. dormia, notei, petrificado: a sacola marrom que sempre usava em viagens não estava lá.

Afundei-me então em caraminholas barrocas típicas do senhor A.M. (ecos de nossa estreita convivência?) e passei a procurá-lo nos lugares mais improváveis: dentro do cesto de roupa suja; atrás do sofá; embaixo da pia da cozinha — e nada, nem rastro dele.

Enfim, algum tempo depois pude concluir, com absoluta convicção: o meu-querido-amigo escafedera-se. Nunca me senti, nem nunca me sentiria tão abandonado e tão perdido no mundo quanto naquele momento — nem mesmo no momento da minha morte.

(Nem alguns inacreditáveis personagens que circulavam pela Ilha do Governador, e cujas vozes acalentadoras podíamos ouvir de longe, conseguiram me acalmar naquela tarde — entre eles, o vendedor que gritava, com toda a força dos pulmões, "*alhoooooo*"; o homem do pão, que anunciava o produto apertando com força a buzina circense da bicicleta; ou ainda o sujeito que, a bordo de Kombi caindo ao pedaços, dizia em cadência arrastada e malemolente: — *A gente compra ferro velho, panela velha, geladeira velha, fogão velho, janela velha, tudo velho!*)

A bordo desse profundo desolamento, que nem esses personagens queridos conseguiram me tirar, tomei temerária decisão: ir atrás do senhor A.M., estivesse onde o senhor A.M. estivesse.

Habitávamos temporariamente apartamento localizado no terceiro andar — e todas as portas estavam trancadas. Então como escapar? Como ir atrás do senhor A.M. estivesse onde estivesse? Então percebi: basculante da janela da cozinha estava apenas encostado.

Num átimo, pulei sobre a pia, empurrei o vidro, e pude ver nesga da baía de Guanabara, e ver essa nesga da baía de Guanabara me fez relaxar um pouquinho, e crer: questão de tempo, talvez de minutos, o senhor A.M. me teria nos braços outra vez.

Imerso nesse desejo de ter o meu-querido-amigo de volta pulei para o basculante (aberto) do corredor do prédio. A ideia era descer as escadas, ganhar a rua e seguir em frente. Não sabia exatamente para onde. Mas aquilo não importava agora — o que importava era ir atrás do senhor A.M. estivesse onde estivesse. Pulei. Mas pulei errado, e não consegui alcançar o basculante (aberto) do corredor do prédio.

Resultado: caí de altura de três andares, e sobrevivi. Não morri menos por ter sete vidas e mais por ter caído sobre jardim florido de bromélias, gérberas, margaridas e crisântemos que amorteceram minha queda. Mas feri-me: parti o supercílio, provavelmente quando não alcancei o basculante (aberto) do corredor do prédio, mas, pelo visto, o meu supercílio alcançou.

Ferido (mancha de sangue inundou-me o olho direito) mas não derrotado, reajeitei-me, respirei fundo, atravessei longo corredor, cheguei ao hall do prédio e, finalmente, à rua. Liberdade conquistada, qual caminho seguir?

Alguém respondeu, talvez Alá?: (*"Em dúvida, sempre caminhe em direção ao mar."*)

Obedeci.

Atravessei a rua. Ao fazê-lo, escapei por pouco de ser atropelado por enorme caminhão que cheirava a óleo queimado e de ser assassinado por grupo de garotos que gritavam, ávidos de sangue, olha o gato, vamos atirar o pau no gato, vamos matar o gato. Finalmente, mar por testemunha, respirei fundo, pensei em rever meus planos, e voltar para casa, e esperar o senhor A.M. sobre a minha cama macia em cima da geladeira da cozinha da senhora V.T.

Foi quando das profundezas do mar, ouvi, juro que ouvi (Alá?): — *E se ele não voltar, e se ele não voltar, Ravic?*

Não foi preciso o mar-Alá perguntar outra vez. Segui em frente, sempre serpenteando a costa serpenteada da ilha, sempre perto do mar. Fui.

Era boca da noite — e a boca da noite da ilha sorria cheia de estrelas, de azuis avermelhados e de paisagens esplendorosas — mas a boca da noite da ilha tinha hálito aterrador: cheiro de peixe podre, de ovo podre, de metano podre, de tudo podre — e aquela inhaca espúria me fulminou as narinas e quase me fez desmaiar — mas aquele crepúsculo dos deuses me arrebatou os olhos e me reanimou — e, imerso nesses dois sentimentos contraditórios, o que me aniquilava e o que me impulsionava, continuei a flanar.

Logo a seguir vi carniças diversas em decomposição sendo disputadas por garças em fúria. A cena, algo desconexa, seres tão elegantes e aristocráticos enfiando enormes bicos em restos de peixe podre trazidos pela maré, me fez parar um pouco, respirar, sentar, e apreciar aquele macabro banquete. Foi quando um dos nacos daquele quindim, a cabeça podre de um peixe podre, quase me atingiu: na disputa por aquele malcheiroso jantar, garça mais desajeitada lançou-o longe, em minha direção.

O cheiro daquela cabeça podre de peixe podre era tão nauseante que, num impulso, recuei. A tempo de não ter sobrado bicadas para mim quando as garças famélicas fizeram voo rasante sobre a carniça e uma delas conseguiu, vitória, vitória, vitória, carregar no bico aquele naco de carne podre como se fosse cobiçado troféu. E era.

No resto do caminho pude ver e, principalmente, cheirar — nós, gatos, cheiramos mais do que enxergamos — imundície tão próspera e tão fétida que, em nítido contraste com a espetacular paisagem que se descortinava ao fundo, me fez imaginar: tudo aquilo poderia ser incompetente cenário de teatro no qual cenógrafo desajeitado resolveu apostar todas as fichas em cores e motivos absolutamente díspares, e divisionistas, apenas para chamar a atenção do público e, quiçá, da crítica.

(Esse cenógrafo desajeitado provavelmente acreditaria, de maneira absolutamente infantil, naquela estratégia artística adotada por muitos do falem-mal-mas-falem-de-mim.)

Era mais ou menos assim o quadro que via naquele fim de tarde/início de noite, naquele pedaço da costa da Ilha do Governador: ao fundo, mar e céu inacreditáveis, profundos, viscerais, fundidos a pequenas ilhas e verdejantes matagais que quase me cegavam, tal a beleza da cena.

Mais perto, bem ao lado, em mar absolutamente sombrio de tão imundo, rústicas embarcações detonadas pelo salitre, pelo tempo e pela mais absoluta miséria disputavam espaço com: a) garrafas plásticas vazias; b) cloacas não-identificadas diversas; c) pássaros mortos; d) sutiãs, peças íntimas diversas e camisinhas apodrecidas; e) imagens de santos sem cabeças, pernas ou pés, jogadas por místicos em rituais, mas tragicamente atropeladas por marés em fúria; f) congêneres do mesmo matiz.

A minha cabeça de felino, mas não de pudim, não entendia exatamente o que fazia os seres humanos agirem de maneira tão assumidamente assassina. Profanar aquele mar e aquele céu profundamente arrebatadores, obras de gênio insofismável, com aquelas cloacas imundas me parecia absolutamente incompreensível — e me é absolutamente incompreensível —, e acho que jamais poderá me ser absolutamente compreensível algum dia.

Com essa sensação de profunda tristeza caminhei mais e mais — quase esquecendo o que me motivara inicialmente a mergulhar naquela louca aventura: ir atrás do senhor A.M. estivesse onde o senhor A.M. estivesse.

Pensei em voltar. Tudo me fazia crer: fizera mal em fugir da proteção uterina da casa da família Tupinambá — caótica como quase todas as famílias, mas acolhedora como quase todas as famílias. Mas resolvi andar mais um pouco, quem sabe não encontraria o senhor A.M. naquela prainha logo depois daquela curva?

Naquela prainha logo depois daquela curva encontrei dois meninos que se aproximavam de objeto algo esférico (talvez coco devolvido pelo mar?) e, à guisa de bola, começaram a praticar simulacro algo patético de partida de futebol. Parei para ver.

Pouquíssimo depois da partida iniciada, um dos garotos chutou com força aquele objeto algo esférico em direção ao amigo que, funcionando como goleiro improvisado, pegou-o virilmente com a mão e o puxou de encontro ao peito. Ao fazê-lo, soltou grito de pavor, largou-o como se livrasse de brasa ardente, e exclamou, naquele linguajar típico dos (muito) adolescentes: — *Carai, véi, carái véi. Isso é uma cabeça, véi, isso é uma caveira, véi!*

Objeto algo esférico jogado ao solo, os dois meninos o cercaram e o analisaram como se analisassem pepita de ouro. Quando tiveram certeza absoluta de que aquilo não era de fato bola de futebol — como pretendiam que fosse — saíram correndo, esbaforidos e apavorados, como se tivessem acabado de ver o diabo — ou, pelo menos, a cabeça do diabo.

Ao fugirem, um deles esbravejou: — *Que merda, cara, aquilo era a cabeça de alguém, cara. A gente quis jogar futebol com a cabeça de alguém, porra!*

Meninos sumidos na próxima curva; prainha absolutamente deserta àquela altura do crepúsculo; senti irresistível vontade de chegar mais perto daquele crânio humano que, completamente abandonado, soçobraria naquele pedaço de areia suja até que a maré o levasse novamente para alguma outra prainha e fosse novamente confundido com coco seco que pudesse ser usado à guisa de bola de futebol.

Foi quando enorme compaixão se apoderou de mim. Uma irresistível vontade de chegar mais perto daquele crânio humano se transformou em movimento, e eu, pata ante pata, fui até o lugar onde aquele crânio humano temporariamente jazia.

Era crânio como todos os outros: macabra cabaça marrom na qual explodem buracos vazados à altura dos olhos e do nariz e na qual dentes cerrados se mostram no lugar em que um dia existira o que chamamos boca.

Naquele crânio em particular, podiam-se ver alguns minúsculos fiapos de cor indefinida do que um dia foram provavelmente cabelos; pequena mancha azulada à altura da fronte talvez provocada pelo contato com algum ser parasitário do fundo do mar; e indisfarçável buraco na altura da têmpora direita — provavelmente provocado por bala.

O cheiro, talvez abafado por dias mergulhado nas profundezas do mar, não era tão fétido assim. Parecia bem menos acre do que os outros cheiros fétidos aspirados desde a casa da família Tupinambá.

Na verdade, o cheiro era pouco melhor — quase familiar. Perguntei-me: — *Onde havia encontrado cheiro similar, Ravic?* Volteei o crânio duas ou três vezes, cheirando-o a certa distância, em tentativa de decifrar onde já havia sentido aquele cheiro antes. Não consegui identificar nenhuma lembrança, e resolvi apenas me deixar ficar, respeitosamente, ao lado daquele receptáculo onde um dia algum cérebro humano, para o bem ou para o mal, vicejou.

Foi então que a lembrança do senhor A.M. me arrebatou inteiramente: — *Onde estaria ele agora?*

Senti-me terrivelmente só — e essa minha solidão só era estranhamente minimizada por aquele crânio humano que jazia ao meu lado. Por um momento desejei que aquele crânio humano falasse comigo, contasse sua história — que cérebro teria ocupado aquele receptáculo agora inócuo que jazia ao meu lado?

Voltei novamente a me lembrar do senhor A.M. e, mais exatamente, de certa cena de *Hamlet* que ele adora com especial afeição — em madrugadas insones, sempre a lê para mim: a cena I do Ato V, passada no cemitério de Elsinor, na qual dois coveiros, Hamlet, e Horácio conversam.

O trecho dessa cena que mais me marca é dito por Hamlet a Horácio, e esse trecho surge como luva nesse exato momento em que gato chamado Ravic e crânio humano se encontram numa prainha deserta da Ilha do Governador, no Rio de Janeiro: *"Esse crânio já teve língua um dia, e podia cantar. E alguém o atira aí pelo chão como se fosse a queixada de Caim, o que cometeu o primeiro assassinato. Pode ser a cachola de um politiqueiro... Ou até o crânio de alguém que acreditou ser mais que Deus."*

A vontade de ir atrás do senhor A.M., apesar de continuar latente, deixa de ser obsessão — e naquele momento o que sinto é enorme vontade de ficar, por tempo indeterminado, ao lado daquele crânio humano onde um dia vicejou o cérebro de alguém que nunca saberei quem foi, em que circunstâncias viveu, as pessoas que amou ou odiou, os gestos sublimes e abjetos que cometeu, nada, absolutamente nada.

Passa-se algum tempo, provavelmente horas — a relação que mantemos com o tempo é diferente da relação dos homens, para nós o tempo parece se arrastar mais lentamente. Durante esse tempo, provavelmente horas, a cena é a seguinte: lua cheia, prainha deserta, a poucos metros do mar eu, o gato Ravic, faço companhia a crânio humano.

Sentado em frente ao crânio, mantenho postura respeitosa, quase como se o cultuasse — e, de fato, o cultuo. Embora não tivesse identificado onde havia sentido aquele cheiro antes, sei: já senti aquele cheiro antes, e aquele cheiro me remetia a boas lembranças, a boas memórias. Mas, merda, por mais que me esforçasse, não consegui lembrar onde já sentira aquele cheiro antes.

Quando finalmente a maré, depois de muito ir e vir — e depois de eu torcer muito para que a maré demorasse para levá-lo —, o carrega novamente para as profundezas do mar, sinto enorme vontade de chorar — e choro — enquanto o crânio humano flutua sobre as brumas imundas que cercam aquela prainha imunda da Ilha do Governador.

Quando aquele crânio humano finalmente vira ponto cego perdido nas ondas a ponto de não mais conseguir visualizá-lo, penso em voltar para casa — e volto. No caminho, penso no senhor A.M. — e penso também, morbidamente, na eventualidade de algum dia gato como eu encontrar o crânio do senhor A.M. numa prainha imunda de sei lá onde — talvez da Austrália, talvez da Costa do Marfim, talvez da puta que o pariu.

Ao pensar assim, acho que fiz bem em ter feito companhia àquele crânio humano perdido numa praia brasileira — quem sabe aquele crânio humano um dia tivesse amado um gato como o senhor A.M. me ama agora?

Já amanhece quando reconheço o prédio onde a família do senhor A.M. mora. Sento-me no jardim, bem próximo à entrada principal. Estou cansado e, entre bromélias, gérberas, margaridas e crisântemos, adormeço.

Algum tempo depois mão macia me levanta pela barriga, me abraça e me acarinha. Ao mesmo tempo, ouço a voz inesquecível de criança-velha do senhor Godofredo Tupinambá: — *Meu Deus do céu, Vitória, não é que o Ravic está aqui, meu Deus do céu, no jardim, dormindo como um anjo?*

Abro os olhos e vejo os olhos estupidamente azuis, marejados de lágrimas da senhora Vitória Tupinambá, que também me abraça, abarrotada de carinho.

Em seguida, ouço a senhora Vitória Tupinambá repetir, com contrita convicção: — *Deus seja louvado! Deus seja louvado!*

Só me resta acrescentar, e acrescento, e penso: — *Que Deus e Alá sejam louvados, senhora Vitória Tupinambá, que Deus e Alá sejam louvados, senhora Vitória Tupinambá!*

O senhor A.M. voltaria para casa à noite. Passei o dia imerso em profunda tristeza. Marquês-de-Carabás, o papagaio falastrão do senhor G.T., tentou me consolar falando obscenidades e dizendo frases de efeito. Gostei particularmente dessa: — *Corujas são gatos gulosos que comeram passarinhos demais.*

4 b. brasília

Era daquelas gloriosas manhãs de dezembro em Brasília, provas cabais da existência de (um) Deus — seja qual Deus for. Tempestade bíblica acabara de se abater sobre a cidade. Tudo parecia imaculadamente limpo: céu sem plumas absolutamente azul, árvores esplendorosamente verdes, lago Paranoá brilhando como espelho recém-comprado.

Eu, os senhores Antonio Martiniano e Graciliano de Assis, e os queridos vizinhos Edson e Mônica Grajaú-Leblon, nos resfetelávamos na grande sala do apartamento da SQN 416, após afundarmos, pantagruelicamente, em magnífico café da manhã. Habitávamos então aquela zona limite entre o deleite e o êxtase, que se segue a momentos de júbilo como o que tínhamos acabado de viver.

(O senhor A.M. ainda acreditava ser o rei dos animais; a crise profissional e pessoal que começaria a abatê-lo — alguns meses depois — ainda era remotíssima, e improvável, batucada.)

Foi nesse clima de inebriante prazer que quase não cremos quando olhamos para a ampla janela com vista para o lago Paranoá e vimos: estavam lá dois vetustos e magníficos tucanos recém-aterrissados a nos contemplar — e nos contemplavam com aqueles olhares rigorosos de bedéis de orfanatos religiosos de tons medievais.

À primeira vista nos pareceu animador termos aqueles belos pássaros como, digamos, sobremesa visual daquele nababesco café da manhã. Só começamos a nos assustar quando aquele casal de tucanos começou a agir. Investiu sobre nós em voos rasantes, o que nos obrigou a procurar abrigo sob as cadeiras. Enquanto isso, os dois pássaros enfurecidos dividiam ações de ataque.

O tucano 1, o comandante em chefe, bicava o braço esquerdo do sofá vermelho, do meu querido sofá vermelho, e o estripava, como se estripasse o ventre de algum inimigo mortal. O tucano 2, especialista em lançamentos de bombas de efeito moral, ejetava excrementos com velocidade demolidora absolutamente notável.

Em questão de segundos, o tucano 2 coalhou o sofá vermelho, que até um minuto antes eu ocupava, de fétidas manchas cor de cobre. O bombardeio de excrementos prosseguiu sobre a coleção de oratórios que o senhor A.M. juntara em muitos anos de viagens pelo interior de Minas Gerais e Goiás, e por Portugal.

No minuto seguinte, o cenário já era desolador: São Judas Tadeu tentava manter a dignidade possível mesmo tendo metade do rosto coberto por dejetos. O cavalo de São Jorge só tinha parte da anca livre da sujeira bombardeada. São Benedito, Santo Expedito e São Lázaro, irreconhecíveis, jaziam sob escatológica torrente de merdas.

Aparentemente satisfeitos com a invasão, e com o efeito letárgico que o inesperado ataque provocou, os dois tucanos fizeram pouso conjunto, de notável efeito cenográfico, na ampla janela com vista para o lago Paranoá. Lá, de novo empoleirados, nos fulminaram com tamanho olhar de ódio, que parecia impossível não lermos o que queriam deixar absolutamente claro — e o que queriam nos deixar absolutamente claro era o seguinte: — Isso é apenas o começo. Voltaremos logo, logo para acabar o nosso serviço.

(Em seguida os tucanos voaram, em disparada, rumo ao lago Paranoá.)

Apalermados, fomos aos poucos nos recuperando daquele inusitado ataque. O senhor G.A., absolutamente perplexo, perguntava: — Vocês viram o que acabei de ver? Não se trataria de pesadelo ou efeito de alguma droga alucinógena que um de vocês colocou de brincadeira no chá que acabamos de tomar?

Não, não era pesadelo. De fato, naquela manhã gloriosa de dezembro de Brasília dois tucanos investiram contra os habitantes daquela sala daquele apartamento da SQN 416. A maior evidência da invasão continuava lá, escancarada, diante de nós: o braço esquerdo do sofá vermelho jazia com as vísceras expostas; os oratórios do senhor A.M. afundavam-se em mar de excrementos.

Foi quando o senhor A.M., recuperando-se do susto, tomou a palavra e solenemente falou: — Sabe o que acho disso que nos aconteceu?

Voltamo-nos para o senhor A.M. como se nos voltássemos para alguém que nos fosse fornecer a fórmula mágica do sentido da vida — e que, além disso, nos explicasse o inexplicável, ou seja, que diabos explicaria aquela cena quase surreal que acabávamos de presenciar.

O senhor A.M. prosseguiu: — Sabe o que acho? Esses dois tucanos habitavam este lugar há cerca de cinquenta anos, quando do tudo isso aqui era o mais absoluto e inextrincável cerrado. Devem ter emigrado para algum outro lugar do mundo, e agora *voltaram. E o que encontraram? Três homens, uma mulher e um gato habitando caixa com janelas onde antes moravam.* Risadas nervosas explodiram pela sala — minhas, inclusive. O senhor A.M. não se abateu, e continuou aquela digressão ecológica algo fantasiosa e algo rocambolesca: *— Há cinquenta anos, meus queridos, nada disso existia. Isso aqui era o mais inóspito dos ecossistemas, no qual cobras, pássaros, e mamíferos diversos coabitavam na mais absoluta das calmarias, no mais absoluto dos jardins do éden. E o que, de repente, o homem faz desse nada que era tudo? Destrói esse nada que era tudo e, despoticamente, constrói uma cidade. Talvez o ser humano nunca tenha cometido violência maior contra a natureza desde tempos imemoriais. Cidades se constroem lentamente, negociação sutil e consentida de parte a parte entre homem e natureza, entre natureza e homem; o homem recua aqui, a natureza avança ali, a natureza recua aqui, o homem avança ali. Não aqui. Brasília foi um estupro, foi ato de lesa-natureza absolutamente enlouquecido-e-desvairado. E um dia, meus queridos, a natureza vai cobrar essa conta, vai querer esse pedaço de natureza dilapidado de volta. Por muito menos, aliás, por motivos não exatamente esclarecidos, a pequena cidade fictícia de Bodega Bay, no filme* Os pássaros, *de Alfred Hitchcock, foi retomada pelos pássaros, que, armados com a fúria daqueles tucanos que há pouco estiveram aqui nesta sala, tomaram o lugar que um dia lhes pertenceu dos homens que o invadiram e o transformaram em cidade. Anotem o que digo: um dia, e esse dia talvez não demore tanto assim, pássaros, cobras e mamíferos diversos vão querer o lugar deles de volta. Aqueles dois tucanos são os primeiros a regressar.*

Como se massacrado por tantas informações novas e desencontradas que não quisesse processar nem naquela hora, nem nunca mais, o grupo se desfez rapidamente — como nos desfazemos de algum traste doméstico que nos incomoda. Os vizinhos queridos saíram rapidamente. O senhor G.A., alegando plantão dominical no jornal, também saiu meio às pressas, quase em fuga. Ficamos apenas eu e o senhor A.M. em casa, e o senhor A.M., antes de fazer pré-limpeza da sala bombardeada, a qual no dia seguinte a senhora Dolores dos Anjos concluiria com a competência que lhe era peculiar, colocou-me no colo e continuou a discursar: — *Meu querido Ravic, amo demais este lugar, amo demais Brasília, mas sinto: ocupo lugar que não é meu, que foi usurpado da natureza, e a natureza um dia o quererá de volta.*

Toda essa cena — que aconteceu, incréu leitor, exatamente dessa forma, sem tirar nem pôr — e toda essa digressão ecológica algo fantasiosa e rocambolesca do senhor A.M. me vieram à cabeça alguns anos depois, quando já morávamos na SQS 304 e quando a roda da fortuna já havia girado outra vez e o senhor A.M. mergulhava na mais colossal merda pessoal e profissional.

(Empoleirava-me sobre vão de janela que dava para área de serviço, em formidável mirante que me permitia visualizar todo o verdejar daquela região da Asa Sul de Brasília e salivar, só salivar, sou assumido consumidor de ração, diante das miríades de pássaros multicoloridos que explodiam por aquelas bandas.)

Naquela espetacular tarde de dezembro, outra vez dezembro — ou seria setembro? — se dependesse de mim seria sempre dezembro em Brasília, revoada de pássaros me tirou da letargia pós-almoço. Centenas deles faziam ousada coreografia em todas as janelas do apartamento, como se estivessem me seduzindo e me sussurrando: — *Vem Ravic, vem Ravic, vem Ravic!*

Eram tantos e tão variados que aquela digressão ecológica algo fantasiosa e algo rocambolesca do senhor A.M. me veio novamente à mente. Então me perguntei: — *Eram aquelas cen-*

tenas de pássaros que bailavam nas minhas janelas o começo da invasão de Brasília prevista pelo senhor A.M.?

Não havia como responder àquela pergunta: nas janelas, os passarinhos cada vez mais agitados e mais frenéticos batiam nos vidros, como se quisessem quebrá-los, e continuavam a repetir: — *Vem Ravic, vem Ravic, vem Ravic!*

Não havia como não ir.

Fui.

Parti em carreira tão frenética e acelerada que, no caminho, atropelei e derrubei no chão, espatifando-os, dois bules de louça inglesa que o senhor G.A. trouxera havia alguns anos da Inglaterra, e dera de presente ao senhor A.M. Mas nem olhei para trás, só olharia depois, o importante era enfrentar aqueles pássaros todos que me provocavam e que repetiam, lascivamente, vem-ravic-vem-ravic-vem-ravic.

Disparei em corrida tão veloz, tão insana e tão irracional que esqueci vidro que me separava daqueles pássaros que bailavam e que sibilavam vem-ravic-vem-ravic-vem-ravic. Resultado: protagonizei apatetado choque, fui quase nocauteado.

Provocado pelo forte impacto, fui projetado para trás, e caí no tapete de maneira torpe e patética. O acidente provocou colossais gargalhadas daquelas miríades de passarinhos que bailavam nas minhas janelas.

Os pássaros finalmente partiram (ainda não seria naquele exato momento que a previsão funesta do senhor A.M. se materializaria), mas antes os ouvi repetir em afinado e cruel coral — juro que ouvi, incréu leitor!: — *Babaca! Babaca! Babaca!*

Ao me recompor daquele desvario que me possuíra e, finalmente, olhar para trás, vi o estrago feito: os dois bules de louça inglesa que havia atropelado na minha sanha de alcançar os passarinhos se quebraram em mil pedaços. A constatação foi, portanto, inevitável: aquele não seria, como de fato não foi, o dia mais feliz da minha vida.

(O senhor A.M. era como a maioria dos pais que criam filhos e dos seres humanos que criam bichos de estimação: são capazes de tudo para mimá-los; são capazes de tudo para puni-los.)

Sabia o que me esperava quando cometia peraltices desse tipo: indefectíveis chineladas, que doíam pra caralho, na corcova, e que me humilhavam mais ainda — talvez me humilhassem mais do que, de fato, doessem. Agia como agem todos os gatos que praticam peraltices desse tipo: escondia-me embaixo de camas, de sofás, ou me enfiava em guarda-roupas e me deixava embriagar por aquele cheiro mórbido de naftalinas (não por acaso, esse é o cheiro que mais execro!).

Naquela tarde infame, talvez para me punir antes que o senhor A.M. o fizesse, enfiei-me em guarda-roupa do quarto onde ficava o computador que recendia a naftalina de forma absolutamente execrável. Lá me afundei em cobertores macios, fronhas amassadas, edredons mofados, e em paranóias escabrosas sobre as terríveis punições que o senhor A.M. me reservaria ao chegar — e como o senhor A.M. demorava a chegar — e aquela demora em chegar me martirizava ainda mais — e desejava ardentemente que chegasse logo e me punisse logo — e afinal pudesse me ver livre daquela danação.

Finalmente o senhor A.M. chegou — ouvi o abrir da porta, o fechar da porta — a checagem das mensagens da secretária eletrônica (nenhuma naquela tarde, aliás, nenhuma naquelas últimas tardes) —, o barulho das chaves jogadas sobre a mesa da sala e, finalmente, o berro fatal: — *Raviiiiiic! Raviiiiiic! Onde você se meteu seu filho da puta? Você quebrou os bules de louça inglesa que o senhor G.A. trouxe pra mim da Inglaterra, porra? Vou quebrar você todo, seu filho da puta! Apareça, porra! Cadê você, porra?*

Não poderia deixar de perceber, e de registrar: a eventual violência com que o senhor A.M. me tratava era diretamente proporcional à crise pessoal e profissional que o assolava. Pela quantidade aparentemente inesgotável de porras, merdas e caralhos que proferia, cheguei a duas conclusões, ambas lógicas e dedutivas: 1) O senhor A.M. se afundava em merda cada vez mais absoluta. 2) O castigo que estaria a mim reservado seria extremamente atroz.

(Aspirei então o execrável cheiro de naftalina que me cercava como se fosse o mais refinado dos néctares, e esperei ser finalmente descoberto.)

Fui descoberto logo em seguida (— *Então você está se drogando de naftalina, não é, seu gato de merda?*) e dali içado com a fúria de um titã. Içou-me como se içasse pedaço de corda velha e me jogou em direção à estante recheada de livros.

Percebi-me então, zonzo, absolutamente zonzo, entre duas notáveis obras de ficção (*A caixa preta*, de Amós Oz, e *Anna Kariênina*, de Leon Tolstoi). Para distrair o meu perseguidor, empurrei os livros no chão, o que atraiu ainda mais a ira do meu perseguidor, mas também permitiu que, num salto quase mortal, escapasse por entre as pernas do meu implacável perseguidor — suprema humilhação para um implacável perseguidor!

Fugi para baixo do sofá vermelho da sala. Respirei fundo, encolhi a barriga, comecei a contar de um a dez, a vinte, a mil, até onde desse, e esperei que o braço peludo do senhor A.M. se enfiasse por baixo do sofá vermelho e me puxasse. Na altura do número 22 o braço peludo do senhor A.M. se enfiou por baixo do sofá vermelho e me puxou como se puxasse pedaço de corda velha.

O castigo: dez chineladas sobre a corcova, disparadas com fúria tamanha que me fez crer que o dia do senhor A.M., tal e qual o meu, não tinha sido exatamente espetacular.

O sermão (e foi esse sermão, especialmente o finalzinho dele, que me arrasou quase mortalmente; a ponto de fugir de casa, como o caro leitor perceberá ainda neste capítulo): — *O senhor é um gato muito filho da puta, sabia? Enquanto passo o dia lambendo o cu de gente ordinária Brasília afora em tentativa desesperada de voltar a ter dinheiro para pagar as nossas contas e sua cara ração de gato rico e mimado, o senhor fica me quebrando coisas aqui em casa! Você sabe quanto custavam esses dois bules que o senhor acabou de quebrar, sabe? Sabe nada! O que um gato de merda como você pode saber da vida? Porra nenhuma! Mas, mesmo assim, quero que você saiba: na merda federal na qual estamos atolados a venda desses dois bules — e eu já tinha conversado com G.A. sobre a necessidade de vendê-los, nos permitiria viver mais dois meses neste apartamento imenso que você e eu adoramos. Você sabia disso?*

(Não, claro que não sabia, e saber que aqueles dois bules quebrados apressariam nossa saída daquele apartamento que tanto amávamos me fez sentir saudade do execrável cheiro de naftalina de minutos antes.)

— *Mas fique sabendo de uma coisa: vou ter de entregar esse apartamento que tanto amamos daqui a duas semanas, antes que me despejem — e se sair daqui não sei exatamente para onde ir —, talvez fique de favor na casa de alguém, pulando de um lugar para o outro — e lamento informar-lhe: nessa vida de cigano arruinado na qual certamente vou mergulhar a primeira coisa de que vou ter de me livrar é de você, é de você, seu gato ordinário, é de você, seu gato ordinário!*

(Ao dizer isso, talvez o senhor A.M. quisesse mais se machucar do que machucar a mim, o gato ordinário do qual queria se livrar. Mas aquela possibilidade de me enxotar daquele lugar e da companhia do ser humano que mais amava, e que mais amaria, em toda a minha curta vida, devastou-me.)

Tão devastado fiquei que permaneci no exato lugar em que fui deixado depois daquele sermão terrível que fui obrigado a ouvir: canto escuro e úmido que ficava sobre a lavanderia onde a senhora Dolores dos Anjos lavava roupas.

Naquele canto escuro e úmido que ficava sobre a lavanderia onde a senhora Dolores dos Anjos lavava roupas, decidi: escafeder-me-ia de cena imediatamente, mergulharia nas ruas velozes (e cheias de carros que adoravam atropelar gatos) de Brasília já no parágrafo que virá em seguida ao próximo parágrafo.

Não vi, nem quis mais ver, o senhor A.M. antes de mergulhar nas ruas velozes (e cheias de carros que adoravam atropelar gatos) de Brasília. Temi que me arrependesse. Temi que o senhor A.M. se arrependesse. Temi que tudo continuasse como antes, como se nada tivesse acontecido — e parti, sem olhar para trás. Não tinha a mais remota ideia de para onde ir, mas ia.

Era noite — e tudo me pareceu empobrecido cenário de filme de ficção científica vagabundo. Além de mim, da lua cheia, e dos carros velozes que adoravam atropelar gatos, parecia não haver mais ninguém em cena. Segui via que margeava pista repleta de carros velozes e atropeladores até enxergar prédios enormes e espetacularmente bem iluminados.

Olhei-os com algum encantamento, mas entediei-me logo. A seguir, entrei no primeiro desvio à direita, em direção a alguns prédios muito parecidos com o prédio no qual o senhor A.M. morava.

Os prédios eram tão similares ao prédio em que o senhor A.M. morava que, por um momento, imaginei: em cada um daqueles prédios habitava replicante do senhor A.M. e, por tabela, replicante meu. Se esse raciocínio tivesse algum sentido, os outros Ravics replicantes que habitariam aqueles prédios também estariam fugindo de seus respectivos senhores A.M. àquela altura — o que poderia significar: talvez não estivesse tão absolutamente sozinho e, de repente, talvez pudesse ser acolhido por solidários replicantes de mim mesmo — e como desejei que essa fantasia se materializasse!

Olhei ao redor, procurando algum replicante de mim mesmo, e não havia nenhum replicante de mim mesmo nas imediações. Parei sob pequeno arbusto e tentei ver algo que não fosse simplesmente automóveis & automóveis & automóveis.

Enfim, avistei ser humano (ou algo parecido): saía de dentro, claro, de automóvel e mergulhava, claro, em prédio similar ao do senhor A.M. Tinha a pressa dos assassinos que acabam de cometer algum crime hediondo.

Antes que congelasse, fazia frio e era noite de agosto — ou seria julho? —, saí do meu arbusto e caminhei um pouco mais. Algum tempo depois, a fantasia de encontrar replicante meu que igualmente fugira de casa se materializaria de maneira trágica.

Sob outro arbusto que margeava a pequena estrada, vi gato cinza tigrado, exatamente igual a mim — e o que vi me petrificou.

Não por ver replicante meu, mas pelo fato de aquele replicante meu jazer sem vida sobre o gramado seco e ter pedaços de arame enfiados no ânus, nos olhos, nos ouvidos, no nariz, na boca escancarada, e em vários pontos da corcova.

(O gramado seco ao redor era vermelho; vermelho como sangue.)

Voltei a me congelar — agora de medo e de pavor.

Parei respeitosamente a certa distância do meu replicante espetado por arames. Era como se alguém o tivesse esquecido naquele lugar antes de assá-lo e devorá-lo. Por um momento pensei: daquele nada em que estava mergulhado, talvez pudesse surgir alguém que o levasse, e o assasse, e o comesse. Mas não surgiu ninguém.

Imaginei quem poderia ter feito aquilo, quem poderia ter cometido aquela terrível atrocidade. Talvez crianças perversas tipo a Flora e o Miles de *A volta do parafuso*, de Henry James, livro magnífico que o senhor A.M. sempre lia em voz alta para mim em noites insones?

(O senhor A.M. me contara que no filme feito a partir do livro, "na versão protagonizada por Marlon Brando", as duas crianças enfiavam cigarro na boca de sapo e, excitadíssimas, esperavam ver o sapo explodir. Talvez os meninos de Brasília que possivelmente mataram o meu replicante não tivessem visto esse filme, e sim algum outro no qual crianças enfiavam arames em gato e esperavam ver o gato morrer.)

Na cruel e dolorosa solidão em que mergulhava, pensamentos aflitivos me assaltaram: 1) E se aquele gato replicante meu ali estirado e estripado por arames fosse, digamos, um Ravic-amanhã? 2) E se garotos que dormiam agora, candidamente, acordassem amanhã com inexorável vontade de enfiar arames em gatos e me encontrassem perdido em algum lugar de Brasília e me enfiassem arames exatamente do jeito que estão enfiados naquele meu replicante?

Foi quando senti enorme vontade de enterrar aquele meu replicante. Menos por — digamos — caridade cristã. Mais por querer crer no seguinte: enterrando-o, talvez enterrasse também a possibilidade de ter meu corpo varado por arames amanhã, ou depois de amanhã.

Com a prática adquirida em vãs tentativas de — unhando a porta do quarto do senhor A.M. — ser admitido na cama dele, dediquei-me à árdua tarefa de cavar, às sombras daquele arbusto, a cova rasa do meu replicante.

Senti-me novamente um dos coveiros de *Hamlet*, exatamente aquele que diz: *"Vem, minha pá! Não há nobreza mais antiga do que a dos jardineiros, agricultores e coveiros: eles continuam a tradição de Adão."*

Enterrei o corpo varado de arames do meu replicante e me senti mais sozinho ainda. Tão sozinho que pensei em desenterrá-lo para tê-lo de volta ao meu lado.

Pensei melhor e resolvi deixá-lo lá, na quietude dos mortos, dos mártires mortos. Ao olhar em volta, e não ver nada além de prédios similares aos do senhor A.M., arbustos secos, lua espetacularmente solitária, e ouvir automóveis que zuniam ao longe, senti enorme vontade de rever o senhor A.M., senti enorme vontade de voltar para casa.

Tentei voltar, mas encontrei dificuldades: todos os prédios pareciam exatamente iguais e descobri-me perdido, absolutamente perdido.

Pensei em voltar ao arbusto onde o meu replicante então jazia, mas encontrei dificuldades: todos os arbustos pareciam exatamente iguais, e descobri-me, de novo, perdido, absolutamente perdido.

Então resolvi brincar de morrer e me medicar com aquela receita que o senhor A.M. costumava receitar a si mesmo e aos outros (devo dizer que a receita nunca funcionou com o senhor A.M.; mas quem sabe não funcionaria comigo?): — *Há momentos na vida nos quais o melhor a fazer é se imobilizar totalmente, brincar de morrer, enfim. Movimento qualquer, milimétrico que seja, pode desarranjar tudo e fazer o mundo desabar ainda mais sobre a sua cabeça. Então aja assim: finja-se de morto, brinque de estátua, e deixe a tempestade passar.*

Foi o que fiz.

Fingi-me de morto. Brinquei de estátua. Deixei a tempestade passar.

Quando a tempestade passou, amanhecia em Brasília, como é belo o amanhecer de Brasília em dezembro — ou seria setembro? —, pude ver: o senhor A.M. caminhava em minha direção. Abraçou-me, afagou-me, beijou-me, pediu-me perdão, perguntou-me por que minhas unhas estavam tão sujas de terra, e mentiu (alguns dias depois tentou novamente se desfazer de mim, como narro no início deste livro): *— Nunca mais tentarei me separar de você. Nunca mais!*

Ao entrar no prédio onde o senhor A.M. e eu moraríamos apenas mais duas semanas, tive a nítida impressão: empoleirados em frondosa árvore, dois tucanos nos olhavam com raiva, muita raiva.

5. outono, inferno

De volta ao ventre escuro da baleia branca. Novamente dopado. Completamente destroçado por saber que jamais voltaria a ver a senhorita Beatriz Tupinambá. Mergulhado em dor profunda que me dilacerava as entranhas, como se punhal enferrujado e sem rumo me descesse goela abaixo. Foi assim a minha última viagem de avião para Brasília.

(Ao me levar ao ancoradouro de todas as baleias brancas, a senhora Vitória Tupinambá e o senhor Godofredo Tupinambá repetiam para me consolar, e aquela possibilidade de fato me fazia sentir menos miserável: aquela nova viagem e aquele novo pesadelo significariam voltar a morar com o senhor A.M. Ainda assim, não podia evitar, era mais forte do que eu e do que o meu estoicismo atávico: me sentia o mais abjeto dos trapos.)

Avistei de novo pernas humanas, centenas de malas, objetos e pacotes não-identificados, chãos que correm, e, já no ventre da baleia branca, percebi casinha-de-viagem, igualzinha à minha. Dentro dela, notei com certa felicidade possível, felino de nobre linhagem, mais exatamente, segundo o próprio, um gato sagrado da Birmânia.

Chamava-se Flush, disse-me. Vê-lo, e admirá-lo, me fez sentir-me menos infeliz e menos miserável. Lamentavelmente, pudemos conversar muito pouco, quase nada. Tão dopado quanto eu, embora aparentasse certo vigor que eu já não tinha mais, contou: viajava havia quase 24 horas. Vinha de Londres. A mulher a quem amava e a quem possuía chamava-se senhora Elizabeth Barrett Browning. Diferentemente de mim, que desceria em Brasília, seguiria até Manaus, onde a senhora Elizabeth Barrett Browning, por problemas de saúde, precisava do calor dos nossos trópicos, passaria a morar.

Elogiou-me a beleza — provavelmente por pura compaixão; já estava completamente esquálido e famélico, e parte de mim não vivia mais.

Elogiei-lhe a beleza — sinceramente; era tão belo quanto Filé, o gato da senhorita Beatriz Tupinambá que eu conhecera superficialmente no Rio de Janeiro.

Contei-lhe, evitando vitimizar-me, mas precisava contar-lhe: estava doente, me restavam poucos meses de vida — e Flush se mostrou sinceramente compungido —, e nós gatos sabemos reconhecer quando um outro está sinceramente compungido.

Disse-me palavras esperançosas — recheadas daquele estoicismo que nos é peculiar — acrescidas de pitada de um espiritualismo que não vislumbro, mas respeito: — *Pense positivamente, a morte não é o pior que nos pode acontecer. A morte pode ser, e é, um recomeço, uma nova direção que teremos de seguir. Apenas isso.*

Continuou a falar, mas não mais o ouvi. Além do ronco infernal que parecia vir do estômago da baleia branca, impedindo-me de ouvir qualquer coisa, outro ronco infernal explodiu no meu estômago — e esse ronco infernal se transformou em caudaloso jato de vômito — e esse caudaloso jato de vômito desaguou sobre o chão forrado de jornais da minha casinha-de-viagem — e sobre esse caudaloso jato de vômito adormeci, como se tivesse morrido.

Acordei muito tempo depois, já retirado do ventre da baleia branca, e constatei, desolado: continuava absolutamente só: Flush desaparecera; o senhor A.M. não aparecera ainda — e será que apareceria?

(A pergunta é imbecil, não tem o menor sentido, claro que o senhor A.M. apareceria; mas como exigir coerência e objetividade de náufragos?)

Pelas frestas da minha casinha-de-viagem pude perceber: estava em grande sala — completamente lotada de caixas, caixinhas, caixotes, quadrados, retangulares, ovais, de todo o tipo. Vez em quando homem circulava pelo local, retirava alguma dessas caixas e novamente desaparecia por trás de outras caixas.

O cheiro de meu próprio vômito era insuportável. Pior: percebi — e aquilo me abateu ainda mais — que durante a viagem e durante o sono, aquele fétido vômito se imiscuiu em diversos pontos dos meus pelos. O que me tornava algo completamente torpe, asqueroso, fedido, nojento. Minha aparência e meu estado de espírito, mancomunados, ambos absolutamente depauperados, apontavam-me única direção: o mais inexorável desespero.

Como se não bastasse, aquele homem que circulava pelo local e retirava caixas, atraído pelos meus uivos desesperados,

olhou-me piedosamente pelo gradil frontal de minha casinha-de-viagem, e comentou: — *Pobre gatinho, parece que alguém se esqueceu dele!*
Uivei, claro, mais desesperadamente ainda.
Quando já havia gastado toda a dose de estoicismo de que ainda dispunha e, também, todo o meu estoque de uivos desesperados, alguém finalmente suspendeu a casinha-de-viagem que ocupava e esse mesmo alguém, mulher *boteriana* com bochechas colossais e sorriso idem, olhou-me carinhosamente pelo gradil, e adiou, sine die, a data de minha morte: — *Vamos, queridinho, alguém chegou para buscá-lo!*
Alguns minutos depois, o braço peludo do senhor A.M. invadiu a minha casinha-de-viagem e puxou-me — e parecia que puxava pluma malcheirosa, tal a minha esqualidez e tal o odor fétido que emanava: — *Pobre Ravic, parece pluma de tão esquálido que está* — disse o senhor A.M.
Ao que o senhor G.A., que também fora me buscar, na franqueza rude que lhe é peculiar, acrescentou: — *Uma pluma muito fedorenta, como posso perceber.*
Finalmente em casa, em mais uma casa, agora na SQS 205, revi logo de cara o querido sofá vermelho e os queridos santos do senhor A.M. Circulei. Arrastei-me como podia até um dos quartos onde revi aquele proustiano edredom amarelo que me trazia doces recordações.
A seguir, divisei, sob a cama, os chinelos verdes do senhor A.M., os velhos chinelos verdes do senhor A.M. Aspirei-os, e, ao aspirá-los, foi como se tivesse toda a minha vida até então de volta — inclusive as formidáveis surras que o senhor A.M. havia me dado com aqueles velhos chinelos verdes.

Envolvi-me completamente, durante alguns doces momentos, por aquele cheiro úbere emanado pelo meu então objeto de culto — e naqueles momentos me senti quase feliz.

Fui despertado desse torpor nostálgico pela imposição carinhosa do senhor A.M.: — *Ravic, venha comer alguma coisa, você está terrivelmente magro, cadavérico.*

Levou-me então até a vasilhinha verde, na qual sempre me alimentei — estivesse em Brasília, estivesse no Rio de Janeiro. (A velha e querida vasilhinha verde, rapidamente desembalada pelo senhor A.M., já estava posta à minha disposição, atulhada daquela ração que custava 50 dinheiros o saco de dois quilos.)

Em vão: havia muito quase não sentia fome, a ração cara já não me atraía tanto assim. Na verdade, ao tentar me alimentar com aquela iguaria pela qual um dia os meus sinos dobraram, parecia encher minha boca com punhado daquela areia imunda das prainhas da Ilha do Governador — nada mais quê.

Provei quase nada daquele simulacro de areia imunda das prainhas da Ilha do Governador. Em seguida, mergulhei em profunda faxina pessoal. Com minha língua-lixa já meio flácida, sem o poder de fogo de outrora, tentei desesperadamente, por horas, arrancar o colossal bodum em que mergulhara.

(Não totalmente satisfeito, mas com a língua-lixa temporariamente inutilizada pelo excesso de uso, esparramei-me no familiar sofá vermelho, no velho e surrado sofá vermelho, e fiz de conta que minha vida começaria ali de novo, do mais absoluto zero.)

Aquela vida, reiniciada ali naquele velho e surrado sofá vermelho, não seria exatamente longa; pude perceber a partir dos dias seguintes. Revelava-me cada vez mais inapto para comer qualquer coisa.

A nova paisagem de Brasília vista da janela — colossal coleção de árvores espetacularmente frondosas, radiantes e faiscantes — me entediava como se fosse lixão fétido ou montanha de pedregulhos insossos. Nada me animava.

Por mais que a senhora Dolores dos Anjos me mimasse — e continuava me mimando — e isso me fazia amá-la cada vez mais — por mais que me dissesse num gentil sussurro vem-comer-ravic-vem-comer-ravic — eu mais demonstrava desinteresse em comer.

A única coisa que me propiciava relativo prazer era beber água diretamente da pia da cozinha. Piedosos e compassivos, tanto o senhor A.M. quanto a senhora D.A., quando eu já não tinha mais impulsão para saltar do chão até a pia, e olhava para cima, desconsolado, como se contemplasse a fonte inalcançável de algum bálsamo sagrado, costumavam me fazer o seguinte mimo: transportavam-me até o alto, abriam a torneira minimamente, no ponto exato, nunca pouco mais ou pouco menos — e me deixavam ali, mergulhado no quase único prazer que encontrava naqueles meus últimos meses de vida sobre a Terra.

Minhas últimas gotas de apetite finalmente desapareceram totalmente quando o seguinte fenômeno começou a acontecer: alguns minutos depois de engolir pequeno punhado daquele simulacro de areia imunda de prainha da Ilha do Governador, necessidade imperiosa de vomitar me arrebatava inteiro, e tudo me doía e me arrebentava por dentro, como se de mim extraíssem exército de porcos-espinhos-de-baionetas-em-punho.

Em paralelo a essa pantomima diabólica que me devorava as entranhas, fogo-fátuo dilacerante se apossava de minha garganta e em seguida eclodia em lancinante e desesperador uivo. O último ato desse espetáculo dantesco era incandescente jato de sangue que eventualmente me fazia ejetar algum pedaço de minhas tripas.

A primeira vez que essa minha visceral performance ocorreu (e essa "raviquiana" performance voltaria a ocorrer dezenas de vezes), pude ver por canto de olho que me sobrava: o senhor A.M. saía desesperadamente do quarto, como se tivesse ouvido a última trombeta antes da chegada definitiva ao inferno, nu, absolutamente nu, olhos ejetados, os loiros cabelos ralos hirtos como micropunhais, e gritava: — *Não me deixe só, Ravic! Não morra, Ravic! Pelo amor de Deus não morra, Ravic!* (E essa "martiniana" performance paralela à minha "raviquiana" performance também voltaria a ocorrer outras dezenas de vezes.)

A cena que se seguia a essas duas performances era de assumida, e necessária, calmaria — como as cenas que sucedem às grandes tragédias, quando se crê que outra tragédia de iguais proporções deverá demorar a voltar a ocorrer ou, quimera das quimeras, jamais voltará a acontecer.

Era exatamente assim que parecíamos nos sentir: queríamos desesperadamente crer que cenas dramáticas daquele porte não voltariam a acontecer tão cedo ou, quimera das quimeras, não voltaria a acontecer jamais.

(Com o agravar da minha doença, a partir de certo momento aqueles caudalosos jatos de sangue ejetados de minha boca tornaram-se quase diários. Resultado: a banalização da tragédia. Nem o senhor A.M. parava mais de ler o livro que lia, nem eu deixava de sonhar com a minha próxima visita à úbere fonte da torneira da cozinha.)

Quando a tragédia ainda não se banalizara, a rotina pós-nossas-performances era a seguinte: a) O senhor A.M. munia-se de balde com água, pano e detergente e limpava tudo, com a diligência de quem trabalhava em serviços domésticos havia anos — o que não era absolutamente o caso; embora adorasse casas e, principalmente, lençóis limpos, odiava lavar pratos, varrer chãos etc. b) Eu preferia sair do lugar onde havia ejetado o meu caudaloso vômito e, sem olhar para trás, dirigia-me a outra parte do apartamento, onde, tentando dar algum vigor à minha língua agora flácida, passava vários minutos obcecadamente mergulhado em serviços de autolimpeza.

Em momentos de deslavado estoicismo cheguei a ver alguma nobreza nessa minha espetacular capacidade de vomitar sangue. Em belíssima manhã de outubro — ou seria de setembro? —, quando as cigarras voltaram a morrer de cantar nas árvores brasilienses, consegui enxergar alguma transcendência naquela minha visceralíssima performance — concluí: — *Poderia ser pior, poderia ser muito pior!* E perguntei-me: — *Se em vez de jatos de vômitos sanguinolentos eu voltasse a expelir jatos de fezes sanguinolentas como aconteceu algumas vezes na minha temporada no Rio de Janeiro?*

(Não posso negar, caro leitor: esperei a minha próxima performance regada a vômito e sangue como se esperasse algo benfazejo, quase como um milagre, o milagre da transformação das fezes sanguinolentas em vômitos sanguinolentos.)

Certo dia, preocupado com o fato de não comer mais absolutamente nada, o senhor A.M. me levou de volta à doutora Edeltudres Jatobá. Auscultado, pesado, examinado, o diagnóstico ouvido foi: — *Não há mais nada a fazer. O Ravic está absolutamente debilitado, se recusa a comer, a doença avançou terrivelmente. Conclusão: morrerá em questão de dias, vitimado duplamente por dois males: câncer e fome.*

Quando o senhor A.M. já me punha de volta na minha casinha-de-viagem, a doutora Edeltrudes Jatobá ressurgiu em cena, com latinha de comida na mão. Fez-nos então a seguinte proposta: — *Vamos tentar alimentá-lo com esse novo produto? Quem sabe o Ravic não se interesse em comer algo que nunca comeu?*

Retirou-me então da minha casinha-de-viagem e me apresentou ao que chamava de "novo produto". O cheiro daquela iguaria que nunca provara me invadiu as narinas com tal intensidade que, num átimo, pulei na mão da doutora Edeltrudes Jatobá e, em questão de segundos, devorei metade do conteúdo daquela latinha.

O senhor A.M., encantado com a minha performance alimentar, ligou para o senhor G.A. aos gritos de "*milagre, milagre, o Ravic voltou a comer!*". Em seguida foi ao pet shop mais próximo e comprou-me dez latas daquele novo produto.

(Tal temeridade me emocionou profundamente: o senhor A.M. estava quebradíssimo e a iguaria, importada, não era exatamente barata.)

A ação do senhor A.M. teve, como todas as ações específicas, consequências específicas. As consequências específicas foram as seguintes: a) Ao voltar a me alimentar, não mais morreria de fome, o que significaria adiar minha morte sine die. b) Ao voltar a me alimentar gulosamente, depois de não me alimentar durante muito tempo, os jatos de vômito seriam ainda mais caudalosos.

Tais consequências fizeram o senhor A.M. mergulhar no seguinte drama, totalmente hamletiano: 1) Parar de me dar para comer aquele novo produto que devorava com enorme avidez e me deixar morrer de fome? 2) Ou continuar entupindo-me de comida e deixar que morresse lentamente na hora certa e devida?

O senhor A.M. decidiu-se pela segunda opção, após ligar para a irmã, a querida senhora Vitória Tupinambá, no Rio de Janeiro, e ouvir: — *Meu querido irmão, se você sacrificar o Ravic, ou seja, se você parar de alimentar o Ravic, você não vai se perdoar jamais. Deixe que o Ravic morra naturalmente.*

Não sei, sinceramente, o que teria respondido se o senhor A.M. tivesse feito a mim, o maior interessado nessa querela hamletiana, a mesma pergunta. O provável: apesar do estoicismo que me caracteriza, não teria concordado com a querida senhora Vitória Tupinambá — e tivesse preferido acabar logo com aquela agonia que me faria expelir vômitos sanguinolentos a cada turno nos meus últimos dias de vida.

A essa altura, o leitor mais arguto poderá perguntar, coberto de razão: — *Então, por que o senhor simplesmente não trancou a boca, parou de comer, e morreu sem passar por mais sofrimentos?*

Respondo-lhe agilmente, caro leitor, o seguinte: — *Era mais forte do que eu. Simplesmente não conseguia resistir àquela iguaria, e comia-a sofregamente, mesmo sabendo que, no máximo duas horas depois, aquela iguaria tornaria as minhas tétricas performances ainda mais tétricas.*

A verdade era: consumir aquela iguaria embora tornasse minhas tétricas performances ainda mais tétricas me dava inacreditável sobrevida. Certo dia, desolado, acabado, me arrastando pela casa sem mais conseguir fazer cocô, concluí: — *Caralho, simplesmente, por mais que me esforce, não consigo morrer.*

(Nesses momentos lembrava, com amargor, o que a senhora D.A. sempre repetia ao senhor A.M.: — *Ninguém morre fora da hora. A hora de cada um morrer está lá **marcadinha**, não há como adiar ou antecipar!*)

Pude comprovar a sensatez da senhora Dolores dos Anjos ao proferir essa sentença, pouco tempo depois. Enquanto eu, fiapo de vida, esquálido e caquético, não conseguia morrer depois de agonia que durava mais de dois anos, o senhor Omar Amado, verdadeira força da natureza que conhecera alguns anos antes, o melhor amigo do senhor A.M., depois de câncer fulminante, morrera em pouco mais de um ano.

Como dizia o senhor Antonio Martiniano, repetindo máxima materna: — *Além de queda, coice!*

Esta máxima materna, sempre repetida pelo senhor A.M., refletia bem o que lhe estava acontecendo àquela época: além de viver profunda crise pessoal e profissional, que, tal e qual a minha doença, se arrastava lentamente num nó que parecia nunca se desatar, convivia com a dor de perder, diferença de poucos meses, os dois melhores amigos: eu e o senhor Omar Amado.

Exatos dois meses e 26 dias depois do senhor Omar Amado, eu finalmente morri.

Já estava tão inexoravelmente mal que nem mais vômitos sanguinolentos havia para expelir — o que me fez, para minha alegria e gáudio, ter morte quase asséptica, sem mais precisar protagonizar performances tétricas ou afogar-me em poças pútridas dos meus próprios dejetos.

Na verdade, como diria a senhora Dolores dos Anjos, morri como passarinho. Aliás, perto de morrer, ao lembrar do que o papagaio Marquês-de-Carabás me dissera um dia (*"Corujas são gatos gulosos que comeram passarinhos demais!"*), lamentei nunca ter comido nenhum passarinho — o que talvez quisesse significar: nunca seria coruja, ave que admiro extraordinariamente.

No meu último dia de vida sobre a Terra tive tempo de pensar em tudo que me ocorrera nos exatos quatro anos, quatro meses e oito dias vividos entre Brasília e Rio de Janeiro. Muito do que pensei, caro leitor, está contido neste livro, que escrevo *post-mortem*.

Nos meus últimos dias de vida, o senhor A.M. não me deixou sozinho minuto sequer. Sabia: eu poderia morrer a qualquer instante e parecia não querer perder por nada deste mundo o registro visual e emocional do meu último sopro de vida. A bordo de rústico e improvisado moisés, me levava para onde fosse, para o banheiro, para o quarto, para a sala de tevê, para a cozinha, para onde diabo fosse.

Ao dormir, colocava-me sobre a cama, ao lado dele, e me olhava, apaixonadamente devo dizer, e aquela paixão era, e é, absolutamente recíproca, até que o sono o tomasse. Lia-me trechos de obras de Shakespeare, de Henry James, de Philip Roth, de Machado de Assis, de Graciliano Ramos, de Cervantes, de Dostoiévski, de Tolstoi, de Turguêniev, de Stendhal, de Balzac, de Virginia Woolf, de Edgar Allan Poe, de Charles Perrault, de Amós Oz, de Orhan Pamuk, esses caras geniais. Alguns desses trechos, escritos por esses caras geniais, acabei memorizando, e os cito, na medida do possível e do necessário, neste livro. Ouvíamos juntos, incansavelmente, o sublime violino de Anne-Sophie Mutter, executando os divinais Brahms, Beethoven, Bach e Mozart.

Na minha última noite sobre a Terra, talvez por saber que seria a minha última noite sobre a Terra, o senhor A.M. me olhava profundamente nos olhos e eventualmente chorava. Eu, à minha maneira, também.

Até que dormiu.

Até que morri.

A última cena que vi antes de morrer: o senhor A.M. babava espetacularmente sobre o travesseiro, como era de hábito, e dormia sobre a cama forrada com o proustiano edredom amarelo que eu tanto amava, e jamais esquecerei; abraçada ao senhor Antonio Martiniano, a senhorita Beatriz Tupinambá, a minha querida e amada senhorita Beatriz Tupinambá, acenava-me com aquelas mãozinhas brancas de pequena ninfa, e murmurava: — *Adeus, Teté, adeus, Teté! Vá com Deus.*

Fui.
(Fosse com que Deus fosse.)

6. réquiem, epílogo

6. resumen/ epílogo

6 a. notícia de jornal

Tragédia no Cruzeiro Velho
Incêndio mata jornalista

Vítima de incêndio que destruiu completamente a quitinete onde morava, no Cruzeiro Velho, morreu ontem, às 15h, no Hospital de Base o jornalista Antonio Martiniano, 50. Pernambucano de Afogados da Ingazeira, morador de Brasília desde 1986, será sepultado hoje às 16h, no Cemitério do Campo da Esperança. Equipes do Corpo de Bombeiros do Setor de Indústrias Gráficas (SIA) e do Cruzeiro foram chamados ao local na madrugada de anteontem, mas não conseguiram controlar as chamas, que destruíram totalmente o apartamento em questão de minutos.

(Nota publicada em jornal brasiliense em 10 de julho de 2007.)

6 b. encontro no parque

Brasília. 19 de julho. 2007.
Olho no relógio: 11h07.
Estou quase terminando segunda volta de dez quilômetros pelo Parque da Cidade, na altura do Centro Hípico.
De repente, alguém berra atrás de mim: — *Rogerio Menezes? Não acredito! Há quanto tempo??!!*
É amigo (ou quase isso) jornalista: o colunista político Graciliano de Assis, a quem não encontrava havia muito tempo e por quem não nutria o mais sublime dos sentimentos.
Abraçamo-nos (ele mais efusivamente, bem mais, do que eu), e, em seguida, me pergunta: — *Soube do Antonio Martiniano?*
Dou de ombros: — *Não, não soube.* Na verdade, não tenho notícias dele desde que perdeu a coluna diária que tinha no jornal. O que houve?
Graciliano de Assis dispara: — *Uma tragédia, meu amigo, uma tragédia...*

(A pouca distância, quero-queros em fúria investem contra cinzento gato tigrado, que foge em disparada furando a manhã seca de Brasília.)

Este livro foi composto na tipologia Minion, em corpo 11,5/16, e impresso em papel off-white 80g/m² no Sistema Cameron da Divisão Gráfica da Distribuidora Record.